d

Margaret Millar

Nymphen gehören ins Meer

Roman

Aus dem Amerikanischen von Otto Bayer

Diogenes

Titel der Originalausgabe
›Mermaid‹

Umschlagzeichnung von
Tomi Ungerer

80/84/8/1
ISBN 3 257 01665 4

Für Eleanor McKay Van Cott

Inhalt

I
Kind

I

Das Mädchen fiel auf, noch ehe es die Kanzlei betrat. Es war ein stürmischer Tag, und außer ihrem Gesicht war alles in Bewegung. Der Mantel flatterte ihr um die Beine wie die Flügel eines gefangenen Vogels, und ihr langes blondes Haar schien sich eigenmächtig zu Knoten verschlingen zu wollen. Das Schild über der Tür – SMEDLER, DOWNS, CASTLEBERG, MACFEE, POWELL, ANWÄLTE – wand und drehte sich, als ob die Herren Partner miteinander balgten.

Charity Nelson, Mr. Smedlers Chefsekretärin, setzte sich in der Mittagspause immer an den Empfang, denn da sie abnehmen wollte, mochte sie von Essen erst gar nichts hören und sehen.

Die Eingangstür ging auf, und der Wind wehte das Mädchen herein. Sie machte den Eindruck, als wüßte sie nicht, wie ihr geschah. Sie war sehr dünn, und das lenkte Charitys Gedanken sofort auf Essen und ließ sie schmerzliche kleine Stiche in der Magengegend fühlen.

Sie fragte gereizt: »Kann ich Ihnen behilflich sein?«

»Der kleine Käfig gefällt mir.«

»Kleiner Käfig?«

»Der da draußen – hinten am Haus.«

»Das ist Mr. Smedlers Privataufzug. Er führt direkt in sein Privatbüro.«

»Ob er mich mal darin mitfahren läßt?«

»Nein.«

»Nicht ein einziges Mal?«

»Höchstens wenn Sie eine Klientin wären.«

Das Mädchen sah nicht gerade nach Klientin aus, nach einer zahlenden jedenfalls nicht. Sie war recht hübsch mit ihren hohen Wangenknochen und den großen braunen Augen, die so strahlend und ausdruckslos waren wie Glas.

»Möchten Sie zu Mr. Smedler?« fragte Charity.

»Weiß ich nicht.«

Sie setzte sich ans Eckfenster und nahm eine Illustrierte zur Hand, ließ diese aber ungeöffnet und, wie Charity feststellte, verkehrtherum auf dem Schoß liegen.

»Wissen Sie genau, daß Sie ins richtige Haus gekommen sind?« fragte Charity.

»Ja. Ich habe ein Taxi genommen. Der Fahrer wußte genau, wohin er fahren mußte.«

»Ich will ja nicht wissen, *wie* Sie hierhergekommen sind. Ich wollte nur wissen, ob Sie für Ihr Hiersein einen bestimmten Grund haben. Sie wissen doch sicher, daß dies eine Anwaltskanzlei ist?«

»Ich falle Ihnen lästig, ja? Mein Bruder Hilton sagt immer, ich soll andern Leuten nicht lästigfallen, aber was soll ich machen, wenn ich nicht weiß, *womit* ich ihnen lästigfalle?«

»Möchten Sie vielleicht einen Termin bei einem unserer Anwälte haben?«

»Ich denke, ich bleib hier nur mal ein bißchen sitzen und schaue mich um.«

»Hier sind alle zum Mittagessen.«

»Macht nichts«, sagte das Mädchen. »Ich hab's nicht eilig.«

Um fünf vor halb zwei kamen die ersten vom Mittagessen zurück: zwei Stenotypistinnen, ein Registrator, Mr. MacFee mit einem Klienten, Mr. Powell und seine Sekretärin, ein Juniorpartner und die Empfangsdame, die, wie Charity erbittert vermerkte, wohlgesättigt und zufrieden aussah.

Das Mädchen ließ die erste Gefühlsregung erkennen. Plötzlich sprang sie auf und ließ die Illustrierte zu Boden fallen.

»Das ist er«, sagte sie. »Das ist der, mit dem ich sprechen will, der mit der Brille. Er sieht so nett aus. Wie heißt er?«

»Tom Aragon. Wie ist Ihr Name?«

»Cleo.«

»Cleo und –?«

»Jasper, genau wie mein Bruder Hilton. Cleo Jasper. Ein fürchterlich häßlicher Name, finden Sie nicht auch?«

»Ich will mal nachfragen, ob Mr. Aragon Zeit für Sie hat.« Zu Aragon sagte sie über die Gegensprechanlage: »Hier ist irgendein junges Mädchen, das Sie sprechen will, weil Sie so nett aussehen. Können Sie das verstehen?«

»Und ob. Herein mit ihr.«

»Die kommen Sie lieber selbst hier abholen, Junior. Wie sie aussieht, findet die nicht mal aus einem nassen Papiersack heraus.«

Aragon teilte sein Büro mit einem andern Juniorpartner der Kanzlei. Es war so möbliert, als würden dort nie Klienten erwartet, und es kamen auch wirklich selten welche. Aragons Aufgaben bestanden überwiegend aus Laufarbeit für die Seniorpartner, vor allem Smedler, dessen Fälle oft mit reichen Frauen zu tun hatten. Cleo Jasper war noch nicht ganz eine Frau, und reich sah sie auch nicht aus. Der geradlehnige Stuhl, auf dem sie Platz nahm, schien ihr angemessener als die übertrieben dicken Lederpolster, mit denen Smedler sich umgeben hatte. Ihre Kleidung war sonderbar kindlich – ein marineblauer Jumper über einer weißen Bluse, weiße Kniestrümpfe und ein Paar Schuhe, die aussahen wie die Mary Janes aus einer früheren Epoche. Sie hatte keine Handtasche bei sich, aber eine der Taschen in ihrem Jumper war so ausgebeult, als ob sie darin ein Portemonnaie hätte.

»Womit kann ich Ihnen dienen, Miss Jasper?«

»Ich war noch nie bei einem Rechtsanwalt. Sie sehen so nett aus – darum hab ich Sie ausgesucht.«

»Das ist sicher ein ebenso stichhaltiger Grund wie jeder andere«, meinte Aragon. »Wofür brauchen Sie einen Anwalt?«

»Ich will wissen, was ich für Rechte habe. Ich habe einen neuen Freund, der sagt, ich habe Rechte.«

»Wer sagt denn, daß Sie keine hätten?«

»Keiner so direkt. Aber ich kann nie tun, was ich möchte, und was andere Leute tun.«

»Zum Beispiel?«

»Wählen. Ich will ja gar nicht unbedingt wählen, denn von Präsidenten und so was verstehe ich ja doch nichts, aber ich hab nicht mal gewußt, daß ich *könnte.*«

»Wie alt sind Sie?«

»Zweiundzwanzig. Mein neuer Freund sagt, ich hätte schon vor vier Jahren wählen können, aber keiner hat es mir gesagt.«

»Wurde dieses Thema nicht in Ihrer Schule behandelt?«

»Da kann ich mich nicht dran erinnern. Ich hab manchmal so verschwommene Momente. Hilton sagt, wählen dürfen nur zurechnungsfähige Leute, die keine verschwommenen Momente haben.«

»Sind Sie amerikanische Staatsbürgerin?«

»Ich bin hier geboren, direkt hier in Santa Felicia.« Das Mädchen zog die Stirn kraus. »Das war schrecklich. Hilton und Frieda, seine Frau, reden oft davon, wie schrecklich es war.«

»Warum?«

»Weil meine Mutter gestorben ist. Sie war zu alt für ein Baby, aber dann hat sie doch eins gekriegt, und das bin ich. Hilton sagt, sie wäre beinahe ins Buch der Rekorde gekommen, weil sie schon achtundvierzig war. Hilton war schon erwachsen und verheiratet, als ich kam. Aber bei Hilton und Frieda wohne ich erst, seit ich acht bin. Davor war ich bei meiner Großmutter. Die war sehr nett, aber sie ist gestorben. Hilton sagt, die Sorgen um mich haben sie verschlissen. Sie hat mir viel Geld vermacht. Aber das kann ich nie ausgeben.«

»Warum nicht?«

»Ich bin außergewöhnlich.«

»Aha.«

»Da staunen Sie, was?«

»Nicht sehr. Jeder Mensch ist auf die eine oder andere Art außergewöhnlich.«

»Sie haben nicht ganz richtig verstanden. Ich bin... Mein neuer Freund hat so viele ulkige Ausdrücke dafür – ich hätte paar Murmeln zuwenig in der Dose, oder nur ein Ruder im Wasser, oder nicht alle Karten im Spiel. Klingt jedenfalls besser, als wenn man so direkt sagt, daß ich... na ja, zurückgeblieben bin.«

Jetzt staunte er wirklich. Äußerlich zeigte sie gar nichts von einem Downschen Syndrom; und sie sprach gut und drückte sich völlig klar aus. Sogar wählen wollte sie. Ob sie nun bloß die Ideen ihres neuen Freundes nachplapperte oder nicht, für ein zurückgebliebenes Mädchen war dieser Wunsch recht ungewöhnlich.

»Mädchen« ist überhaupt verkehrt, dachte er. Sie war eine Frau von zweiundzwanzig Jahren. In dem Punkt konnte man schon eher von zurückgeblieben sprechen. Wenn sie gesagt hätte, sie sei vierzehn oder fünfzehn, hätte er es ihr ohne weiteres abgenommen.

»Können Sie lesen und schreiben?«

»Etwas. Nicht viel.«

»Wie ist das mit Ihrem neuen Freund? Kann er gut lesen und schreiben?«

»Mann, und wie! Er ist doch einer von –« Sie schlug sich so schnell und entschieden die linke Hand vor den Mund, daß es weh getan haben mußte. »Ich soll mit keinem Menschen über ihn reden.«

»Warum nicht?«

»Das würde alles verderben. Er ist mein einziger Freund, außer dem Gärtner und Zia, seinem Hund. Zia ist ein Basset. Mögen Sie Bassets?«

»Ja.«

»Ich *liebe* Bassets.«

»Um auf Ihren neuen Freund zurückzukommen...«

»Nein, nein! Ich darf wirklich nicht.«

»Nun gut. Dann reden wir vom Wählen. Ich glaube, dafür ist wirklich nur erforderlich, daß Sie amerikanische Staatsbürgerin und mindestens achtzehn Jahre alt sind, nicht unter Polizeiaufsicht stehen und in keiner psychiatrischen Anstalt untergebracht sind, und daß Sie eine dahingehende eidesstattliche Erklärung unterschreiben. Natürlich wird erwartet, daß Sie die eidesstattliche Erklärung lesen können, bevor Sie unterschreiben.«

»Das könnte ich ja vorher üben, nicht?«

»Natürlich.«

Ihre Lippen begannen sich zu bewegen, als ob sie schon stumm übte. Sie hatte einen kleinen, wohlgeformten Mund mit einer ausgeprägten Falte zwischen Oberlippe und Nase. Es heißt, eine starke Betonung dieser Gesichtspartie sei ein Zeichen für festen Charakter. Aragon betrachtete das schüchterne, unterentwickelte Mädchen, das vor ihm saß, und fand, daß es sich dabei um einen Irrtum handeln mußte.

Endlich sagte sie: »Erzählen Sie mir etwas von meinen anderen Rechten.«

»Von welchen?«

»Angenommen, ich möchte mal einfach in einen Bus steigen und wegfahren... einfach irgendwohin, nach Chicago oder so. Dürfte ich das?«

»Hängt davon ab, ob Sie genug Geld haben und sich imstande fühlen, sich in so einer großen Stadt zurechtzufinden. Es wäre jedenfalls nicht verkehrt, darüber erst einmal mit Ihrem Bruder und seiner Frau zu sprechen.«

»Nichts zu holen.«

»Warum nicht?«

»Die würden mich nicht lassen. Ich war noch nie irgendwo, außer letzte Ostern. Ich und noch ein paar andere Schüler von Holbrook Hall haben da auf einem Schiff eine Kreuzfahrt nach Catalina mitgemacht – auf der Jacht von Donny Whitfields Vater.«

Holbrook Hall war in ganz Südkalifornien bekannt als Schule für den gestörten und störenden Nachwuchs reicher Leute. In den teureren Magazinen wurde es als »Einrichtung, die den besonderen Bedürfnissen außergewöhnlicher Jugendlicher und junger Erwachsener entgegenkommt« angepriesen.

»Wie lange sind Sie schon in Holbrook Hall, Cleo?«

Sie errötete leicht. »Sie haben mich Cleo genannt. Das ist nett. So nennen mich nämlich meine Freunde.«

»Also, seit wann?«

»Schon immer.«

»Na, na, Cleo.«

»Ein Jahr, vielleicht länger. Davor hatte ich immer eine Gouvernante. Und Hilton und Frieda haben mir auch alles mögliche beigebracht. Er ist richtig klug, und sie war früher mal Lehrerin. Ted geht aufs College. Das ist ihr Sohn. Er trinkt und raucht Pot und ... na ja, lauter solche Sachen. Stellen Sie sich vor, das ist mein Neffe, und dabei ist er nur ein Jahr jünger als ich! Den Leuten sagt er immer, daß ich ein Schwachkopf bin und seine Eltern mich in einem Waisenhaus aufgelesen haben.«

»Sie wollen also fort von Ted und Ihrem Bruder und Ihrer Schwägerin?«

»Hauptsächlich will ich nur wissen, was ich für Rechte habe.«

»Können Sie über irgendwelches Geld verfügen?«

»Ich habe ein paar Kundenkreditkarten. Aber wenn ich damit was mache, was Hilton nicht recht ist, läßt er sie bestimmt sperren. Das sagt jedenfalls mein neuer Freund.«

»Ihr neuer Freund scheint ja über Ihre Angelegenheiten einiges zum besten zu geben.«

»O Gott, ja! Manches davon verstehe ich gar nicht. Wenn er zum Beispiel sagt, daß wir alle in einem Käfig sitzen und daraus ausbrechen müssen. Ich hab mir schon gedacht, wenn ich in diesen Käfig, der draußen an Ihrem Haus rauf- und runterfährt, mal rein- und von allein wieder rauskann, verstehe ich vielleicht, was er meint.«

»Können Sie ihn nicht einfach fragen?«

»Ich soll doch immer versuchen, Dinge selbst herauszubekommen. Er sagt, ich bin nicht so dumm, wie ich mich anstelle. Das verstehe ich übrigens auch nicht, und dabei geb ich mir Mühe. Ich geb mir richtig, richtig Mühe.«

»Das glaube ich gern«, sagte Aragon. Cleos neuer Freund schien sie, aus was für Beweggründen auch immer, mit Dingen zu füttern, die sie nicht verdauen konnte. »Was rät Ihr Freund Ihnen sonst noch?«

»Er meint, ich soll mal etwas Geld von meinem Sparkonto nehmen und für irgend etwas ausgeben, was ich gern möchte, ohne Hilton zu fragen.«

»Könnten Sie das?«

»Ich denke schon. Wenn ich nicht solche Angst hätte.«

»Hat Ihr Freund schon einmal angedeutet, daß Sie ihm etwas von diesem Geld leihen könnten?«

»O nein! Er haßt Geld. Er sagt, Geld ist schlecht – er hat es nur anders ausgedrückt.«

»›Denn Habsucht ist die Wurzel allen Übels.‹ Hat er das gesagt?«

»Ja!« Sie machte ein hocherfreutes Gesicht. »Sie kennen ihn also auch?«

»Nein. Wir lesen nur anscheinend dieselben Bücher. Der Satz ist aus der Bibel.«

»So was steht wirklich in der Bibel über Geld?«

»Unter anderm.«

»Dann ist es sicher wahr. Aber komisch ist das schon, denn Hilton ist sehr christlich, und dabei arbeitet er die ganze Zeit, um noch mehr Geld zu verdienen.«

»Das tun viele Leute.«

»Hilton zitiert oft aus der Bibel. Ted sagt, das ist alles große –, er hat ein schlimmes Wort dafür gebraucht. Ted kennt mehr schlimme Wörter als jeder andere auf der

Welt, außer Donny Whitfield in der Schule. Donny kann so schmutzig reden, daß ihn fast keiner versteht. Und dick ist er! Wenn wir in der Schule unsern freien Nachmittag haben, kriegt jeder von uns fünf Dollar, die wir ausgeben dürfen, und Donny gibt alles für Eiscreme aus. Seine freien Nachmittage sind gar nicht richtig frei, denn er muß immer einen Berater bei sich haben, der aufpaßt, daß er sich keinen Ärger einhandelt. Er ist ein schlimmer Junge. Warum gibt es eigentlich gute Jungen und schlimme Jungen?«

»Das weiß wohl niemand, Cleo.«

»Man soll doch meinen, wenn der liebe Gott sich schon damit abgibt, Jungen zu machen, dann würde er doch wenigstens nur gute machen.«

Charity Nelson, Mr. Smedlers Sekretärin, steckte den Kopf durch die Tür. Als sie sah, daß das Mädchen noch immer da war, zog sie die Augenbrauen so hoch, daß sie fast unter ihrer orangefarbenen Perücke verschwanden.

»Mr. Smedler möchte Sie sprechen, Junior.«

»Sagen Sie ihm, ich hab eine Klientin hier.«

»Das hab ich ihm schon gesagt. Er glaubt's nur nicht.«

»Sagen Sie's ihm noch mal.«

»Sie spielen mit dem Feuer, Junior. Smedler hat ein hartes Wochenende hinter sich.«

Nachdem Charity die Tür wieder zu hatte, sagte das Mädchen: »Diese Frau mag mich nicht.«

»Miss Nelson mag überhaupt nicht viele Leute.«

»Ich gehe jetzt auch besser.« Sie sah sich unbehaglich nach der Tür um, als ob sie fürchtete, Charity könne sich dahinter versteckt halten. »Ich hab Sie schon viel zu lange aufgehalten.«

»Nur eine Viertelstunde.«

»Hilton sagt, es kommt auf jede Sekunde an. Er sagt, ein Augenblick kommt nie wieder. Was das nur wieder heißt? Es muß etwas heißen, sonst würde Hilton es nicht sagen.«

»Was hat Sie gerade in diese Kanzlei geführt?«

»Nichts. Das heißt, ich komme hier jeden Tag auf dem Weg nach Holbrook Hall vorbei. Meist fahren mich Frieda und Hilton, aber manchmal auch Ted, wenn er vom College zu Hause ist. Das ist immer gruslig, aber es macht Spaß. Jedenfalls hab ich da den kleinen Käfig rauf- und runterfahren gesehen und wäre so gern mal mitgefahren und... und...«

Sie war ins Stammeln geraten, und er verstand nicht mehr, was sie sagte. Er wartete geduldig, bis sie sich beruhigt hatte. Was sie auf einmal so erregt hatte, wußte er nicht. Vielleicht das viele Reden, vielleicht die Erinnerung an die grusligen Fahrten mit Ted, oder es war etwas, das tiefer saß und nicht zu erklären war.

Sie preßte die Fäuste von beiden Seiten gegen den Mund, wie um ihn unter ihre Gewalt zu bringen. »Und ich wollte auch mal einen Anwalt nach meinen Rechten fragen. Ich hab gedacht, wenn ich herkomme, darf ich mal in dem kleinen Käfig fahren.«

»Das geht heute leider nicht.«

»Ein andermal?«

»Vielleicht.«

»Aus ›vielleicht‹ wird nie was«, sagte sie. »Jedenfalls nicht, wenn's was Schönes ist.«

»Aus diesem doch.«

Sie stand auf und zog das Portemonnaie aus der Tasche ihres Jumpers. »Ich bezahle gleich.« Sie leerte den Inhalt des Portemonnaies auf den Tisch: drei Dollarnoten, zwei Fünfundzwanzig- und ein Fünfcentstück. »Hoffentlich reicht das. Ich mußte nämlich das Taxi bezahlen, das mich hergebracht hat, und mehr ist von dem Geld für den freien Nachmittag nicht mehr übrig.«

»Sagen wir, ich bekomme einen Dollar. Es ist ja Ihr erster Besuch, und viel habe ich nicht für Sie tun können.«

»Sie haben es jedenfalls versucht«, sagte sie nachsichtig, »und Sie sehen nett aus.«

»Soll ich Ihnen ein Taxi besorgen?«

»Nein, danke, ich kann laufen. Ich glaube, ich gehe mal ins Museum. Die Schule sieht es gern, wenn wir an unserm freien Nachmittag ins Museum gehen. Die meinen, wir lernen da was. Wie weit ist das von hier?«

»Zwei, drei Kilometer. Kennen Sie den Weg?«

»Na klar. Ich war doch schon hunderttausendmal da...«

Er sah ihr aus dem Fenster nach, als sie das Gebäude verließ. Das Museum befand sich im Norden. Sie wandte sich raschen und sicheren Schrittes nach Süden.

2

Der Tisch war lang und aus dunklem Nußbaumholz, kunstvoll gedrechselt im georgianischen Stil und für ein vornehmes englisches Speisezimmer gedacht. Aber Hilton saß an seinem Kopfende wie ein Kapitän, der seine Mannschaft unterwies, wie sie durch schwere See – sprich Steuern, Demokraten, Inflation, nicht ganz durchgebratenes Lamm und schlechte Manieren – zu manövrieren habe.

Die Mannschaft hörte ihm jedoch nicht sehr aufmerksam zu. Frieda, seine Frau, hatte eine Fernsehprogrammzeitschrift mit an den Tisch gebracht und überflog die Abendprogramme. Sie war eine hübsche Frau, die zur Rundlichkeit neigte und ein zänkisches Lächeln aufzusetzen pflegte, wenn sie sich ärgerte und es nicht zugeben wollte. Dieses Lächeln erschien des öfteren beim Essen, denn sie empfand es als himmelschreiende Ungerechtigkeit, daß Hilton offenbar essen konnte, was ihm in die Quere kam, ohne je ein Gramm zuzunehmen, während sie selbst an einem Schokoladeneclair nicht einmal vorbeigehen konnte, ohne gleich ein Pfund mehr auf den Rippen zu haben.

Die übrige Mannschaft war ebenso unaufmerksam. Lisa, die Collegestudentin, die allabendlich das Essen servierte, weil die Köchin sich weigerte, nach sieben Uhr noch zu arbeiten, bewegte sich mit rhythmischem Wiegeschritt herein und hinaus und dahin und dorthin, als ob sie ein unsichtbares Radio im Ohr stecken hätte. Ihre hautengen Jeans und das ebenso hautenge T-Shirt wurden halb von einem bestickten weißen Schürzchen bedeckt – es war das Äußerste an Uniform, was Frieda bei ihr durchsetzen konnte. Sie war in Cleos Alter, aber außer einem gelegentlichen Achselzucken oder Augenrollen, wenn Hilton sie besonders langweilte, wechselten die beiden kaum einmal etwas Persönliches miteinander.

Cleo hatte den Kopf auf die linke Hand gestützt und hielt den Blick unverwandt auf den Teller vor sich gerichtet.

Frieda war mittlerweile ganz auf die Gesellschaft des Fernsehers angewiesen. Hilton war oft geschäftlich unterwegs, und selbst wenn er zu Hause war, bewegten die Gespräche sich auf Cleos Niveau, damit sie sich nicht ausgeschlossen fühlte. Dadurch fühlte sich Frieda ihrerseits ausgeschlossen.

»Nimm bitte den Ellbogen vom Tisch, Cleo«, sagte Hilton. »Und iß deine Suppe wie ein wohlerzogenes Mädchen.«

»Kann ich nicht. Da sind so komische Sachen drin, wie Muschelschalen.«

»Es *sind* Muschelschalen. Das ist eine Bouillabaisse.«

»Knochen auch.«

»Und?«

»Der Gärtner gibt nicht mal seinem Hund Knochen. Er sagt, die können ihm Löcher in die Därme machen.«

»Ich finde dieses Thema für ein Tischgespräch nicht sehr geeignet. Nun iß schön deine Suppe. Die Köchin kocht eine ausgezeichnete Bouillabaisse. Wer nichts verkommen läßt, leidet nie Not.«

»Ach, du lieber Himmel!« sagte Frieda. »Laß die Suppe

stehen, wenn du sie nicht magst... und nun erzähl uns mal, was du heute gemacht hast.«

»Ich war im Museum.«

»Du warst den ganzen Nachmittag fort.«

»Ich hab ja auch Unmengen Bilder gesehen.«

»Bist du auch Leuten begegnet?«

»Da waren Unmengen Leute.«

»Ich meine, hast du mit jemandem gesprochen?«

»Nur einmal.«

»Mit einem Mann oder einer Frau?«

»Einem Mann.«

»Cleo, Liebes, wir wollen ja nicht neugierig sein«, sagte Hilton, »aber worüber hast du dich denn mit diesem Mann unterhalten?«

»Ich hab ihn nach der Damentoilette gefragt. Er hat mir gesagt, wo sie ist, und dann noch ›Schönen Tag‹ gesagt, und ich auch.«

Es war einen Augenblick still, dann sagte Hilton mit besorgter Stimme: »Ich dachte, das Museum sei montags geschlossen.«

Das Mädchen saß blaß und stumm da und starrte auf die Gräten und Muschelschalen auf dem Teller, bis Lisa kam und ihn abtrug.

Ein Zucken spielte um Hiltons rechten Augenwinkel und ließ das Lid auf- und niedergehen. Es sah aus wie ein scheeles Zwinkern. »Du weißt natürlich, wie wichtig es ist, uns die Wahrheit zu sagen, nicht wahr, Cleo?«

»Ich war im Museum. Da waren Unmengen Bilder. Und ich habe Unmengen Leute gesehen...«

»Ich habe dich sehr, sehr gern, Cleo. Dein Wohl wurde mir anvertraut. Ich muß wissen, wohin du gehst und welchen Umgang du pflegst.«

»Ich besuche Holbrook Hall. In Holbrook Hall habe ich jede Menge Umgang.«

»Laß das Mädchen jetzt mal in Frieden«, sagte Frieda energisch. »Sie hat offensichtlich wieder mal Mattscheibe. Da können wir nicht erwarten, daß sie sich wie ein normaler Mensch benimmt.«

»Ich bin eben außergewöhnlich«, sagte Cleo.

»Gewiß bist du das, meine Liebe. Und es ist nicht deine Schuld, daß du anders bist. Alle Menschen sind verschieden. Sieh dir Lisa an. Sie ist auch anders als andere.«

»Inwiefern?« fragte Lisa, indem sie die Soßenschale auf den Tisch stellte, dabei einen Tropfen verschüttete und mit dem Zeigefinger aufwischte.

»Du trägst furchtbar enge Hosen«, sagte Cleo. »Ich weiß gar nicht, wie du damit aufs... na, du weißt schon, auf die Toilette gehen kannst, wenn du es eilig hast.«

»Nichts als Übung.«

Hilton schwieg finster vor sich hin. Er hatte schon seit einiger Zeit das Gefühl, daß ihm die Dinge aus der Hand glitten, daß er keine Gewalt mehr über Cleo oder Frieda oder das Personal hatte. Selbst Zia, der Hund des Gärtners, nahm ihn gar nicht mehr zur Kenntnis, wenn er morgens die Zufahrt hinunterging, um die Zeitung zu holen. Schlechte Manieren, Steuern, Kriminalität, Demokraten und ungeeignete Tischgespräche, wohin man blickte. Er war erst fünfundvierzig Jahre alt und hätte am liebsten die Welt angehalten, um auszusteigen.

»Ich wäre auch lieber anders mit engen Hosen«, sagte Cleo.

Hilton seufzte und verteilte die mageren Grillhähnchen, die ihn an Cleo erinnerten, und den wilden Reis, der nur Gras aus Minnesota war, und den Spargel, den er haßte.

»Warum kann ich nicht anders sein und enge Hosen tragen? Warum nicht?«

»Streite bitte nicht mit mir, Cleo.«

»Warum kann ich nicht...«

»Weil solche Kleidung nicht zu dir paßt.«

»Warum nicht?«

»Es sind Fremde im Haus. Wir wollen doch unsere privaten Probleme nicht vor...«

»Ich werd's sagen. Ich werd's jedem sagen.«

»Es wird dir niemand zuhören.«

»O doch. Ich habe nämlich Rechte.«

Hilton aß sein mageres kleines Grillhähnchen, das ihn an Cleo erinnerte, und den wilden Reis, der wirklich nur Gras war, und den Spargel, den er haßte. Seine Hände bebten.

»Ich habe Rechte«, sagte das Mädchen noch einmal leise.

Im Laufe des Abends kam Ted für die Semesterferien vom College nach Hause. Er hatte so rechtzeitig zu kommen gehofft, daß er sein Glück einmal bei Lisa versuchen konnte, aber sie war schon fort, und so ging er allein in sein Zimmer hinauf. Er drehte sich einen Joint mit etwas Pot, das er von einem Dozenten gekauft hatte. Der hatte es angeblich aus Djakarta eingeschmuggelt, wahrscheinlich war es aber bei irgendwem im Hausgärtchen gewachsen. Er zündete sich den Joint trotzdem an, zog sich bis auf die Shorts aus und legte sich aufs Bett.

Er war ein gutaussehender junger Mann, groß und kräftig gebaut wie sein Vater. Das lange braune Haar reichte ihm fast bis auf die Schultern, obwohl Hilton ihn immer wieder dazu anhielt, es sich schneiden zu lassen. Er trug einen Bart, den seine Eltern noch nicht gesehen hatten und über den sie bestimmt meckern würden. Aber nach den ersten paar Zügen war ihm das egal.

Er hatte den Joint halb zu Ende geraucht, als es an seine Tür klopfte.

»Wer ist da?«

»Ich. Laß mich mal rein.«

Er öffnete die Tür, und Cleo kam ins Zimmer. Sie trug ein nicht *ganz* durchsichtiges rosa Nachthemd.

»He, geh dir mal was überziehen«, sagte Ted zur Begrüßung. »Der Alte kriegt einen Schlag. Er hält mich sowieso für einen Wüstling.«

»Bist du einer?«

»Klar.«

»Was tun Wüstlinge?«

»Herr im Himmel, hör auf damit, ja?«

»Du rauchst schon wieder dieses komische Zeug, nicht? Ich hab's auf dem ganzen Korridor bis hier gerochen.«

»Und?«

»Laß mich mal ziehen.«

»Warum?«

»Donny Whitfield sagt, da wird einem richtig scharf. Ich will, daß mir mal scharf wird.«

»Na ja, du brauchst wenigstens keine Angst zu haben, daß es deinem Gehirn schadet.«

Sie nahm einen Zug und blies den Rauch sofort wieder aus, dann setzte sie sich aufs Bett. »Mir wird nicht scharf.«

»Du mußt inhalieren und den Rauch in der Lunge behalten. So.«

»Gut.« Sie unternahm einen neuen Versuch. »Dein Bart sieht fürchterlich aus.«

»Danke.«

»Darf ich ihn mal anfassen?«

»Wenn du's so nötig hast, nur zu.«

Sie faßte seinen Bart an, ganz sanft. »Oh, ist der weich! Wie ein Häschen.«

»Ja, das bin ich auch. *Playboy*-Häschen des Jahres. So, und jetzt trag deinen Arsch wieder in dein Zimmer zurück.«

»Wie du wieder schmutzig redest!« sagte sie. »Laß mich noch mal ziehen.«

»Nur wenn du versprichst, daß du danach gleich gehst.«

»Versprochen.«

Sie inhalierte den Rauch und hielt ihn ein paar Sekunden in ihren Lungen fest. »Ich glaube, jetzt wird mir langsam scharf. Aber ich weiß es nicht genau – mir war noch nie scharf.«

»Du hast versprochen, zu gehen.«

»Gleich. Ich hab dich ja noch gar nicht fragen können, was ich dich fragen wollte.«

»Schieß los.«

»Meinst du, ich würde gut aussehen in so engen Hosen, wie Lisa sie trägt?«

»Woher soll ich denn das wissen?«

»Ich kann dir ja mal meine Figur zeigen.«

»He, Moment mal! Um Himmels willen, laß...«

Aber sie hatte schon das rosa Nachthemd ausgezogen und stand splitternackt, blaß und bibbernd vor ihm, als ob ihr kalt wäre. Aber ihr war nicht kalt.

Ted schloß die Augen.

»Ted, schläfst du?«

»Ja.«

»Du hast mich nicht mal angeguckt.«

»Ich hab genug gesehen.«

»Also, und was meinst du?«

»Was soll ich wozu meinen?«

»Mann, du mußt manchmal genauso verschwommene Momente haben wie ich. Du hast überhaupt nicht achtgegeben. Ich hatte dich was gefragt.«

Er setzte sich auf dem Bett auf. Der Schweiß lief ihm den Nacken hinunter.

»Hast du einen verschwommenen Moment, Ted?«

»Ja.«

»Du schläfst aber nicht, Ted, oder?«

»Nein.«

»Du hast mich noch nicht angesehen.«

»Ich hab genug gesehen.«

»Mir gefällt's hier bei dir so gut, Ted, weißt du das? Es ist so gemütlich. Gefällt es dir auch?«

»Ja.«

Sie setzte sich neben ihn aufs Bett. Ihre Schenkel berührten sich, und er fühlte das Zittern ihres Körpers und ihren warmen Atem in seinem Nacken.

»Cleo, hör mal... es ist besser, du...«

»Jetzt hab ich vergessen, was ich dich fragen wollte, und dabei war es furchtbar wichtig. Ah, jetzt weiß ich es wieder. Meinst du, ich sollte so enge Hosen tragen wie Lisa?«

»Jetzt nicht«, antwortete er flüsternd. »Im Moment nicht.«

»Dir ist richtig scharf, nicht wahr, Ted?«

»Leg dich hin.«

»Und wenn ich nicht mag?«

»Du magst.«

Er schob eine Hand zwischen ihre Beine. Sie stieß einen kleinen Quietscher aus und ließ sich aufs Bett fallen.

Hilton war vom Geräusch eines Autos aufgewacht. Er dachte, es müsse ein Nachbar sein, denn Ted war nicht vor morgen früh zu erwarten, und seine Ankunft war gewöhnlich vom Brüllen der Stereoanlage und Reifenquietschen begleitet.

Hilton lag lange da und lauschte den Geräuschen der Nacht, denen, die er haßte: Friedas Schnarchen im Zimmer nebenan und Zias Gebell hinter einer streunenden Katze her; und dem einen, das er liebte: dem Gesang der Spottdrossel, der zu jeder Tages- und Nachtzeit einsetzen konnte. Tagsüber war es sozusagen ein Potpourri aller Geräusche aus der Nachbarschaft, Gurren und Schnarren und Quaken und Kreischen, aber des Nachts war es meist ein reines, klares Pfeifen, immer und immer wieder die gleiche Melodie, wie ein Impressionist, der sein wahres Ich erst zeigt, wenn das Publikum gegangen ist.

Es gab auch noch andere Geräusche: ein Heimchen im Rosenstrauch vor Hiltons Zimmer und das Grollen und Gurgeln des Hungers in seinem Magen. Er stand auf, zog Morgenmantel und Slipper an und ging auf den Flur, um in die Küche hinunterzugehen und etwas Milch und ein paar Cracker zu sich zu nehmen. Ehe er an die Treppe kam, sah er Licht unter Teds Zimmertür am anderen Ende des Flurs.

Hilton blieb stehen und lauschte. Normalerweise war Teds Anwesenheit mit Lärm irgendwelcher Art verbunden, aber heute war nichts zu hören, nicht einmal leise Radiomusik. Er dachte, Frieda oder die Zugehfrau habe das Licht angelassen, nachdem sie das Zimmer für Ted saubergemacht hatte.

Er machte die Tür auf. Zwei Menschen lagen auf dem Bett, die Körper so ineinander verschlungen, daß sie aussahen wie einer, ein Monstrum mit zwei Köpfen. Es war nicht das erstemal, daß Ted ein Mädchen heimlich mit aufs Zimmer geschmuggelt hatte, und Hilton hatte schon angefangen, die Tür wieder zu schließen, als er sah, daß es Cleo war.

Ein Schrei bildete sich in seiner Kehle, gefror, schmolz und rann zurück in seine Brust. Die Körper trennten sich und wurden zwei.

»Allmächtiger«, sagte Ted, indem er sich auf dem Bett aufsetzte.

»Zieh dich an«, sagte sein Vater, »und mach, daß du rauskommst.«

»Du meine Güte, ist das ein Empfang daheim.«

»Zieh deinen Morgenmantel an, Cleo.«

»Ich hab keinen Morgenmantel«, sagte Cleo, »nur das rosa Nachthemd, das Frieda mir zum Geburtstag geschenkt hat.«

»Hier.« Hilton zog seinen Morgenmantel aus und deckte sie damit zu.

»Bist du böse auf mich, Hilton?«

»Nein.«

»Hand aufs Herz und schwöre...«

»Sei bitte still.«

»Er ist böse auf mich«, sagte Ted. »*Ich* bin der Schurke.«

»Du bist ein Dreckskerl«, sagte Hilton. »Und ich möchte, daß du noch diese Nacht das Haus verläßt.«

»Ich bin den ganzen Tag gefahren. Ich bin müde.«

»Nicht zu müde, wie ich sehe. Voran jetzt. Und komm mir nicht mehr in dieses Haus, nie mehr.«

»Herrgott noch mal, wie find ich denn das?« rief Ted. »Diese verrückte Gans kommt hier nackt zu mir rein und wirft sich mir an den Hals und...«

»Halt den Mund. Mach, daß du rauskommst, und betritt dieses Haus nicht mehr. Nie mehr!«

»Das ist verrückt, sag ich dir.«

»Cleo, geh in dein Zimmer. Ich möchte mit dir reden.«

»Du bist böse auf mich«, sagte das Mädchen. »Ich hab's gewußt, ich hab's einfach gewußt. Und ich bin nicht nackt hier reingekommen. Ich hatte mein Nachthemd an und hab's ausgezogen, um Ted meine Figur zu zeigen, damit er mir sagen kann, wie er sie findet.«

»Das Urteil scheint günstig ausgefallen zu sein.« Hilton ging auf den Korridor, und wenig später folgte ihm das Mädchen, das rosa Nachthemd hinter sich her schleifend wie ein schlechtes Gewissen.

In dem blau und weiß gestrichenen Zimmer, dessen Möblierung seit Cleos Kindheit nicht mehr verändert worden war, setzte Cleo sich in einen weißen Schaukelstuhl aus Korb, der bei jeder Bewegung, die sie machte, quietschte und knarrte. Hilton stand mit dem Rücken zu ihr, das Gesicht zur Wand, deren Tapete Cleo sich selbst hatte aussuchen dürfen: ein Gewimmel weißer Blüten, grüner Blätter und blauäugiger Kätzchen.

»Hör auf damit«, sagte er. »Hör auf zu schaukeln.«

»Du bist böse auf mich.«

»Ich bin nur enttäuscht.«

»Das ist dasselbe.«

»Nein.«

»Geht Ted jetzt fort?«

»Ja.«

»Für immer und ewig?«

»Er wird nicht mehr in diesem Haus wohnen.« Seine Stimme bebte. »Tut es dir leid, was du getan hast?«

»Wahrscheinlich. Wenn du es willst.«

»Ja, ich will, daß es dir leid tut.«

»Gut. Dann tut es mir leid.«

Er wußte, daß er ebensogut mit einem der blauäugigen Kätzchen an der Wand hätte reden können, aber er konnte nicht aufhören, es zu versuchen. »Ich liebe dich, Cleo. Das weißt du doch, ja?«

»Klar. Du sagst es mir ja dauernd.«

»Liebst du mich dafür auch?«

»Klar.«

»Nein, du liebst mich nicht«, sagte er in heiserem Flüsterton. »Du liebst nichts und niemanden.«

»O doch. Ich liebe Zia und Eiscremehörnchen und Fernsehen und Blumen und Erdbeeren...«

»Und wo komme ich auf dieser Liste – irgendwo zwischen Eiscremehörnchen und Erdbeeren?«

Sie hatte wieder zu schaukeln angefangen, sehr schnell, als versuchte sie, seine Worte hinter sich zu lassen und die sonderbaren kleinen Laute zu ersticken, die aus ihrem Mund kamen. Es waren die Laute ihrer verschwommenen Momente. Nach einer Weile würden sie wieder aufhören.

»Antworte mir, Cleo. An welcher Stelle komme ich?«

»Am liebsten muß ich Zia haben«, sagte sie langsam, »denn er ist nie böse auf mich, und wenn ich mit ihm spreche, hört er mir immer zu, als wäre ich ein richtiger Mensch.«

Er drehte sich um und packte die Lehne ihres Schaukelstuhls, damit das Knarren aufhörte. »Du *bist* ein richtiger Mensch, Cleo.«

»Nicht wie die andern. Du hast gesagt, ich liebe nichts und niemanden. Richtige Menschen lieben etwas.«

»So hatte ich das nicht gemeint. Entschuldige. Es tut mir sehr leid.«

»Schon gut.«

»Cleo.« Er ließ sich neben ihr auf die Knie sinken und begann, ihr übers Haar zu streicheln. »Versprich mir etwas. Du darfst dich nie von einem andern Mann berühren lassen. Versprichst du mir das?«

»Klar«, sagte sie. Er roch so gut, besser noch als Ted.

Am Morgen war Teds BMW fort, und daß er überhaupt dagewesen und wieder fortgefahren war, verriet nur noch ein Paar Skier, die er vom Dachgepäckträger abgenommen und neben die Einfahrt geworfen hatte.

Die Skisaison war vorbei.

Kaum wurde es draußen hell, da hörte man aus dem Frühstückszimmer Streiten. Laute Worte, leise Worte und wieder laute, je nachdem wer sprach, Frieda oder Hilton.

Cleo starrte an die Decke und lauschte. Frieda konnte so gut schreien, daß jedes Wort klar zu verstehen war: Ted sei ebenso ihr Sohn wie Hiltons... Hilton habe kein Recht, ihn so herzlos hinauszuwerfen, seinen eigenen Sohn... Ted sei ja nicht einmal schuld gewesen, sondern sie, dieses verdammte Gör, das verdorben sei bis in die Knochen... Sie wisse Recht nicht von Unrecht zu unterscheiden und habe auch nicht die Absicht, es zu lernen... Hilton habe sie so verdorben, er lasse sich von ihr um den kleinen Finger wickeln und gegen seinen eigenen Sohn aufwiegeln... Und wenn sie jetzt ein Kind bekomme?... Diese verdammten Schwachsinnigen sollte man allesamt sterilisieren...

Cleo hielt sich mit beiden Händen die Ohren zu, doch die Geräusche drangen durch das offene Fenster herein, kamen durch die Ritzen in den Fußbodenbrettern und unterm Türspalt hereingekrochen wie Giftgas... deine Schuld... die ganze Familie geopfert... verdammte Schwachköpfe gehören sterilisiert... verwöhnter Balg... ein verdorbener Apfel steckt den ganzen Korb an...

Sie wälzte den Kopf auf dem Kissen hin und her und erstickte die Worte in den Federn. Sie war kein Apfel, kein Balg, kein Schwachkopf. Sie war Cleo.

»Ich bin Cleo«, sagte sie laut. »Ich habe Rechte.«

II

Frau

3

An den folgenden Tagen mußte Tom Aragon immer wieder flüchtig an das Mädchen denken. Am Donnerstag hatte er dann Gelegenheit, sich nachhaltiger an sie zu erinnern. Die Empfangsdame brachte ihm eine Visitenkarte in sein Zimmer: Hilton W. Jasper. Das erinnerte ihn an die hohe, dünne Stimme des Mädchens mit dem immerzu wiederholten »Hilton sagt... Hilton sagt...«

Er sagte zu der Empfangsdame: »Schicken Sie ihn rein.«

»*Hier* rein?«

»Ich habe kein anderes Zimmer.«

»Aber das ist ein Schweinepferch. Der Mann sieht nämlich wich-t-i-g aus, mit G wie Geld.«

»Schicken Sie ihn trotzdem her. Vielleicht mag er Unordnung.«

Hilton Jasper war nicht ganz, was Aragon erwartet hatte. Er war ein großer, gut gebauter Mittvierziger und fast gutaussehend, wenn man von den verquollenen Augen und dem dünnen, zusammengekniffenen Mund absah.

»Mr. Aragon?«

»Nehmen Sie bitte Platz, Mr. Jasper.«

»Danke.« Er setzte sich auf denselben geradlehnigen Korbstuhl, auf dem seine Schwester gesessen hatte. »Wir kennen uns noch nicht, Mr. Aragon. Bis vor einer Stunde wußte ich noch nicht einmal, daß es Sie gab. Jetzt sieht es so aus, als ob Sie für mich sehr wichtig werden könnten.«

»Inwiefern?«

»Ich habe eine jüngere Schwester namens Cleo. Ihr Wohl bedeutet mir ungeheuer viel.« Er machte eine Pause. »Ich habe Grund zu der Annahme, daß sie am Tag vor ihrem Verschwinden hier war.«

»Sie war am Montag nachmittag bei mir.«

»Warum? Ja, ich weiß, Vertrauensverhältnis zwischen Anwalt und Klienten und so, aber ich kann meine Schwester kaum als Klientin betrachten. Sie hatte keinen Anlaß, juristischen Rat zu suchen. Es wurde immer alles für sie erledigt. Die Vorstellung allein, daß sie eine Anwaltskanzlei aufgesucht hat, ist mir völlig unbegreiflich. Es sei denn – und ich sehe mich gezwungen, diese Möglichkeit in Betracht zu ziehen – sie war an Ihnen persönlich interessiert.«

»Nein.«

»Sie sind jung, da dachte ich, es könnte womöglich sein... Sie ist so unschuldig. Es ist ihre Angewohnheit, sich von Leuten beeindrucken zu lassen und ihnen zu vertrauen.«

»Ich habe sie am Montag zum ersten- und letztenmal gesehen. Ihr Besuch hat ungefähr eine Viertelstunde gedauert. Und mehr als das war es auch nicht – ein Besuch. Sie schien keine irgendwie gearteten Schwierigkeiten zu haben, für die sie die Dienste eines Anwalts benötigt hätte.«

»Gott sei's gedankt.«

»Möchten Sie vielleicht ein Glas Wasser, Mr. Jasper?«

»Nein.«

Aragon goß dennoch etwas Wasser aus der Karaffe auf seinem Schreibtisch in einen Pappbecher, und Jasper trank es.

»Kam sie Ihnen normal vor, Mr. Aragon?«

»Normal ist ein dehnbarer Begriff.«

»Nicht dehnbar genug, um auch Cleo noch mit einzuschließen, fürchte ich.«

»Solange sie hier war, hat sie sich benommen wie ein eigenverantwortlicher Mensch. Den Intelligenzquotienten pflege ich nicht zu testen.«

»Was hat sie überhaupt hierhergeführt?«

»Was hat *Sie* hierhergeführt, Mr. Jasper?«

»Ein von mir beauftragter Privatdetektiv hat alle ihre Schritte am Tag vor ihrem Verschwinden verfolgt. Er hat festgestellt, daß sie während der Mittagspause mit einem Taxi von der Schule weggefahren ist. Meiner Frau und mir hat sie erzählt, sie hätte den ganzen Nachmittag im Museum zugebracht. Ich hab's ihr nicht geglaubt. Das Museum ist nämlich montags geschlossen. Jedenfalls hat der Taxifahrer sie hier zu dieser Kanzlei gefahren. Und nun bin ich also hier... Die Schule weiß nichts, angeblich jedenfalls. In diesen Einrichtungen weiß man ja nie etwas, nur wie man Geld eintreibt. Darin sind sie Experten.«

»Waren Sie schon bei der Polizei?«

»Ja. Dort war man höflich, aber unverbindlich.«

»Die Polizei macht um verschwundene Leute nicht viel Aufheben, weil sie meist gesund und munter von selbst wieder auftauchen. Glauben Sie, daß sie fortgelaufen ist, Mr. Jasper?«

»Lösegeldforderungen sind bisher nicht eingegangen«, sagte Jasper grimmig. »Außerdem hat sie ihre gesamten Ersparnisse von der Bank abgehoben, so um die tausend Dollar. Dieses Geld wird ihr nichts nützen, könnte vielleicht alles nur noch verschlimmern. Sie ist so verletzlich – jedem und allem auf Gnade und Barmherzigkeit ausgeliefert.« Er wischte sich mit dem Handrücken über die Stirn.

»Ich bin nie auf die Idee gekommen, daß sie das Geld abheben könnte. Ich habe ihr alles gegeben, was sie brauchte, alles, was sie sich wünschte. Das Konto lief auf ihren Namen, weil ich sie dazu erziehen wollte, verantwortungsvoll mit Geld umzugehen, zu sparen. Und gespart hat sie auch – Geld, das sie zum Geburtstag geschenkt bekam, zu Weihnachten und so weiter.«

»Dann war es also ihr eigenes Geld?«

»Ja.«

»Sie hat nichts Ungesetzliches getan, um daranzukommen?«

»Nein.«

»Und sie ist über einundzwanzig?«

»Ja.«

»Sind Sie ihr gesetzlicher Vormund?«

»Ja.«

»Haben Sie eine diesbezügliche Erklärung unterschrieben?«

»Ja.«

»Haben Sie sich die in letzter Zeit noch einmal angesehen?«

»Nein. Sie liegt in einem meiner Bankschließfächer. Ich weiß nicht einmal genau, in welchem.«

»Vormundschaften enden meist mit dem einundzwanzigsten Lebensjahr.«

»Aber sie ist doch – nicht zurechnungsfähig.«

»Darüber müßte ein Richter befinden.«

»Es ist allgemein bekannt.«

»›Allgemein bekannt‹ ist kein juristisch verbindlicher Begriff«, sagte Aragon. Ihm war bei diesem Mann nicht ganz wohl, noch weniger als bei Cleo. »Ich weiß nicht so genau, was Sie von mir wünschen, Mr. Jasper.«

»Hilfe. Ich muß Cleo in die Sicherheit und Geborgenheit ihres Zuhause zurückholen. Aber dafür muß ich sie zuerst finden. Wo könnte sie sein? Wohin in Gottes Namen könnte sie gegangen sein? Wir haben Verwandte da und dort im ganzen Land, aber niemand von denen würde sie bei sich aufnehmen. Niemand möchte für sie verantwortlich sein. Man kennt sie schließlich.« Seine Stimme wurde lauter. »Nein, wahrscheinlich ist sie irgendwo da draußen ganz allein und erzählt jedem, dem sie begegnet, wieviel Geld sie bei sich hat – fordert die Katastrophe geradezu heraus. Sie wissen ja nicht, wie leicht man ein solches Mädchen herumkriegen kann – schon mit einem Lächeln oder einem freundlichen Wort. Ich muß sie finden.«

»Sie sagten, Sie hätten einen Detektiv beauftragt.«

»Ja, als mir klar wurde, daß die Polizei sich für den Fall nicht interessiert. Der Detektiv hat Cleos Schritte bis in Ihre Kanzlei verfolgt, dann mußte er nach Houston fliegen, um in einer Haftsache auszusagen. Ein schlechter Beginn. Ich erwartete einen noch schlechteren Ausgang und habe ihm den Auftrag wieder entzogen.«

»Und dann sind Sie hierhergekommen.«

»Ich habe von einem meiner Sekretäre Erkundigungen über Sie einziehen lassen. Sie haben schon öfter nach Vermißten gesucht. Und Sie haben einen zusätzlichen Vorteil. Sie haben meine Schwester schon einmal gesehen, mit ihr gesprochen, sich vom Grad ihrer Unzurechnungsfähigkeit selbst überzeugen können. Sie kennen sie.«

»Man lernt einen Menschen nicht in einer Viertelstunde kennen.«

»Vielleicht hat sie Ihnen das eine oder andere erzählt.«

Aragon dachte an die vielen »Hilton sagt... Hilton sagt...«. »Ein Großteil von dem, was sie gesagt hat, waren

Zitate von Ihnen, Mr. Jasper. Ihre Meinungen scheinen ihr sehr wichtig zu sein.«

»Das dachte ich auch, bis vorige Woche.« Die Augen des Mannes bekamen einen feuchten Schimmer. »Ich brauche Ihre Hilfe, Aragon. Ich kann jede Summe zahlen, die Sie verlangen.«

»Die Entscheidung liegt nicht bei mir, Mr. Jasper. Ich arbeite in einer Kanzlei und muß tun, was der Chef der Kanzlei, Mr. Smedler, mir aufträgt.«

»Mit Smedler komme ich schon klar.« Es lag etwas Verächtliches in seinem Ton, als ob es wirklich nichts weiter wäre, mit Leuten wie Smedler fertig zu werden. »Sind Sie an dem Auftrag interessiert?«

»Ja. Solange Ihnen klar ist, daß man das Mädchen nicht zur Rückkehr zwingen kann.«

»Auch nicht, wenn sie geistig und psychisch labil ist?«

»Ich bin nicht sicher, ob Sie das beweisen können. Die Gesetze zum Schutz der Rechte des einzelnen sind sehr streng geworden.«

»Ich habe sie nie zu irgend etwas gezwungen«, sagte er, aber er sah merkwürdig verstört aus, als ob da etwas ans Licht gekommen wäre, was er verborgen geglaubt hatte. »Gewaltanwendung ist nicht meine Art. Wenn Sie Cleo finden, werden Sie ihr ganz einfach klarmachen, daß sie besser wieder nach Hause kommt, wo sie geliebt wird und sicher aufgehoben ist.«

»Was könnte sie zum Weggehen veranlaßt haben, Mr. Jasper?«

»Ich weiß es nicht.«

»Es hat keinen Streit gegeben?«

»Nein.«

»Schon eine kleine Meinungsverschiedenheit könnte sie dazu –«

»Ich sagte nein.«

»Kann ich mit Ihrer Frau sprechen?«

»Lieber nicht. Sie regt sich sehr leicht auf. Es wäre besser, wenn Sie ausschließlich mit mir verhandelten.«

»Cleo hat einmal Ihren Sohn Ted erwähnt. Er könnte möglicherweise etwas wissen, was Ihnen nicht bekannt ist, Mr. Jasper.«

»Das kann nicht sein. Er ist immer im College.«

»Wo?«

»Es wäre Zeitverschwendung, Ted zu fragen. Es geht auch gar nicht um die Frage, *warum* sie gegangen ist. Sie haben sich nur darum zu kümmern, *wohin* sie gegangen ist.«

»Meist hängt das eine mit dem andern zusammen.«

»Sie müssen sie finden«, sagte Jasper. »Sie müssen sie nur finden.«

Es war mehr ein Befehl als eine Bitte.

»Ist sie schon einmal fortgelaufen?«

»Nein.«

»Hat sie schon einmal davon gesprochen, es tun zu wollen?«

»Nein.«

»Wann haben Sie sie zuletzt gesehen?«

»Montag abend. Da haben Cleo, meine Frau und ich zusammen zu Abend gegessen. Während des Essens habe ich sie gefragt, was sie nachmittags gemacht habe, und sie sagte, sie sei im Museum gewesen. Ich war ziemlich sicher, daß das Museum montags zu hat, aber sie sprach davon, daß sie ›Unmengen Bilder‹ gesehen habe. Ich habe nicht widersprochen. Nach dem Essen ist sie zum Fernsehen in ihr Zimmer gegangen. Frieda und ich haben uns früh zurückgezogen. Das Haus ist groß und hat dicke, feste Wände, die Geräusche schlucken. Vielleicht hat Cleo noch bis spät in die Nacht ferngesehen. Jedenfalls erschien sie nicht zum Frühstück, und wir haben sie nicht geweckt. Ich bin zur Arbeit gefahren und Frieda zu einer Versammlung. Wir nahmen an, wenn der Schulbus käme, um sie abzuholen, würde sie einsteigen wie immer. Die Köchin sagt, als sie zur Arbeit gekommen sei, habe der Schulbus in der Einfahrt gestanden und gewartet, aber sie habe Cleo nicht einsteigen sehen. – Das ist alles.«

Es klang nicht so, als ob es alles wäre, nicht einmal die Hälfte von allem, und das schien auch Jasper klar zu sein.

»Ich kann Ihnen nicht alles sagen«, meinte er, »weil ich selbst nicht alles weiß. Ich habe vierzehn Jahre lang an Vaters Statt für Cleo gesorgt, seit ihrem achten Lebensjahr, und ich habe mir eingebildet, das Mädchen zu verstehen. Es scheint jetzt, als ob ich mich da geirrt hätte. Die Lüge über ihr Tun und Lassen an diesem Nachmittag war vielleicht nicht die erste, vielleicht nur eine von hundert. Ich sage vielleicht. Auch das weiß ich ja nicht.«

Das Eingeständnis fiel Jasper augenscheinlich schwer. Obwohl es kühl im Zimmer war, wischte er sich über die Stirn, als ob es ihn fiebrig machte, im Irrtum oder auch nur im Zweifel zu sein.

»Die Schule hat Dienstag nachmittag angerufen, um sich zu erkundigen, ob Cleo wegen Krankheit zu Hause geblieben sei. Auf so etwas achten sie streng, weil viele ihrer Schüler sehr anfällig für Infektionen sind. So haben wir erst erfahren, daß sie fort war.«

»Hat sie etwas mitgenommen?«

»Ja.«

»Kleidung? Einen Koffer?«

»Den Hund«, sagte Jasper. »Sie hat Zia mitgenommen, den Hund.«

Er preßte ein Taschentuch gegen den Mund, und der Laut, den es erstickte, hätte ein Husten sein können, ein Lachen oder ein Wutschrei.

»Den Hund«, wiederholte er. »Er ist ein Basset und gehört Trocadero, unserm Gärtner. Dem alten Mann bricht es das Herz. Er hat sie um die Vormittagsmitte mit dem Hund das Anwesen verlassen sehen, als ob sie einen Spaziergang am Strand machen wollte, der nur drei Häuserblocks entfernt ist. Er hat den ganzen Nachmittag nach dem Hund gesucht, beim Tierschutzverein angerufen, beim Tierasyl, sogar bei der Polizei. Nachdem am Nachmittag die Schule angerufen hatte, habe ich selbst eine Suche gestartet, aber nicht nach dem Hund. Ich bin herumgefahren, zu Nachbarn und Freunden, habe mich am Busbahnhof erkundigt, am Flughafen, sogar bei den zwei örtlichen Autovermietungen, obwohl ich wußte, daß Cleo nicht Auto fahren kann. Schließlich bin ich in Trocaderos Wohnung über der Garage gegangen und habe ihm gesagt, daß Cleo fortgelaufen sei und Zia mitgenommen habe. Er wollte mir nicht glauben.«

»Was glaubt er denn?«

»Daß jemand sie im Wagen mitgenommen hat. Er hatte keinen Beweis dafür, keinen Anhaltspunkt, nur ein Gefühl. Er sagt, Zia wiegt dreißig Kilo, und Cleo könne ihn nicht einmal hochheben, geschweige in einen Omnibus oder in ein Flugzeug schmuggeln. Troc hat eine ›Entlaufen‹-Anzeige in die Lokalzeitung gesetzt und fünfzig Dollar Belohnung für das Zurückbringen des Hundes ausgesetzt, Vertraulichkeit zugesichert. Die Anzeige ist in der heutigen Morgenausgabe erschienen. Bisher hat noch niemand darauf reagiert.«

Er verstummte und sah zum Fenster hinaus, durch das man einen Blick über die Stadt hatte. Täglich schien sie sich weiter den Berg hinaufzuschieben, der sie von der Wüste dahinter trennte. Es war eine kleine Stadt, aber sie sah mit einem Mal riesig aus, groß genug, daß hundert entlaufene Hunde und junge Mädchen sich darin verstecken konnten.

Jasper drehte sich wieder zu Aragon um. »Erinnern Sie sich an die drei jungen Anhalterinnen, die letztes Jahr hier ermordet wurden?«

»Ja.«

»Ich auch.« Die Leichen von zweien hatte man auf dem Grund einer bewaldeten Schlucht gefunden, schon zum Teil verwest. Die dritte Leiche war von einem Fischerboot jenseits des Kelpgürtels aufgefischt worden, von Verwesungsgasen aufgebläht und von Haien angefressen.

»Machen Sie sich keine unnötigen Sorgen«, sagte Aragon. »Das bringt Ihnen gar nichts.«

»Könnten Sie mir auch etwas Konkreteres raten?«

»Sie können die Sache mit dem Inserat weiterverfolgen. Vergrößern Sie es. Statt *Zurückbringen* schreiben Sie *Hinweise, die zur Auffindung führen.* Und erhöhen Sie die Belohnung auf fünfhundert Dollar.«

»Ich kann mehr zahlen. Jede Summe.«

»Versuchen Sie es erst mal so.«

»Ich habe schon daran gedacht, eine Anzeige wegen Cleo selbst aufzugeben, mit Foto und Beschreibung und so weiter, aber Frieda war dagegen. Es geht gegen ihren sogenannten Stolz. Ich weiß nicht, ob dieses Wort hier angebracht ist. Jedenfalls wollte ich mich über ihre Wünsche nicht hinwegsetzen. Die Dinge stehen auch so schon schlimm genug.«

»Es gibt eine gebührenfreie Rufnummer für Ausreißer, die nahezu im ganzen Land eingeführt ist. Wenn sie es sich anders überlegt und nach Hause kommen will, werden Sie es erfahren.«

»Über Dinge wie gebührenfreie Rufnummern weiß sie bestimmt nicht Bescheid. Sie ist ja so weltfremd.«

»Sie sagen, sie sieht fern.«

»Ja.«

»Viel?«

»Ja.«

»Vielleicht ist sie nicht ganz so weltfremd, wie Sie glauben, Mr. Jasper.«

Jasper machte auf seinem Stuhl eine Bewegung wie ein Boxer, der einem Schlag auszuweichen versucht. »Ich muß jetzt wohl gehen. Komme sowieso schon zu spät zu einem Termin. – Werden Sie mir helfen, sie zu finden, Aragon?«

»Dazu brauche ich eine Anweisung von oben.«

»Die bekommen Sie.«

Als Aragon um halb sechs zum Parkplatz ging, stand Charity Nelson neben seinem alten Chevrolet. Was den Schatten betraf, war sein Standplatz der beste auf dem ganzen Gelände, aber der Schatten stammte von einem Eukalyptusbaum, und die Besitzer neuerer Wagen mieden ihn wie die Pest. So stand der Chevvy dort in grandioser Abgeschiedenheit; seinem ohnehin schon pockennarbigen Lack konnten die öligen Absonderungen des Baumes nichts mehr anhaben.

Charity lehnte an der Motorhaube und fächelte sich mit einem Briefumschlag Kühlung zu.

»Wann werden Sie diesen Schrotthaufen endlich abstoßen, Aragon?«

»Sobald mir jemand einen neuen schenkt.«

»Vielleicht ist das hier die Anzahlung.« Sie klopfte auf ihre Handtasche. »Wollen Sie mal raten, was hier drin ist?«

»Ein Liebesbrief.«

»Fast. Liebe und Geld sind für Smedler wie Speck und Ei. – Hier. Lösen Sie ihn lieber ein, Junior, bevor der Alte merkt, daß er spinnt.«

Aragon öffnete den Umschlag, den sie ihm gab. Er enthielt einen Scheck über zwei Wochengehälter und einen Zettel, auf dem in Smedlers Handschrift stand: *Sia haban zwai Wochan Urlaub. Und nicht patzen. WHS.*

»Patzen?« fragte Aragon. »Ist das eine Geheimsprache?«

»Bei Smedler sehen ›e‹ und ›a‹ sich ziemlich gleich. Er gibt Ihnen zwei Wochen Urlaub und will nicht, daß Sie bei den andern in der Kanzlei petzen. – Warum haben Sie um Urlaub gebeten?«

»Ich habe mir eine unbekannte tropische Krankheit zugezogen, die einen längeren –«

»Aufhören! Also, warum haben Sie um Urlaub gebeten?«

»Hab ich gar nicht.«

»Dann spinnt er wirklich. Eigentlich schade. Er ist unter all seiner Schlechtigkeit im Grunde gar kein übler Kerl.«

Er stieg in seinen Wagen und drehte den Zündschlüssel um, aber Charity ignorierte den Wink mit dem Zaunpfahl.

»Ich wette, ich weiß genau, wohin Sie jetzt fahren, Junior«, sagte sie. »Nach San Francisco zu Ihrer Frau.«

»Mr. Smedler hat gesagt, ich soll nicht patzen, und ich patze nicht.«

»Damit hat er doch nicht mich gemeint. Kann er gar nicht. Ich bin seine Privatsekretärin.«

»Sie sind ein Patzmaul, das weiß er.«

»Ach, Junior, seien Sie nicht so. Nur ein kleiner Wink.«

»Ich geh wieder zur Schule«, sagte er nicht ganz wahrheitswidrig. »Ich brauche eine kleine Auffrischung.«

4

Holbrook Hall befand sich auf dem früheren Anwesen eines Rinderbarons der Jahrhundertwende. Seine steinernen Mauern waren Teil eines staatlichen Arbeitsprojekts der dreißiger Jahre, aber das Haupteingangstor mit dem elektronischen Auge war ganz neuzeitlich, ebenso die Außengebäude, die sich über das ganze Gelände verteilten. Es waren Sandelholzbauten, die aussahen wie Bungalows.

Für eine Schule herrschte hier eine ganz und gar untypische Stille. Kein Lärmen, kein Lachen, nur das Rattern eines Motorrasenmähers und das Wiehern eines Pferdes. Als Aragon an der Koppel vorbeikam, sah er, daß zwei der Pferde gesattelt und erst vor kurzem zu schnell und zu hart geritten worden waren. Ein paar Sekunden später kamen auch die Reiter in Sicht, zwei Heranwachsende in Cowboystiefeln und bis über die Stirn gezogenen Cowboyhüten. Als sie den Wagen hörten, gaben sie mit dem Daumen Anhalterzeichen.

Aragon öffnete die Tür, und beide stiegen vorn ein. Sie waren etwa vierzehn Jahre alt, schmutzig, müde und mürrisch. Über ihre Gesichter liefen Tränen, gemischt mit Schweiß, und aus den Wasserflaschen, die sie bei sich hatten, tropfte es.

»Was habt ihr zwei denn vor?«

»Nichts.«
»Überhaupt nichts.«
»Wir sind ausgeritten.«
»Erwischt worden sind wir.«
»Wir wollten meine Mama in New York besuchen.«
»Wir haben unsere Butterbrote vergessen.«
»Wir wollten sie überraschen.«
»Meine Mama auch.«
»Sie ist nicht deine Mama. Wir sind keine Brüder.«
»Meine Mama wohnt ganz nah dabei in New Orleans.«
»Wir haben unsere Butterbrote vergessen.«

Die Jungen wurden an einem der Bungalows abgesetzt, und Aragon fuhr weiter bis zum Haupthaus des Anwesens, einem Gebäude in klassisch-mediterranem Stil. Das fliesenbelegte Foyer diente als eine Art Vorzimmer.

An einem Tisch saß ein junger Mann und tippte so langsam und bedächtig auf einer Schreibmaschine, als schriebe er seine Memoiren. Der andere Schreibtisch war unbesetzt, abgesehen von einem großen blauen Vogel, der Erdnüsse fraß. Diese wurden ihm von einem etwa zehnjährigen Mädchen geschält, dessen schräge Augen und sanfter Blick ein Downsches Syndrom verrieten.

Der Mann sagte: »Hör mal auf, Sandy. Wir haben Besuch.«
»Ein Freund?«
»Bestimmt.«

Das Mädchen stand auf, der Vogel flog zum Fenster hinaus, und der junge Mann wandte sich Aragon zu.
»Sind Sie Mr. Aragon?«
»Ja.«
»Mrs. Holbrook erwartet Sie schon. Ein schöner Morgen. Es geht nichts über den Frühling. Hier entlang, bitte.«

Mrs. Holbrooks Büro mit seiner roten Lederpolsterung und den halbrunden Schreibtischen war imposanter als seine Bewohnerin. Sie war eine kleine Frau mit kurzem, weißem Kraushaar, Grübchen und sanften blauen Augen, die irgendwie fassungslos wirkten.

»Nehmen Sie bitte Platz, Mr. Aragon.«

»Danke.«

»Das ist eine bestürzende Situation. Eine Schule wie diese hat unter Skandalen jeder Art immer schwer zu leiden. Wir sind von Zuschüssen und Spenden abhängig. Unsere Gebühren sind hoch, aber sie decken schlicht nicht unsere Kosten, und wir brauchen Wohltäter wie Mr. Jasper. Er war in der Vergangenheit sehr großzügig. – Und dann geht es natürlich auch um Cleo selbst. An sie gilt es auch zu denken.«

»Ja«, sagte Aragon. Er hätte gern gewußt, an wievielter Stelle auf dieser Liste Cleo stand.

»Die andern Schüler wissen natürlich nichts. Ich habe verlauten lassen, daß sie Windpocken hat – ich habe etwas Ansteckendes gewählt, damit keiner von ihnen auf die Idee kommt, sie besuchen zu wollen. – Ich muß sagen, ich bin über Cleo erstaunt. Es ist gar nicht ihre Art, so etwas zu machen.«

»Was ist denn ihre Art?«

»Sich zurückzuziehen, wenn ihr etwas nicht paßt, die Nahrung zu verweigern und für sich allein zu den Ställen oder in den Hühnerhof zu gehen. Diese jungen Menschen haben oft eine starke Beziehung zu Tieren. Sie ist ein schüchternes Mädchen, verzärtelt und überbeschützt. Ein aktiver Schritt wie der, fortzulaufen und so lange fortzubleiben, ist bei ihr ganz erstaunlich. Darauf war ich in keiner Weise vorbereitet. In so gut wie keiner Weise.«

»Heißt ›so gut wie‹, daß die Möglichkeit sich doch irgendwie angedeutet hat?«

Sie zögerte, bevor sie antwortete. »Auf der letzten Konferenz fiel Cleos Name. Einer der Berater berichtete, daß sie anscheinend mehr Selbstvertrauen entwickle, sogar ein wenig aufdringlich werde. Er sah darin einen Fortschritt, und die andern schlossen sich dieser Meinung an.«

»Wenn Sie von ›andern‹ reden, meinen Sie Lehrer oder Berater?«

»Das ist hier dasselbe. Wir vermeiden das Wort *Lehrer*, weil es heutzutage manchmal einen negativen Beigeschmack hat.«

»Welcher Berater hat auf dieser Konferenz die Bemerkung über Cleo gemacht?«

»Roger Lennard.«

»Hatte er ein besonderes Interesse an Cleo?«

»Nicht wie Sie das meinen«, sagte sie trocken. »Wir stellen als Berater für die Mädchen nur Männer ein, die – äh – an Frauen kein Interesse haben. Und umgekehrt für die Jungen. Dadurch bleiben Romanzen zwischen Lehrern und Schülern, die selbst in Einrichtungen wie dieser zum Problem werden könnten, auf ein Minimum begrenzt. Einige von den Eltern wollen ja keinesfalls wahrhaben, daß diese jungen Menschen die gleichen sexuellen Triebe haben wie andere auch. Wir regeln das hier so gut, wie wir können.«

»Es besteht also keine Möglichkeit, daß Cleo eine romantische Beziehung zu Mr. Lennard hatte?«

»Keine.«

»Gar keine?«

»Er ist schwul wie ein Pavian.«

Sie ging auf die andere Seite des Zimmers und blieb kurz

stehen, um eines der Bilder an der Wand geradezurücken. Sie war eine kleine, adrette Erscheinung, und der gelbe Leinenanzug, den sie anhatte, sah teuer aus. Außer einem Ehering trug sie keinen Schmuck.

»Was ist eigentlich genau mit Cleo los, Mrs. Holbrook?«

»Höchstwahrscheinlich eine Kombination aus allem möglichen. Es ist schwierig, geistige und gefühlsmäßige Unterentwicklung voneinander zu trennen. Cleo ist ein abhängiges, passives kleines Geschöpf. Sie hat noch nie im Leben eine Entscheidung getroffen; das wurde ihr noch nie abverlangt, wahrscheinlich auch nie erlaubt. Wir können also nicht mit Sicherheit sagen, wie sie auf eigene Faust handeln würde. Ich persönlich vermute, daß bei ihr unter anderem eine milde Form von Epilepsie vorliegt. Aber unsere Versuche, ein Elektroenzephalogramm machen zu lassen, hatten keinen Erfolg. Sowie sie nur die Drähte sah, wurde sie hysterisch, und dann nahmen die Jaspers sie wieder mit nach Hause. Zuverlässige Ergebnisse sind nur zu bekommen, wenn der Patient beim EEG kooperativ ist, darum wurden keine weiteren Versuche unternommen. Ein Jammer. Denn falls sich zeigen sollte, daß bei ihr Epilepsie mit im Spiel ist, könnte sie behandelt werden. Eine völlig andere Therapie wäre natürlich, sie von ihrem Bruder und dessen Frau zu trennen. – Sehen Sie, jetzt fange ich schon wieder damit an, werfe mit meinen unmaßgeblichen Meinungen um mich, stelle Diagnosen und spiele ohne Approbation den Onkel Doktor. Aber wenn man seit über dreißig Jahren in so einer Institution tätig ist, sieht man so viele Wiederholungen, daß man dazu neigt, die Dinge zu vereinfachen. Cleo ist wie wir alle ein komplexer Mensch. Außergewöhnlich, wie wir hier sagen.«

Sie sah zur Tür. Es war eine so deutliche Beendigung des Gesprächs, als hätte sie gleich zur Tür gewiesen und ihm befohlen, zu gehen.

Aragon sagte: »Fassen wir zusammen, Mrs. Holbrook. Ihrer Ansicht nach ist es ungewöhnlich, daß Cleo so etwas Aktives tut, nämlich wegzulaufen, und noch ungewöhnlicher ist es, daß sie so lange wegbleibt.«

»Ja.«

»Und doch gibt es laut Ihrem Berater Roger Lennard Hinweise darauf, daß sie in letzter Zeit selbständiger geworden ist.«

»Richtig.«

»Sind Sie ganz sicher, daß Mr. Lennard und Cleo –«

»Vollkommen und absolut sicher. Roger war es ja, der auf dieser Konferenz ihren Namen überhaupt ins Gespräch gebracht hat. Wenn es irgendeine Beziehung zwischen ihnen gäbe, hätte er sie bestimmt nicht noch an die große Glocke gehängt.«

»Wie stehen Sie selbst zu Cleo, Mrs. Holbrook?«

»Ich kann es mir nicht erlauben, persönliche Beziehungen zu irgendwelchen Schülern von uns aufzunehmen. Das würde mich im Umgang mit den anderen beeinflussen.« Das Telefon auf ihrem Schreibtisch klingelte, und sie nahm ab. »Ja?... Lund und Johnston – das ist das erste Mal, nicht? ...Schicken Sie die Jungen her. *Nach* dem Duschen.« Sie legte auf und wandte sich wieder Aragon zu. »Ich hoffe, daß Cleos kleine Kapriole nicht schon Nachahmer findet.«

»Ich denke, die Schüler wissen noch nichts davon.«

»Natürlich haben sie es rausgekriegt«, sagte sie mit einem Seufzer. »Irgendwie kriegen sie's immer raus. So oder so.«

Unter der Eiche, unter der Aragon seinen Wagen abgestellt hatte, saß ein junger Mann und aß Mais-Chips aus einer riesigen Tüte. Er war etwa achtzehn Jahre alt, sehr dick und rotgesichtig, und ein asthmatisches Pfeifen begleitete seine Worte, als er sprach.

»He, Sie.«

»Ja?«

»Wollen Sie'n Chip?«

»Danke, nein.«

»Schon was von Cleo gehört?«

»Cleo was?«

»Cleo was – also, das ist stark. Machen Sie vielleicht Witze? Cleo was! Das Windpockenmärchen ist doch ein Heuler. Die müssen uns für lauter Doofköppe halten. Wollen Sie meine Meinung hören?«

»O ja, bitte.«

»Gekidnappt worden ist sie. Die Kidnapper haben nur noch kein Lösegeld verlangt, weil sie dem alten Jasper Zeit lassen wollen, richtig weichzukochen. Je weicher, desto eher ist er bereit, 'nen Packen Scheine springen zu lassen, um sie zurückzukriegen. Denken Sie mal darüber nach.«

Aragon dachte nach. »Sind Sie Donny Whitfield?«

»Ja. Woher wissen Sie das?«

»Cleo hat von Ihnen gesprochen.«

»So? Was hat sie denn gesagt? Daß sie mich mag? Mit mir in die Koje möchte?«

»Darüber haben wir nicht gesprochen. Sie hat von dem Schulausflug nach Catalina auf der Jacht Ihres Vaters erzählt.«

»Ach so, das. Stark. Der Alte putzt sich gern raus und spielt den Kapitän.« Die Mais-Chips waren alle. Donny brach eine Packung Kekse an. »So'n Clown.«

»Waren Sie mit auf dieser Kreuzfahrt, Donny?«

»Klar. Ich und der Erste Maat, wir haben früher mal Geschäfte miteinander gemacht.«

»Was für Geschäfte?«

»Wieso bilden Sie sich ein, daß ich Ihnen das erzähle? Wahrscheinlich sind Sie'n Spitzel.«

»Nein.«

»Ich sag's trotzdem nicht. Könnte künftige Geschäfte verderben.«

»Wohin sind Sie auf dieser Osterkreuzfahrt gefahren, Donny?«

»Bloß nach Catalina. Weiter hat uns Drache Holbrook ja nicht getraut. Überhaupt hätte sie uns nicht mal so weit getraut, wenn mein Alter ihr nicht gesagt hätte, wir könnten nicht in irgend 'nen Schlamassel geraten, weil's da gar keinen Schlamassel zum Reingeraten gibt. Und Cleo sowieso. So auf lieb wie die macht sonst keiner von uns. Sind die meisten auch nicht. So was Spießiges. Die traut sich nicht mal zu atmen, wenn ihr Alter es ihr nicht erlaubt. Zum Heulen.«

»Das ist nicht ihr alter Herr, Donny. Es ist ihr Bruder.«

»Ganz was anderes. Er ist aber der Boß und sagt, wo's langgeht.«

Der Junge hustete und zielte einen Placken Schokoladenspucke auf den Eichenstamm, wo sie an der Rinde herunterrann wie Tabaksaft. »Fahren Sie in die Stadt?« fragte er, indem er sich mit dem Unterarm über den Mund wischte.

»Ja.«

»Ich weiß, wo man prima Gras kriegt. Wollen Sie welches kaufen?«

»Nein.«

»Ach was, Mann! Fahren wir. Bis zum Tor bleib ich im Kofferraum, dann setz ich mich nach vorn zu Ihnen.«

»Das glaub ich nicht«, sagte Aragon. »Der Kofferraum ist zugeschlossen, und ich hab den Schlüssel verloren.«

»Mann! Das ist ja schon wieder so 'n Windpockenmärchen. Wofür halten Sie mich? Für so 'n Doofkopp wie die andern? Sie wollen mich bloß nicht mitnehmen, stimmt's?«

»Stimmt.«

»Scheißkerl.« Der Junge starrte verdrießlich in die inzwischen geleerte Keksschachtel. »Ich wette, wenn ich entführt würde, mein Alter würde keinen Zehner lockermachen, um mich wiederzukriegen.«

»Ich wette, doch.«

»Nee. Der sperrt mich doch bloß hier in diesen Mülleimer, damit ich ihm bei seinen Weibern nicht in die Quere komme. Haben Sie'n Kaugummi?«

»Bedaure, nein.«

»Scheißkerl.«

5

Aragon verbrachte den Rest des Tages in der öffentlichen Bibliothek und im Mikrofilmarchiv der Lokalzeitung. Hilton William Jasper war dort als Ölmanager und Bankdirektor eingetragen, geboren in Los Angeles als Sohn von Elliot und Lavinia Jasper, Absolvent der California School of Technology, verheiratet mit Frieda Grant, ein Sohn, Edward.

Im selben Verzeichnis stand auch Peter Norman Whitfield, Philanthrop, Princeton-Absolvent, fünfmal verheiratet, ein Sohn, Donald Norman Whitfield, und eine Tochter, verstorben.

Ted Jasper fand sich unter den Ehemaligen im Jahrbuch einer Oberschule von Santa Felicia. Das Bild zeigte einen lächelnden blonden Jungen, dessen Sportarten mit Tennis und Fußball angegeben waren, als Hobby Mädchen und als Zukunftswunsch ein Studium am California-Polytechnikum; Berufswunsch: Tierarzt. In einem gültigen Adressenverzeichnis von Studenten des Cal-Poly stand er unter der Adresse 207 Almond Street. Als Aragon die dort angegebene Telefonnummer wählte, sagte man ihm, Ted sei zu den Semesterferien nach Hause gefahren.

In einer Erziehungszeitschrift war Holbrook Hall als gutes Institut für Sonderschüler bezeichnet. Internat und Tagesschule. Hohe Gebühren. Gut dotiert. Gegründet 1951.

Über Roger Lennard war nichts zu erfahren.

Nach einem Mittagessen aus der Dose und einer Flasche Bier rief Aragon seine Frau an. Sie war Kinderärztin und leistete gerade ihr Krankenhauspraktikum an einem Krankenhaus in San Francisco ab. Ein idealer Zustand für eine Ehe war das nicht, aber es klappte und würde ja nicht ewig dauern. Noch in diesem Jahr wollten sie in Santa Felicia eine gemeinsame Wohnung beziehen.

Lauries Stimme klang müde, aber gutgelaunt. »Freut mich so sehr, daß du anrufst, Tom. Ich bin die Kinder allmählich leid. Möchte dann und wann auch mal wieder mit einem vernünftigen Erwachsenen reden.«

»Nanu – du, meine hingebungsvolle Mutter kranker Kinder?«

»Ab und zu habe ich das Recht auf Nichthingebung. Wie geht's dir?«

»Smedler geht wieder unergründliche Wege. Ich soll ein ausgerissenes zurückgebliebenes Mädchen aufspüren, das vielleicht gar nicht so zurückgeblieben und vielleicht auch nicht ausgerissen ist. Ich habe das Gefühl, daß man sie gelockt oder ihr vielleicht etwas versprochen hat. Und ein Mädchen ist sie auch nicht mehr. Immerhin schon zweiundzwanzig.«

»Ein bißchen alt für eine Ausreißerin.«

»Sie sieht jünger aus, als sie ist.«

»Kennst du sie?«

»Ich habe sie einmal gesehen.«

»Hübsch?«

»Sehr.«

»Das kompliziert die Sache.«

»Das fürchte ich auch.«

»Viele Ausreißer werden aufgegriffen, wenn sie per Anhalter zu reisen versuchen. Etliche landen hier bei uns. Und nicht immer kommen sie hier wieder raus. Wie nehmen die Eltern es auf?«

»Kühl. Beide tot. Sie ist bei einem Bruder aufgewachsen, der mindestens zwanzig Jahre älter ist als sie. Er war's auch, der mich beauftragt hat, sie zu suchen.«

»Beauftragt? Das klingt ja lukrativ.«

»Zwei Wochengehälter im voraus. Mehr vielleicht später. Sehr vielleicht.«

»Hast du denn keinen Vertrag?«

»Nein.«

»Wirklich, Tom, wer ist in dieser Familie eigentlich der Jurist? Du brauchst doch einen Vertrag!«

»Ich glaube nicht, daß Mr. Jasper viel von mir erwartet. Und er ist nicht der Typ, der für etwas bezahlt, was er nicht bekommt. Keine kleine Schwester, keine großen Scheine.«

»Wie hast du dir solche Bedingungen verkaufen lassen?«

»Hab ich gar nicht. *Ich* wurde verkauft. – Sag mal, Laurie, wieso müssen wir hier die ganze Zeit von andern Leuten reden, wo wir soviel zu sagen haben, was nur uns beide was angeht?«

»Du hast damit angefangen.«

»Und ich hatte so viele wunderschöne Sachen, die ich dir sagen wollte –«

»Zu spät. Irgendwer braucht mich im Operationssaal.«

»*Ich* brauch dich im Operationssaal«, sagte Aragon. »Oder in jedem anderen Saal.«

»Ich liebe dich auch. Tschüs.«

»Laurie –«

Aber sie hatte schon aufgelegt, und er schluckte alle die wunderschönen Sachen, die er ihr hatte sagen wollen, mit

Hilfe einer zweiten Flasche Bier hinunter. Dann rief er Charity Nelson in ihrer Wohnung auf der West Side an. Als sie den Hörer abnahm, hörte man im Hintergrund laute Stakkato-Geräusche.

»Tag. Hab keine Zeit zum Reden. Rufen Sie ein andermal an.«

»Was ist das für ein Aufstand?«

»Ich sehe gerade einen Kulturfilm.«

»Klingt mehr nach einem sehr bleihaltigen Western.«

»Na schön.« Sie drehte den Ton niedriger. »Was wollen Sie?«

»Gibt es irgendwelche Verbindungen zwischen Smedler und Mr. Jasper?«

»Woher soll ich das wissen?«

»Ich hab so ein Gefühl, daß Sie sich da vielleicht mal erkundigt haben könnten.«

»Natürlich hab ich. Sie sind nicht direkt Freunde, aber beide sind im Forum Club und sitzen gemeinsam in verschiedenen Aufsichtsräten, zum Beispiel dem der Musikakademie und von Holbrook Hall. Und dann besteht noch dieses Band zwischen ihnen, das zwischen reichen Männern oft wächst – du deponierst dein Geld in meiner Bank, und ich kaufe Aktien von deiner Kupfermine. Der beste Weg zum Reichtum fängt mit Reichtum an.«

»Lassen Sie sich nicht unterkriegen«, sagte Aragon. »Und nun genießen Sie weiter Ihr Schützenfest.«

»Wenn ich eine Million Dollar hätte –«

»Die würden Sie auf den Kopf hauen.«

»Mein Gott, ich glaube, Sie haben recht«, sagte sie nachdenklich. »Aber das gäbe eine Fete, Junior, eine Fete –!«

»Bin ich eingeladen?«

»Ich werd's mir überlegen. Zuerst würde ich mir ein

Rennpferd kaufen. Nicht so einen gewöhnlichen Kleppergaul, sondern ein echtes Vollblut mit Klasse und Schwung und Stehvermögen. Junge, der würde aus den Boxen schießen wie eine Kanonenkugel.«

»Und futsch ist die Million.«

»Sie sind ein Spießer, Junior, ein Spaßverderber, ein –«

»Schon gut, schon gut, und von meiner Million werde ich ein Haus auf dem Lande kaufen, wo Sie Ihren Gaul zwischen den Rennen abstellen können.«

»Verstehen Sie was vom Pferdefüttern?«

»Ich dachte, die füttern sich selbst.«

»Sie nehmen mich überhaupt nicht ernst, Junior. Gehen Sie zu Bett, und träumen Sie schlecht.«

Er ging zu Bett, und falls er schlecht träumte, konnte er sich an den Traum zumindest nicht mehr erinnern, als ihn am andern Morgen das Telefon weckte. Eine Frau, die sich als Frieda Jasper vorstellte, redete mit scharfer, spröder Stimme auf ihn ein. Ohne sich für die frühe Stunde zu entschuldigen oder einen guten Grund zu nennen, bat sie ihn, augenblicklich zur Via Vista Nummer 1200 zu kommen.

6

Das Haus, das auf einem Hügel mit Blick auf den Pazifik stand, war ein zweigeschossiger Ziegelbau mit rotem Ziegeldach und schmiedeeisernen Gittern vor den Fenstern der unteren Etage. Es sah aus, als stände es schon hundert Jahre dort und hätte Erdbeben, Brände und Überschwemmungen überstanden. Es war ein echt kalifornisches Haus mit Eiskraut statt Rasen und dürrebeständigen einheimischen Pflanzen wie Säckelblumen und Zuckerbusch drumherum.

Die Frau, die ihm über den Patio entgegenkam, war hochgewachsen und stämmig; ihr fülliges rotes Lockenhaar bekam gerade das erste Grau. Sie hatte eine Zeitung in der Hand und hielt sie so, als wolle sie damit eine Fliege totschlagen oder einen Hund züchtigen. Es waren aber weder Fliegen noch Hunde in Sicht.

»Mr. Aragon? Bitte, nehmen Sie Platz. Ich dachte, wir unterhalten uns hier draußen im Patio. Es ist ein so angenehmer Morgen.«

Es war ein wenig neblig, und der Wind, der vom Meer herüberwehte, war kalt. Aragon knöpfte sein Jackett zu.

»Oder möchten Sie vielleicht lieber ins Haus?«

»O nein.« Die Art, wie sie die Zeitung hielt, ließ ihn befürchten, daß er sie bei Widerspruch zu spüren bekommen werde.

Sie nahmen auf gepolsterten Redwoodstühlen mit einem Redwoodtischchen zwischen sich Platz.

»Mein Mann wurde vom Gouverneur zu einer Krisensitzung wegen der Ölbohrrechte vor der Küste nach Sacramento gerufen. Nur etwas so Wichtiges konnte ihn in so einem Augenblick von hier fortbringen. Mir hat er genaue Anweisungen für den Fall hinterlassen, daß sich irgend etwas Neues ergibt. Die erste war, unverzüglich Sie anzurufen. Irgendwie hat er einen Narren an Ihnen gefressen. So etwas kommt bei Hilton vor – ich glaube, das macht den guten Manager aus.« Sie zog einen Mundwinkel zu einem halben und gar nicht belustigten Lächeln hoch. »Und ich kenne die Aufgabe einer guten Managerfrau – nämlich die Anweisungen zu befolgen. Darum sitzen wir jetzt hier, Sie und ich.« Sie ließ es wie das Gegenteil von einem Rendezvous klingen.

»Hat sich denn etwas Neues ergeben, Mrs. Jasper?«

»Ich glaube, es wird bald. Haben Sie schon die Morgenzeitung gelesen?«

»Noch nicht.«

»Die Anzeige wegen des Hundes ist drin. Ich hatte noch keine Gelegenheit, sie nachzuprüfen, da kamen schon die ersten Anrufe. Ein Mann, der sagte, daß er von der Wohlfahrt lebt, beschrieb mir einen Hund, den er vor seiner Haustür gefunden haben wollte. Das war aber offenbar ein Beagle und kein Basset, und ich habe ihm geraten, beim Tierasyl anzurufen und zu bitten, daß die ihn abholen. Der zweite Anruf war schon interessanter. Eine Frau mit Akzent, vielleicht irisch, erzählte mir, einer ihrer Mieter sei mit einem Hund nach Hause gekommen. Sie ist Verwalterin eines Miethauses, in dem keine Hunde erlaubt sind, und in einer Stunde oder so wird sie ihn herbringen. Es ist zweifellos Zia. Sie sprach von einem kleinen rasierten Fleck an seiner Brust, wo er wegen einer Entzündung behandelt worden ist. Ich möchte, daß Sie hierbleiben und sie sehen, Mr. Aragon.«

»Hat sie ihren Namen genannt?«

»Ja, Griswold. Mrs. Griswold.«

»Und ihre Adresse?«

»Danach habe ich zu fragen vergessen. Ich war so furchtbar durcheinander. Ich hatte sogar die verrückte Idee, es könnte Cleo selbst sein, die uns da einen Streich spielte. Sie spielt gern Streiche, aber so etwas Raffiniertes übersteigt natürlich ihre Fähigkeiten.«

»Hatten Sie den Eindruck, daß Mrs. Griswold sehr erpicht auf die Belohnung war?«

»Sie hat sie gar nicht erwähnt.«

»Mit keinem Wort?«

»Nein. Ich bin natürlich bereit, sie ihr auszuzahlen. Hilton hat mir für diesen Fall fünf Hundertdollarscheine hiergelassen. Ich glaube aber nicht, daß er damit gerechnet hat.« Sie sah auf ihre Armbanduhr. Sie war groß und sah praktisch aus, wie Frieda Jasper selbst. »Wir haben noch mindestens fünfundvierzig Minuten zu warten, vorausgesetzt, Mrs. Griswold ist pünktlich. Ich lasse uns einen Kaffee machen. Möchten Sie welchen?«

»Ja, gern.«

Der Nebel hob sich. Dampf stieg vom Swimming-pool und dem groben Ziegeldach des Nachbarhauses auf. Das Meer schimmerte wie eine strahlende neue Offenbarung. In der Ferne standen ein paar magere mexikanische Palmen, die mit ihren Zottelköpfen aussahen wie umgedrehte Staubwedel.

Mrs. Jasper kam mit einem Tablett zurück, auf dem

eine gläserne Kaffeekanne und zwei Keramiktassen standen.

»Milch? Zucker?«

»Schwarz.«

»Troc arbeitet hinterm Haus an den Zitrusbäumen. Ich habe ihm das von dem Hund noch nicht gesagt. Er ist alt und sehr emotional, und mir wäre etwas bange vor den Folgen, wenn diese Frau doch nicht kommt.« Sie setzte sich wieder. »Wir haben noch eine gute halbe Stunde zu warten. Ich nehme an, Sie möchten mir ein paar Fragen über Cleo stellen.«

»Ja.«

»Die zweite Anweisung, die Hilton für mich hinterlassen hat, ist eine Bitte um Diskretion. Ich weiß zwar nicht, wie ich über Cleo reden und gleichzeitig diskret sein soll, aber ich werde mich bemühen.«

Sehr bemühte sie sich nicht. Nach einem Schluck Kaffee und ein paar tiefen Atemzügen legte sie los.

»Ich wollte das Mädchen nicht haben. Sie war acht Jahre alt, ein Jahr älter als mein Sohn Ted, schon völlig festgefahren in ihrer Art und von einer halbverrückten Großmutter total verdorben. Aber es war sonst niemand da, der bereit oder in der Lage gewesen wäre, sie zu nehmen, also kam sie hierher. Anfangs konnte Hilton ihren bloßen Anblick nicht ertragen, weil er sie immer für den Tod seiner Mutter verantwortlich gemacht hatte. Als er dann ihre Unschuld und ihre Verletzlichkeit erkannte, fühlte er sich seinerseits furchtbar schuldig, weil er es einem Kind übelgenommen hatte, daß es geboren worden war. Er gab ihr alles, alles was er hatte, und leider auch alles, was *ich* hatte. Ted wurde in ein Internat gesteckt, damit ich mehr Zeit für ihre Erziehung hatte.«

»Was hat sie gelernt?«

»Sie hat«, sagte Mrs. Jasper ingrimmig, »immer nur gelernt, was sie verdammt noch mal lernen wollte. Lesen? Sie konnte ganz gut lesen, wenn es sich um Bildunterschriften in einem Filmmagazin handelte, aber nur ja nicht eine Zeitung oder ein Buch. Eine selektive Lernerin, wie die Pädagogen es heute nennen würden. Aber egal wie dürftig ihre Leistungen waren, Hilton lobte sie stets, lobte sie über den grünen Klee. Und ich habe mitgemacht. Er war auf einem Gewissenstrip, verstehen Sie, und ich war sein Passagier. Ein Gewissenstrip von vierzehn Jahren! Weiß der Himmel, wie oft ich schon gedacht habe, jetzt ist endlich Schluß. Vielleicht ist es jetzt soweit.«

Sie trank ihren Kaffee aus und starrte in die Tasse, als hoffte sie, aus dem Kaffeesatz lesen zu können, wie der Schluß aussehen würde. Aber da war kein Kaffeesatz, nur ein Kaffeefleck und eine durstige Kriebelmücke auf dem Tassenrand.

»Ich habe Hiltons Mutter nie gekannt. Hilton und ich haben uns erst kennengelernt, als sie schon tot war. Wenn ich mal in Hochstimmung bin, bilde ich mir gern ein, ich sei von ihm hingerissen gewesen, und wir hätten geheiratet und ein Kind gehabt. Wenn ich am Boden bin, sehe ich die Sache realistischer. Er war von Leid geschlagen und einsam, und ich war da, der mütterliche Typ, fünf Jahre älter als er. Wenn jemand hingerissen war, dann er von mir. Er war gescheit, sah gut aus und hatte eine große Zukunft.«

Von Liebe war keine Rede, weder von seiner noch von ihrer Seite, weder füreinander noch für das Mädchen. Nur von Pflicht, Schuldgefühl, Opfer und Zorn.

»Wenn Hiltons Geschäftsfreunde manches von dem wüßten, was ich Ihnen hier erzählt habe, Mr. Aragon, würden sie es nicht glauben. Hilton hat einen Ruf als kühler, unsentimentaler, dickköpfiger und ehrgeiziger Manager. Unsere engsten Freunde wissen natürlich von Cleo, aber wir haben nicht viele. Ich hatte nie Zeit für sie. Bis vor einem Jahr, als Hilton sich bereitfand, Cleo nach Holbrook Hall zu schicken, war ich eine vollbeschäftigte Babysitterin.«

»Was hat Cleo mitgenommen, als sie hier fortging, Mrs. Jasper?«

»Soweit ich sagen kann, nichts. Sie hatte die Kleider an, die sie normalerweise zur Schule anzog.«

»Hatte sie außer den tausend Dollar, die sie von der Bank abgehoben hat, noch eine Kundenkreditkarte bei sich?«

»Ja, eine für das Kaufhaus Drawford.«

»War sie an deren Benutzung gewöhnt?«

»Für Weihnachts- oder Geburtstagsgeschenke und derartige Gelegenheiten, ja. Normalerweise war ich bei ihr, wenn sie einkaufen ging, und sie hat auf meine Karten gekauft.«

Sie beschrieb, was Cleo an dem Morgen, an dem sie mit dem Hund fortging, getragen hatte. Es war die Kluft, an die Aragon sich noch von Cleos Besuch in seinem Büro erinnerte, ein marineblauer Jumper mit weißer Bluse, Kniestrümpfen und schwarzen Schuhen.

»Sie hat sich ihre Kleider selbst ausgesucht«, fügte Mrs. Jasper hinzu. »Meist Sachen für kleine Mädchen. Das kam zum Teil daher, daß sie so klein war und wir ihre Sachen immer in der Kinderabteilung kaufen mußten, aber es war auch ihr eigener Wunsch. Das heißt, bis vor kurzem.«

»Was war denn vor kurzem?«

»Da haben wir ein neues Mädchen eingestellt, das uns

jeden Abend das Essen aufträgt – Lisa, eine Studentin. Plötzlich fand Cleo, sie möchte sich lieber so kleiden wie Lisa.« Sie rieb sich mit den Fingerspitzen die linke Schläfe, als versuche sie, einen neuen Kopfschmerz oder eine alte Erinnerung loszuwerden. »Ich glaube, Hiltons kleine Schwester hatte beschlossen, endlich eine Frau zu werden.«

Von der Zufahrt war das unverkennbare Geräusch eines alten Volkswagens zu hören, gefolgt von einem metallenen Aufprall. Es standen mehrere hundert Meter zum Parken zur Verfügung, aber der VW hatte sich dafür entschieden, unmittelbar hinter Aragons Chevvy zu parken.

Eine kleine, stämmige Frau mittleren Alters zwängte sich vom Fahrersitz und bückte sich, um die beiden Stoßstangen zu begutachten. Ihr Stirnrunzeln und die Art, wie sie mit den Händen in den Hüften dastand, zeigten deutlich, daß ihrer Ansicht nach Aragons Chevvy willentlich und absichtlich rückwärts gegen ihren VW gefahren war. Nachdem sie sich überzeugt hatte, daß kein Schaden entstanden war, öffnete sie die Vordertür, und heraus sprang ein Hund, der ein Stück Kordel hinter sich herschleifte. Sie versuchte, die Kordel zu schnappen, aber der Hund war zu schnell für sie. Er rannte schnurstracks in Richtung Garage, die Nase am Boden, und sein Schwanz sauste dabei rund wie ein Hubschrauberrotor. Er hatte so kurze Beine, daß sein Bauch nur knapp über dem Rasen blieb. Dann verkündete ein lautes, vollhalsiges Bellen, daß Zia daheim und schon wieder Herr der Lage war.

Die Frau kam schnaufend über den Patio, wobei sie gleichzeitig zu erklären versuchte, daß der Hund eine reine Plage sei, nicht gehorche, sie zerre, wohin er wolle, und sie nur hoffe, daß es der richtige Hund sei, denn mitnehmen werde sie ihn bestimmt nicht wieder, darauf könnten sie Gift nehmen.

Frieda Jasper versicherte ihr, daß es der richtige Hund sei. »Ich bin Frieda Jasper, Mrs. Griswold.«

»Dem Himmel sei Dank. Wegen des Hundes, meine ich. Was dieser Kerl für eine Kraft hat, das können Sie sich gar nicht vorstellen.«

»Und das ist Mr. Aragon, der meinen Mann in dieser Angelegenheit vertritt.«

Mrs. Griswold, die Aragon schon ihre sonnengebräunte Patschhand hatte hinstrecken wollen, zog diese plötzlich wieder zurück. »Was heißt da ›vertritt‹?«

»Ich bin einer von Mr. Jaspers Anwälten.«

»Ein Rechtsanwalt? Na, wenn das nicht was fürs Poesiealbum ist – einen Rechtsanwalt für einen entlaufenen Hund zu engagieren. Ich würde für so was Alltägliches wie einen entlaufenen Hund keinen Rechtsanwalt bemühen.« Ihre scharfen kleinen Augen richteten sich fest auf Aragon. »Na ja, aber wenn Sie hier womöglich Prozente kriegen, von meinem Anteil an der Belohnung kriegen Sie die nicht.«

»Ich bekomme Gehalt, keine Prozente, Mrs. Griswold«, sagte Aragon. »Sie erhalten die volle Belohnung.«

»O nein, ich nicht. Ich kriege nur fünfzig Dollar fürs Bringen. Ist ja nicht viel, aber Recht muß Recht bleiben. Ich hab den Hund nicht gefunden und auch die Anzeige nicht gelesen. Das war mein Mieter, Timothy North. Sein Wagen ist nur kaputt.«

»Können Sie mir die Umstände schildern, unter denen er den Hund gefunden hat?«

»Hat er gar nicht. Ein Mann hat ihn ihm gegeben. Er war in der Bar, in der er arbeitet, und da ist ein Mann reingekommen und hatte diesen Hund bei sich.«

»Können Sie mir sagen, wie die Bar heißt oder wo ich sie finde?«

»Nein. Aber wahrscheinlich ist das so eines von diesen speziellen Dingern, wenn Sie kapieren. Mr. North ist ein angenehmer junger Mann, der gesund ißt und nie einen Tropfen Schnaps anrührt, aber er ist – na ja, eben etwas anders.«

»Also eine Schwulenbar?«

»Ja, ich glaube, so nennt man das.«

»Ist der Mann da allein hereingekommen?«

»Meine Güte, ich war doch nicht dabei. In solchen Lokalen sehen sie Frauen nicht gern. Jedenfalls haben Sie den Hund jetzt wieder, und was macht's da schon für einen Unterschied?«

»Vielleicht einen großen.«

»In der Anzeige stand, daß keine Fragen gestellt werden, und jetzt kriege ich gleich ein ganzes Dutzend an den Kopf geworfen. Betrug ist das, Betrug, und so was nennt sich Rechtsanwalt. Sie sollten sich was schämen.«

»Der Hund wurde gestohlen, Mrs. Griswold, und ich versuche, die junge Frau zu finden, die ihn gestohlen hat.«

»Meine Güte, habt ihr Anwälte nichts Wichtigeres zu tun, als Hundediebe zu fangen? – So, und jetzt nehme ich mein Geld, wenn Sie nichts dagegen haben, und mache mich wieder auf den Heimweg.«

»Ich möchte das Geld Mr. North persönlich übergeben...«

»Das klingt ja so, als ob Sie mir nicht trauen.«

»Natürlich vertrauen wir Ihnen«, sagte Frieda Jasper. »Sie haben von sich aus gesagt, daß Sie weder den Hund gefunden noch das Inserat gelesen haben. So handelt nur eine ehrliche Frau.«

Mrs. Griswold schien teils besänftigt. »Nicht einmal meine ärgsten Feinde würden mir Unehrlichkeit unterstellen.«

»Aber Mr. Aragon hält es trotzdem für notwendig, mit Ihrem Mieter zu sprechen, denn er könnte etwas wissen, was sehr wichtig ist. Es geht um viel mehr als einen gestohlenen Hund.«

»Das Mädchen«, sagte Mrs. Griswold. »Hinter dem Mädchen sind Sie also her. Nun, wie ich schon sagte, in dieser Bar hätte ein Mädchen nichts verloren.«

»Solche Lokale haben meist einen sehr festen Kreis von Stammgästen, fast wie ein inoffizieller Club«, sagte Aragon. »Vielleicht kannte Mr. North den Mann, der den Hund mitbrachte, oder er kann mir zumindest eine Beschreibung geben. Ob ich ihn jetzt wohl zu Hause antreffe?«

»Als ich wegfuhr, war er da. Ich fahre jetzt gleich nach Hause. Sie können mir ja in Ihrem Wagen nachfahren, wenn Sie wollen.«

»Wird gemacht.«

Mrs. Griswold fuhr so unorthodox, wie sie parkte. Sie raste durch die Stadt, als ob die Straßen für ein Grand-Prix-Rennen abgesperrt wären, und kaum war sie auf der Überlandstraße, da ging sie auf sechzig Stundenkilometer herunter, so daß andere Verkehrsteilnehmer hupten und auf beiden Seiten überholten. Schließlich bog sie, ohne Zeichen zu geben, in eine Einfahrt ein, und Aragon mußte voll auf die Bremse treten, um nicht aufzufahren.

»Jetzt wären Sie mir aber fast reingefahren«, sagte sie, als sie aus ihrem VW stieg. »Ein besonders guter Fahrer sind Sie jedenfalls nicht. Sie lernen's wohl gerade erst?«

»Ich habe in der letzten Viertelstunde einiges gelernt.«

»Ich gebe jungen Leuten gern ein gutes Beispiel«, sagte Mrs. Griswold gnädig. »Ich bin vorn im Büro, falls Sie mich brauchen. Mr. North wohnt in Nummer zehn, am andern Ende. Sie müssen vielleicht ziemlich laut klopfen. Er ist nämlich ein bißchen schwerhörig, weil er sich jeden Abend diese laute Musik anhören muß.« Sie wandte sich zum Gehen, doch plötzlich wirbelte sie noch einmal herum. »Wie ist das mit meiner Belohnung?«

»Mr. North hat Sie beauftragt. Er wird Sie wohl auch bezahlen.«

»Das würde ich ihm allerdings raten, sonst verdopple ich seine Miete.«

Das »Miethaus« war mehr ein Motel, denn es bestand aus einer Reihe kleiner, rosa verputzter Häuser, die paarweise durch Parkplätze abgetrennt waren. Auf dem Innenhof stand eine Eiche, die tot aussah, nebst einem Springbrunnen mit bronzenem Delphin, der Wasser speien konnte, wenn nur jemand den Hahn aufgedreht hätte. Nummer zehn lag auf der Rückseite des Hofs. Die Fenster waren offen, und drinnen spielte Musik, nicht die laute Rock- oder Disco-Musik, von der Mrs. Griswold gesprochen hatte, sondern ein leises, melancholisches russisches Nocturne.

Unerwartet war auch Mr. Norths schnelle Reaktion. Die Tür ging schon auf, ehe Aragon noch hatte klopfen können.

»Mr. Timothy North?«

»Das wissen Sie doch. Ich hab Sie ja da vorn mit der Griswold gesehen.«

Die Augen des jungen Mannes paßten zu der Musik. Sie waren traurig, grau und abwesend. Aber er hatte die Figur eines Gewichthebers, mit überentwickelten Brust- und Oberarmmuskeln, die aussahen, als wollten sie jeden Moment nicht nur aus seiner Haut, sondern auch aus seinem T-Shirt bersten. Seine Stimme schien, genau wie die Muskeln, überstrapaziert worden zu sein.

Er fragte heiser: »Der Basset gehört also Ihnen, ja?«

»Ich bin jedenfalls bereit, die Belohnung zu zahlen.«

»Schön. Und ich bin bereit, sie anzunehmen.« Er stellte die Musik ab. »Hoffentlich ist es Bargeld. Wie war noch Ihr Name?«

»Tom Aragon.«

»Und ich bin Tim. Tom und Tim. Süß. Wir könnten Zwillinge sein. Wie wäre das?«

»Wenn Sie nichts dagegen haben, möchte ich Ihnen ein paar Fragen stellen, Mr. North.«

»Tim.«

»Tim.«

»Fragen waren nicht ausgemacht, Tom«, sagte North vorwurfsvoll. »Aber Sie haben das Sagen, Amigo. Sie haben den Hund, Sie haben das Geld. Ich habe nur Eigelb im Gesicht. Mißtrauische Naturen könnten es jedenfalls so sehen.«

»Ich sehe kein Eigelb.«

»Na schön, kommen Sie rein.«

Etwa die Hälfte des kleinen Zimmers wurde von einem teuer aussehenden Trainingsgerät eingenommen. Das Eau de Cologne, mit dem sich North bespritzt hatte, konnte den in der Luft hängenden Schweißgeruch nicht ganz übertönen.

North betrachtete die Maschine mit wahrem Vaterstolz. »Ein schöner Apparat, was? Aber mörderisch. Sie würden keine Minute darauf überleben.«

»Schon möglich«, meinte Aragon. »Wie heißt die Bar, in der Sie arbeiten, Mr. North?«

»›Phileo‹. *Phileo,* das ist Griechisch und heißt, *ich liebe.* Süß, wie?«

»Wirklich süß.«

»Nicht gerade ein Lokal, in das Sie Ihre Mutter mitnehmen würden, aber bei uns ist einiges los. Sie sollten mal bei Gelegenheit reinschauen.«

»Bedaure, aber meine Mutter läßt mich nirgendwo allein hingehen.«

»Vielleicht könnten wir in ihrem Fall eine Ausnahme machen.«

»Meine Frau übrigens auch nicht.«

»Sie haben also eine Frau? Aber einen Ehering tragen Sie nicht.«

»Als wir heirateten, hatten wir nicht genug Geld für zwei Eheringe. Da haben wir eine Münze darum geworfen, und sie hat gewonnen. Süß, nicht?«

Norths Schulterzucken deutete an, daß er anderer Leute Süßigkeiten nicht halb so süß fand wie seine eigenen. Er lehnte sich an seinen Heimtrainer und wies mit der Hand in Richtung Couch. »Nehmen Sie Platz.«

Die Couch hätte dringend mal einen Staubsauger oder eine neue Polsterung vertragen können, aber Aragon setzte sich. »Wann sind Sie an diesen Hund gekommen, Mr. North?«

»Vorgestern abend. Da kam dieser Mann mit dem Basset an der Leine ins ›Phileo‹. War keiner von unsern Stammgästen. Soweit ich mich erinnern kann, hab ich ihn noch nie gesehen. Und seither auch nicht mehr.«

Norths Stimme klang ein wenig bitter, was Aragon verwunderte. »Würden Sie ihn mir beschreiben?«

»Mittelgroß, ein bißchen rundlich um die Mitte. Welliges braunes Haar, das oben schon etwas dünner wurde. Ich schätze ihn Mitte dreißig. Nicht übel im Aussehen, aber er muß einen Anfall von Trübsinn gehabt haben. Nichts kann einem Typ so das Aussehen verderben wie Trübsinn. Wenn ich so was kommen fühle, steige ich auf mein Baby hier und schwitze es weg.« Er tätschelte den Apparat an einer Stelle, die man mehr oder weniger als sein Hinterteil ansehen konnte. »Na ja, der Kerl setzt sich jedenfalls an den Tisch, der am nächsten bei der Tür ist, und er und sein Hund verhalten sich ganz ruhig und kümmern sich um ihre eigenen Sachen. Meinetwegen hätten sie da sitzenbleiben können. Aber dann hat der Boß sie erspäht und mich gleich hingeschickt. Ich mußte dem Jungen sagen, daß Hunde in diesem Lokal nicht gestattet sind. Er hat sich entschuldigt. Hat gemeint, der Hund scheine überhaupt nirgends mehr geduldet zu sein, und sein Hauswirt habe ihm gesagt, er müsse ihn abschaffen, sonst –. Jetzt suche er jemanden, der ihm den Köter abnimmt. Die Sache ist die, daß ich schon immer was für Hunde übrig hatte, und das hat er wohl gerochen. Ich hab also gesagt, ich werd's mir überlegen. Dann bin ich zur Bar zurück und hab irgendeinem Gast eine Margarita gemacht – ich weiß noch genau, daß es eine Margarita war –, und dann bin ich wieder hingegangen und hab dem Jungen gesagt, gut, ich nehm ihn. War ein richtig süßer Hund. Irgendwie hab ich mir wohl eingeredet, sein Anblick müsse selbst das Herz einer Griswold erweichen. War aber nichts.«

»Sie haben gesagt, der Hund sei an einer Leine gewesen?«

»Dünne braune Lederleine und ein Halsband mit Metallbeschlägen.«

»Als Mrs. Griswold ihn ablieferte, hatte er nur ein Stück Schnur um.«

»Ja, das war komisch. Als er mir den Hund gab, hat er Halsband und Leine abgenommen und dazu gesagt, er brauche etwas zur Erinnerung. Erst als ich das Inserat in der Zeitung las, ist mir der Gedanke gekommen, daß ich wohl nur das Namensschild am Halsband nicht sehen sollte, weil der Hund gestohlen war. Das war er doch, oder?«

»Ja, aber nicht von ihm – von einer jungen Frau.«

»Sie können Ihre Miete wetten, daß es nicht *seine* Frau war«, sagte North mit sarkastischem Lächeln. »Normale Leute schneien nicht einfach so auf einen Drink im ›Phileo‹ rein. Dafür sind wir zu abgelegen. Uns muß man schon suchen – und wissen, was man sucht. Der Junge gehörte dorthin. Glücklich sah er deswegen nicht gerade aus. Vielleicht war er noch im Pißbudenstadium oder gerade auf dem Weg da raus, weil er gemerkt hatte, daß Pißbuden Fenster haben. Egal. Er gehörte jedenfalls ins ›Phileo‹. Nur daß er den Hund dahin mitbrachte, das war ungewöhnlich. So was aus der Art Geschlagenes führen wir nicht – nichts mit Tieren. Außerdem war er dafür nicht der Typ.«

»Wie können Sie das wissen?«

»Was die Schwächen der Mitmenschen angeht, habe ich Röntgenaugen. Der Junge war deprimiert, richtig deprimiert. Ich will nicht sagen, daß er krank war. Wahrscheinlich hatte er jede Menge Grund, deprimiert zu sein.« Wieder schwang diese merkwürdige Bitterkeit in seiner Stimme mit: *Der Kerl war also deprimiert – und recht geschieht ihm.*

»Würden Sie den Mann wiedererkennen, wenn Sie ihn noch einmal zu sehen bekämen?«

»Da können Sie Ihre Miete drauf wetten. Gesichter sind mein Geschäft.« Norths eigenes Gesicht verriet nun Ungeduld. »Ich glaube, ich habe jetzt genug Fragen beantwortet für fünfhundert Dollar – abzüglich fünfzig für die Griswold. Ich könnte mir die Kehle durchschneiden, daß ich ihr soviel geboten habe. Wahrscheinlich wäre sie auch mit zwanzig zufrieden gewesen. Na ja, nächstes Mal weiß ich es besser. Aber die Chance für ein nächstes Mal ist wohl nicht allzu groß, wie?«

»Nein.«

Der Umschlag wechselte den Besitzer. North faltete die fünf knisternden neuen Hundertdollarscheine zusammen und steckte sie in die Gesäßtasche seiner Jeans. Dann nahm er die Morgenzeitung, schlug sie bei den Suchanzeigen auf und küßte sie leidenschaftlich. »Danke, *Daily Press*... Vielleicht sollte ich mir die einrahmen lassen. Oder wenn ich mir's überlege, sollte ich Sie vielleicht Ihnen schenken, damit sie Ihnen Glück bringt. Da ist sie, Tom. Viel Glück.«

Der Wunsch ging nicht in Erfüllung.

Aus einer öffentlichen Telefonzelle an der nächsten Tankstelle rief er die in der Suchanzeige angegebene Telefonnummer an. Eine Frau antwortete mit starkem spanischem Akzent:

»Hier bei Jaspers. Hallo?«

»Ist Ted da?«

»Einen Mo-, *No, no, no, no.*«

Es waren zu viele *No*. »Ich bin ein Freund von ihm, aus der Schule. Ich wollte nur mal guten Tag sagen.«

»Er nicht hier. Mr. Jasper nicht hier. Mrs. Jasper nicht hier. Niemand. Niemand zu Hause. Ted sagt, niemand zu Hause.«

»Sagen Sie ihm, ein Freund vom Polytechnikum ist gerade in der Stadt und möchte ihn gern zu einem Drink einladen.«

Man hörte ein leises Geschiebe im Hintergrund, ein kaum verständliches »Verdammt noch mal, Valencia, wann lernst du's endlich?« Dann eine Männerstimme:

»Wer ist da?«

»Wir waren letztes Semester im selben Labor.«

»Ich hatte letztes Semester kein Laborpraktikum.«

»Dann habe ich vielleicht den falschen Jasper. Theodore?«

»Edward.«

»Eindeutig der falsche Jasper. Entschuldigung. War nur ein gewöhnlicher Irrtum.«

»So gewöhnlich auch wieder nicht«, sagte Ted. »Wir stehen nämlich nicht im Telefonbuch. – Wer sind Sie überhaupt? Und was wollen Sie?«

Aragon legte auf. Ein dummer Fehler von ihm, nicht im Telefonbuch nachzusehen. Aber er hatte das Gefühl, daß Ted ihm so oder so keine große Hilfe hätte sein können. Seine Stimme hatte geklungen wie die eines sehr zornigen und mißtrauischen jungen Mannes.

7

Es war noch Vormittag, aber es schien ihm später am Tag. Die Stunden, die er mit Frieda Jasper, Mrs. Griswold und Timothy North verbracht hatte, schienen sich über den ganzen Tag ausgebreitet zu haben wie ein Ölteppich, der schwarze Flecken und Teergeruch hinterläßt.

Zum zweitenmal in dieser Woche fuhr er nach Holbrook Hall. Etwa in der Mitte der langen, steilen Zufahrt bereiteten zwei ältere Schüler ein Mittagspicknick unter einem riesigen Feigenbaum vor. Ein dritter saß im Baum selbst – Donny Whitfield, dessen dicke, sonnengebräunte Beine herunterbaumelten wie Schinken am Haken. Er stieß einen Schrei aus, als er Aragons Wagen sah.

»He! He, anhalten!«

Aragon hielt an. Der Junge ließ sich vom Baum fallen und kam über den Rasen gestolpert. Vernehmlich schnaufend stieg er in den Wagen.

»Jesses, bin ich froh, daß ich Sie sehe.« Aragon wünschte, er hätte dasselbe sagen können, aber alles an Donny wirkte so aufgedunsen – seine kurzen, dicken Finger, die Wangen, die aufgebläht waren wie die eines Hamsters beim Sammeln des Wintervorrats, die Schenkel, die aus den abgeschnittenen Hosenbeinen der Jeans quollen. Sogar die Augenlider wirkten glasig, entweder von Tränen oder von der Sonne.

Donny sagte: »Ich hab Ihren Namen vergessen.«

»Tom Aragon.«

»Hören Sie, Mann, ich muß raus aus diesem Stall. Die haben mich auf Diät gesetzt, mich und die zwei da hinten. Zum Mittagessen kriegen wir nur Salat und Hüttenkäse. Kaninchenfutter. Schlangenfraß. Sogar den Schoko-Automaten haben sie abgeschlossen. Das is'n Tiefschlag, was? Sie haben nicht zufällig 'nen Riegel Schokolade bei sich?«

»Nein.«

»'n paar Kekse?«

»Leider nein.«

»Scheißkerl.«

»Das haben Sie gestern schon gesagt.«

»So? Gilt trotzdem noch. Wenn Sie mir helfen, hier rauszukommen, wette ich, daß ich Ihnen helfen kann, Cleo zu finden. Über Weiber weiß ich bestens Bescheid, nämlich von den vielen Weibern meines Alten. Die sind alle gleich, auch so Doofköppe wie Cleo. Na, ist das'n Geschäft?«

»Was ist denn aus der Entführungstheorie geworden, die Sie gestern noch hatten?«

»Futsch. Ich denk mir jetzt, daß sie bloß 'ne Fliege gemacht hat. Das haben ein paar von den Weibern meines Alten auch getan.« Donny nahm den dicken Klumpen Kaugummi aus seinem Mund, begutachtete ihn kritisch und stopfte ihn wieder zurück. »Hören Sie, Mann, ich bin ja bereit, ein Geschäft mit Ihnen zu machen. Ich kann ein bißchen Geld auftreiben. Geld brauchen Sie bestimmt, sonst würden Sie nicht so 'ne Rostlaube fahren. Na, wie wär's?«

»Sie sind doch hier nicht direkt ein Gefangener, Donny, oder?«

»Haben Sie 'ne Ahnung, was passiert, wenn ich hier einfach rausspaziere ohne so 'nen dämlichen Berater am Hemdzipfel? Die würden glatt die Bullen rufen.«

»Warum?«

»Weil ich auf Bewährung bin. Wenn ich hierbleibe, komm ich ums Kittchen rum. Da haben sie mir was angehängt. Ich gehör nicht zu diesen Irren, die Sie hier rumlaufen sehen. Ich bin auch nicht zurückgeblieben. In der Schule hatte ich mal 'ne Eins. Wollen Sie wissen, worin?«

»Sagen Sie's mir.«

»Im Essen«, sagte der Junge feierlich. »War'n Witz. Haha.«

»Was hat man Ihnen denn angehängt, Donny?«

»Das ist lange her und weit weg, Mann. Jedenfalls hat mein Alter das gedeichselt. Er ist ein großer Deichsler, mein lieber guter Alter, besonders wenn er dadurch ungehindert mit seinen Miezen herummachen kann, ohne meine Konkurrenz. Sie denken jetzt vielleicht, daß ich sicher keine große Konkurrenz bin, wie?«

»Ich bin keine Mieze«, sagte Aragon. »Aber ich muß jetzt weiterfahren und mit Mrs. Holbrook sprechen. Soll ich Sie ein Stück mitnehmen?«

»Nööö. Wenn ich die Holbrook seh, muß ich nur kotzen.«

Während Aragon in dem kleinen Vorzimmer zu Mrs. Holbrooks Büro wartete, fragte er sich, unter was für einer Anklage der Junge wohl gestanden haben mochte. Donny selbst würde sicher nicht reden. Mrs. Holbrook wahrscheinlich noch weniger, und die Strafakten Jugendlicher wurden von den zuständigen Richtern oft unter Verschluß gegeben.

Mrs. Holbrook begrüßte ihn mit berufsmäßig freundlichem Lächeln. Sie setzte sich nicht und bot auch ihm keinen Platz an. Beide Unterlassungen schienen in professioneller Höflichkeit auszudrücken, daß sie beschäftigt war und sich selbst dann, wenn sie es nicht wäre, über seinen Besuch nicht sehr freuen würde. Es war offensichtlich, daß sie Unrat witterte.

Sie sagte: »Sie haben vermutlich noch nichts von Cleo gehört?«

»Nichts.«

»Ich fürchte, ich kann Ihnen auch nicht weiterhelfen, Mr. Aragon. Ich habe Ihnen gestern schon alles gesagt, was Sie wissen wollten.«

»Vielleicht doch nicht alles, Mrs. Holbrook. Ich würde gern mit Roger Lennard sprechen.«

»Er ist fast die ganze Woche nicht zur Arbeit gekommen.«

»Das haben Sie mir gestern zum Beispiel auch nicht gesagt.«

»Danach haben Sie auch gestern nicht gefragt.«

»Wie lange fehlt er schon in der Schule?«

»Letzten Mittwochmorgen hat er angerufen und gesagt, daß er die Grippe hat. Wir müssen da äußerst vorsichtig sein, weil manche unserer Schüler sehr anfällig für derlei Ansteckungen sind, darum habe ich ihm gesagt, er soll zu Hause bleiben, bis er sich wieder besser fühlt. Das hat er getan. An Mr. Lennards Fehlen ist überhaupt nichts Geheimnisvolles. Ich hoffe, Sie haben diese dumme Idee von einer romantischen Beziehung zwischen Mr. Lennard und Cleo aufgegeben.«

»Ich habe vielleicht noch andere dumme Ideen«, sagte Aragon. »Wie lange arbeitet er schon hier?«

»Seit Weihnachten, als einer unserer regulären Berater mit einem Fulbright-Stipendium nach Europa ging.«

»Können Sie mir Lennards Adresse und Telefonnummer geben?«

Sie zog eine Schublade in einem der kastanienbraunen Aktenschränke an der hinteren Zimmerwand auf.

»Seine Adresse und Telefonnummer sind noch dieselben wie auf seiner Bewerbung. 400 Hibiscus Court, Areal C, Telefon 6823-380. Ich verstehe noch immer nicht, wieso Sie unbedingt Mr. Lennard da hineinziehen wollen. Roger ist ein gewissenhafter junger Mann, der ganz für seine Schüler da ist. Er versucht, ihnen das Gefühl zu geben, normale Menschen zu sein, keine Außenseiter der Gesellschaft.«

»Haben Sie ein Bild von ihm in den Akten, Mrs. Holbrook?«

»Ja.«

»Darf ich es bitte mal sehen?«

Das Foto war fast so nichtssagend wie die Beschreibung, die Timothy North von dem Mann mit dem Basset gegeben hatte. Es hätte nahezu jeden dunkelhaarigen jüngeren Mann darstellen können, der für eine Bewerbung um eine seriöse Arbeitsstelle einen seriösen Eindruck machen wollte.

»Haben Sie etwas dagegen, wenn ich mir das kurz ausleihe?«

»Allmählich sieht es für mich so aus«, sagte Mrs. Holbrook verbittert, »als ob Sie fest entschlossen wären, unsere Schule in Verruf zu bringen. Ich hätte die größte Lust, Roger auf der Stelle anzurufen und selbst mit Ihnen reden zu lassen.«

»Das wäre mir sehr recht.«

Sie drückte die Knöpfe auf dem Tastentelefon und wartete eine ganze Minute, bis sie wieder auflegte. »Wahrscheinlich schläft er«, sagte sie.

»Soll ich mal nachprüfen?«

»Nur zu. Das tun Sie ja sowieso.«

»Ich muß, Mrs. Holbrook.«

Hibiscus Court war eine Wohnwagensiedlung, abgetrennt von den Luxusapartments am Strand durch die Eisenbahnlinie und von der eigentlichen Stadt durch die baufälligen alten Fachwerkhäuser und löchrigen Gehwege des Viertels, in dem Aragon aufgewachsen war.

Areal C beherbergte einen von den kleineren Wagen. Es war gut gepflegt, der handtuchgroße Rasen war geschnitten, die Azaleen in den Keramiktöpfen wohlgestutzt. Die Fensterrahmen und die Pfosten des Vordachs waren frisch hellgrün gestrichen. Ein Kärtchen an der Eingangstür trug den Namen Roger E. Lennard. Die Jalousien an den Fenstern waren geschlossen, und es war niemand zu sehen. Aragon klopfte trotzdem. Keine Antwort.

Nach einer Weile hatte er das Gefühl, daß ihn von der Hinterseite des Wohnwagens jemand beobachtete. Er drehte sich um und sagte: »Hallo? Hallo, Sie da!«

Ein Mann trat forschen Schrittes vor und kam auf ihn zu. In seiner ganzen Art lag nichts Heimlichtuerisches oder gar Schuldbewußtes. Man hatte den Eindruck, daß es lediglich Teil seines Lebensstils war, Nachbarn nachzuspionieren. Der Strohsombrero, den er trug, unterstrich noch seine Kleinwüchsigkeit. Sein Gesicht war tief sonnengebräunt und zerknittert wie ein Stück Papier, das von der Sonne versengt und einige hundertmal zusammengeknüllt und wieder glattgestrichen worden war.

»Suchen Sie Mr. Lennard?«

»Ja. Mein Name ist Tom Aragon.«

»Spanisch?«

»Ja.«

»Spanier, Latino, Hispano, Mexicano, Chicano – wie möchtet ihr Leute eigentlich genannt werden?«

»Leute genügt.«

»Nichts für ungut. Immerhin krieg ich auch so einiges an Namen an den Kopf geknallt.« Er schob seinen Sombrero zurück, unter dem ein Kopf so kahl und braun wie ein Basketball zum Vorschein kam. »Platte, Lockenköpfchen, Kojak. Stört mich überhaupt nicht, wenn man mir solche Namen anhängt. Mein richtiger Name ist Abercrombie.«

Sie gaben sich die Hand. Der alte Mann kramte einen Tabakbeutel und ein Päckchen Zigarettenpapier hervor und begann, sich mit der Unbeholfenheit eines Anfängers eine Zigarette zu drehen. »Versuche ein bißchen zu sparen, krieg aber den Dreh nicht raus. Immerzu seh ich, wie sie das in den alten Filmen machen, ruck-zuck, aber bei mir klappt es nie. Sind sicher nur Trickaufnahmen.«

»Sind Sie hier der Platzverwalter, Mr. Abercrombie?«

»Nicht direkt. Ich zahl ein bißchen weniger Miete dafür, daß ich hier rumlaufe und aufpasse, daß die Vorschriften eingehalten werden. Keine Partys oder lautes Fernsehen nach zehn Uhr abends. Keine Hunde oder Katzen oder sprechende Vögel.«

»Mr. Lennard hatte doch einen Hund, oder nicht?«

»Nicht lange. Wenn ich ehrlich sein soll, es hat mich schon überrascht, daß ausgerechnet er sich so über die Vorschriften hinwegsetzte. Dann hab ich rausgekriegt, daß er den Hund nur für einen Freund übernommen hatte.

Mr. Lennard ist der stille Typ, der nicht viele Freunde hat, und da hab ich ihm gesagt, der Hund kann einen Tag oder zwei hierbleiben, bis er ein anderes Zuhause für ihn gefunden hat. Er muß ziemlich schnell eins gefunden haben, denn ich hab den Hund seitdem nicht mehr gehört. Mr. Lennard hab ich auch nicht mehr gesehen. Überhaupt hab ich nie viel von ihm gesehen. Tagsüber arbeitet er in dieser komischen Schule, und abends geht er oft allein weg – ins Kino oder in die Bibliothek – das hab ich jedenfalls immer gedacht. Wie gesagt, Mr. Lennard war nicht der Typ, der viele Freunde hatte. Er ist ja auch erst letzten Winter aus Utah hierhergekommen. Sein Wagen, ein roter Pinto-Kombi, hatte eine Nummer aus Utah.«

Abercrombie zündete die Zigarette an. Ein paar brennende Tabakkrümel fielen ihm auf die Hemdbrust und brannten zu dem schon vorhandenen Dutzend noch ein paar Löcher mehr hinein.

»Jetzt ist sie mir zu locker geworden«, erklärte er. »Manchmal sind sie so fest, daß ich kaum daran ziehen kann. Trickaufnahmen, so machen die das in den Filmen, Trickaufnahmen. – Jedenfalls, wie ich zu Mr. Lennard hinging und ihm sagte, er muß ein anderes Zuhause für den Hund suchen, da hat er mir erst richtig eine Überraschung beschert. Hat gefragt, ob das in Ordnung geht, wenn er heiratet und seine Frau bei ihm einzieht. Na, ist das'n Ding?«

Das ist allerdings ein Ding, dachte Aragon. Und die Gelackmeierten waren er, die Jaspers, Mrs. Holbrook und ihre Schule, und wahrscheinlich am meisten von allen Cleo. »Hat Mr. Lennard den Hochzeitstermin genannt?«

»Sofort. ›Je eher, desto besser‹ – das waren seine Worte.«

»Wirkte er glücklich?«

»Mehr aufgeregt. Und Angst hatte er. Die Ehe ist ein großer Schritt. Hab ihn selbst nie gemacht. Vielleicht hatte ich zu kurze Beine.«

Abercrombie legte eine Pause ein und erwartete offensichtlich, daß gelacht wurde. Aragon tat ihm den Gefallen. Es war kein sehr überzeugendes Lachen, aber den alten Mann schien es zufriedenzustellen. Er fuhr fort:

»Ich hab Mr. Lennard gesagt, er kann seine Braut ruhig mit hierherbringen, solange sie nur keine Kinder haben. Das ist auch eine unserer Vorschriften hier – keine Kinder. Sie hätten mal sehen müssen, Sir, wie er da rot geworden ist – wie ein pickliger Jüngling. Ich hab ihm gesagt, Sie werden die Dame mal mitbringen und den andern Leuten in der Siedlung vorstellen müssen. Er hat gesagt, das will er tun, aber er hat's nie getan.«

»Wann hat diese Unterhaltung stattgefunden?«

»Etwa Mitte der Woche. Den Tag weiß ich nicht mehr genau.«

»Und wo?«

»Genau hier, wo wir stehen. Unter diesem Vordach.«

»Sie sind nicht hineingegangen?«

»Er hat mich nie zu sich hereingebeten. Es ist nicht meine Art, irgendwo reinzugehen, wo ich nicht erwünscht bin.«

»Waren die Jalousien zu, so wie jetzt?«

»So hatte er sie immer.« Der alte Mann kniff die Augen zusammen, während er wieder an der Zigarette zog. »Wollen Sie andeuten, daß die Frau womöglich die ganze Zeit hier drin war, während ich mit ihm redete?«

»Kann schon sein.«

»Das ist doch nicht normal, daß ein Verlobter seine Zukünftige versteckthält, als hätte sie zwei Köpfe. Es sei denn, sie gehört zu den ganz Schüchternen. Es soll ja wohl schüchterne Frauen geben. Ich krieg solche allerdings nie zu sehen. – Ich hab Sie noch gar nicht gefragt, ob Sie ein Freund von Mr. Lennard sind.«

»Nein.«

»Sie sind kein Kassierer oder so was?«

»Nicht direkt«, sagte Aragon. Aber es wurde allmählich höchste Zeit für Roger Lennard, seine Schulden zu bezahlen.

Es war schon mitten am Nachmittag, als er endlich an einer Taco-Bude in der Nähe seiner Wohnung etwas zu sich nahm. Der Nebel vom frühen Morgen war längst von dem heißtrockenen Wind, der aus der Wüste hinter den Bergen kam, aufs Meer hinausgeweht worden. Aragon saß im kühlen Schatten eines Lorbeerbaums, trank Eistee und dachte an Cleo. Das Ganze war nur eine Indizienkette, aber es schien doch kaum noch ein Zweifel daran zu bestehen, daß sie fortgelaufen war, um Roger Lennard zu heiraten. Er versuchte, sich Cleo als Braut im langen weißen Kleid und Schleier vorzustellen, oder auch nur in einem ganz normalen Kleid, aber alles, was er zustande brachte, war das Bild eines mageren Mädchens mit leerem Blick, marineblauem Jumper, weißer Bluse und weißen Kniestrümpfen. Laut Frieda Jasper hatte Cleo keine Sachen zum Anziehen mitgenommen, also hatte sie wahrscheinlich die tausend Dollar von ihrem Sparkonto genommen, um sich eine irgendwie geartete Brautausstattung zu kaufen. Vielleicht hatte sie aber auch soviel Geschäftssinn gehabt – oder Roger Lennard hatte ihn für sie gehabt –, sich das Bargeld aufzuheben und die Hochzeitseinkäufe in dem

Kaufhaus vorzunehmen, für das sie eine Kundenkreditkarte besaß.

Cleo und Roger – ein Brautpaar so unwirklich wie die Plastikfiguren auf einem Hochzeitskuchen, und der Grund, auf dem sie standen, war auch nicht fester als Zuckerguß.

Aragon trank seinen Tee aus, beschenkte den Lorbeerbaum mit den übrigen Eiswürfeln und den Abfallkorb mit dem Plastikbecher und ging zu seinem Wagen zurück. Er wußte, daß er den Jaspers Bescheid sagen mußte und der restliche Tag eine Bergauffahrt sein würde. Er verspürte das Bedürfnis, kurz noch etwas Stallduft zu schnuppern, bevor er sich in ein neues Abenteuer stürzte, also fuhr er zur Kanzlei.

Charity Nelson mußte, wie sie es oft tat, die Welt aus den Fenstern von Smedlers Revier im obersten Stockwerk beobachtet haben. Der Stahlkäfig des Außenaufzuges kam an der Hauswand heruntergeglitten, und Charity kam ihm entgegengerannt, die Hand an der Perücke, damit sie ihr nicht vom Wind abgerissen wurde.

Er freute sich, sie zu sehen, und sagte es.

Sie wirkte richtig schockiert. »Mein Gott, Junior, haben Sie einen Sonnenstich oder was? Kommen Sie mit rauf, damit ich Ihnen einen Eisbeutel auf die Stirn legen kann.«

»Wo ist der Boß?«

»Smedler hatte einen sehr wichtigen Kunden hier, der unbedingt Golf spielen wollte. Smedler wäre natürlich viel lieber hiergeblieben, um zu schuften wie ein Pferd, aber er hat sich gezwungen, mit zum Country-Club zu fahren. Ein Mann von wahrem Opfermut, nicht?«

»Nein.«

»Kommen Sie.«

Sie fuhren mit dem Aufzug zu Charitys Büro. Es war vollgepfropft mit Pflanzen, die ihre Kinder waren, von klein auf großgezogen, genährt und über Krankheiten hinweggehätschelt: die Dieffenbachie, der sie die Schuppen mit den Fingernägeln wegkratzte, die Marante und der Wunderstrauch, die sie morgens und abends einsprühte, um den Blattspinnmilben den Appetit zu verderben, die Buntnessel, deren Schildläuse sie mit alkoholgetränkten Wattestäbchen behandelte, die Hawaii-Elfchen, die jeden Mittag einen Schluck warmes, ungechlortes Wasser brauchten, die Glanzkölbchen, die immerzu ihre Gliedmaßen an Blattläuse verloren – das waren ihre besonderen Lieblinge. Den lebenstüchtigeren Pflanzen, die sich ganz gut allein zu wehren wußten, schenkte sie ein gutes Zuhause, aber wenig echte Liebe.

Sie setzte sich auf die Schreibtischkante und musterte kritisch ihre herunterbaumelnden Beine. »Die Beine sind das einzige, was ich aus meiner Jugend herübergerettet habe. Sie sind noch immer ganz hübsch, finden Sie nicht?«

»Möchten Sie jetzt von mir hören, daß Sie prachtvolle Waden haben?«

»Ich hätte nichts dagegen.«

»Sie haben prachtvolle Waden.«

»Danke, Junior. Und jetzt wollen Sie sicher auch ein Kompliment von mir hören.«

»Wäre mal eine nette Abwechslung.«

»Gut. Smedler sagt, Sie sind ein junger Mann, der seinen Weg machen wird. Was für einen Weg, hat er natürlich nicht gesagt – typisch Jurist; kann nichts von sich geben, ohne sich ein Hintertürchen –. Möchten Sie einen Orangensaft?«

»Bitte.«

Sie schenkte ihm den Orangensaft nicht in einen der Pappbecher ein, die sie neben dem Wasserspender stehen hatte, sondern in eines der kristallenen Stengelgläser, die sie für besondere Anlässe reservierte. Er fragte sich, was das für ein Anlaß sein mochte und ob er, wenn auch wider Willen, eine Rolle darin spielte.

Sie hob ihr Glas. »Auf den dreiundzwanzigsten Jahrestag meiner ersten Scheidung. Er hieß Harold und war Antialkoholiker. Waren Sie schon mal mit einer Antialkoholikerin verheiratet?«

»Nein.«

»Das ist, als sei man mit einem Erdferkel verheiratet. Nichts dagegen einzuwenden, wenn man selbst ein Erdferkel ist. Harold trank immer nur Orangensaft. Es ist gruslig, aber jedesmal, wenn ich das Zeug trinke, muß ich an ihn denken. Erinnerungen können richtig lästig sein. Also, trinken wir auf Harold, falls er nicht inzwischen an einer Überdosis Vitamin C gestorben ist.«

Während sie ihren Orangensaft trank, machte sie ein Gesicht, als ob er nach Harold schmeckte.

»Setzen Sie sich, Junior, und erzählen Sie mir alles.«

»Bedaure. Wie Sie sich erinnern, hab ich von Smedler den strikten Befehl, nicht zu patzen.«

»Ich hab jedenfalls schon selbst ein bißchen Detektiv gespielt und herausbekommen, woran Sie arbeiten. Dieser Jasper ist dick im Öl- und Kupfergeschäft drin. Ich denke, er wird Ihnen im tiefsten Portemonnaie dankbar sein, wenn Sie seine Schwester finden. Sie könnten reich werden.«

»Geld macht nicht glücklich.«

»Da verwechseln Sie was, Junior. Glück macht nicht reich; dabei gebe ich mir weiß Gott alle Mühe.«

»Wenn Mr. Jasper hört, was ich ihm zu sagen habe«, meinte Aragon, »kann ich von Glück reden, wenn ich zwei Cents und einen warmen Händedruck bekomme.«

»Sie haben sie also gefunden? Sie haben sie wirklich *gefunden*?«

»Nicht direkt. Aber ich weiß, warum sie davongelaufen ist. Und über diese Information wird Jasper sich alles andere als freuen.«

»Was ist denn passiert?«

»Sie ist mit einem ihrer Lehrer durchgebrannt.«

»Was soll denn daran so schlimm sein? Ich finde das romantisch.«

»Er ist schwul.«

»Hm«, machte Charity, und noch einmal: »Hm. Das klingt nicht ganz so romantisch, wie?«

»Eben.«

»Na ja, aber vielleicht ist er nur halb schwul, oder drei Fünftel. Oder nur sieben Zehntel. Dann blieben immer noch –«

»Die genauen Prozentsätze kenne ich nicht.«

»Für eine normale Frau ist auch ein bißchen schon zuviel.«

Charity spendierte noch eine Runde Orangensaft. Sie sah den lange entschwundenen Harold jetzt doch in einem freundlicheren Licht. Antialkoholiker, ja, aber ein Halbseidener war er ganz gewiß nicht.

Sie erzählte Aragon von Harold – mehr als dieser hören wollte, und sicher mehr, als Harold lieb gewesen wäre. Er hörte geduldig zu, bis sie mit Harold durch war und von George anfing. George war offenbar kein Antialkoholiker gewesen. Er mußte mehr getrunken haben als ein Fisch.

»Aber er war nicht schwul«, sagte Charity mit ernster Miene. »Keiner meiner Männer war schwul.«

»Freut mich zu hören. Aber jetzt muß ich –«

»Georges Schwäche waren Blondinen. Jeder Größe, jeden Alters.«

»– gehen. Tschüs. Und fahren Sie fort in Ihren guten Werken.«

»Was für gute Werke? Was ist denn los mit Ihnen, Junior?«

Er trat in den Aufzug, und die Tür knallte zu.

»Wollen Sie die Geschichte von George nicht hören?«

»Später«, sagte Aragon. Sehr viel später.

Als er zu seinem Wagen zurückkam, sah er, daß der Kofferraumdeckel nicht ganz zu war. Es waren keine Spuren von Gewaltanwendung zu erkennen, und alles war noch darin: ein Werkzeugkasten; eine Nylonjacke, die seiner Frau Laurie gehörte; eine Erste-Hilfe-Ausrüstung; seine Strandschuhe, deren Sohlen von Teer verkrustet waren; und eine Orange, die aus der Tüte gerollt war, als er ein paar Abende zuvor einkaufen gewesen war. Das war das letztemal gewesen, daß er den Kofferraum geöffnet hatte.

Er versuchte, den Deckel zu schließen – vergebens. Dann sah er, was ihn teilweise offenhielt: Ein dicker Bollen Kaugummi war ins Schloß gedrückt worden.

Aragon dachte an die Verzweiflung in Donny Whitfields Gesicht, als sie sich heute morgen bei Holbrook Hall getroffen hatten, und plötzlich war ihm klar, was sich zugetragen hatte. Donny hatte den Schlüssel genommen, den er achtlos im Zündschloß hatte steckenlassen, und den Kofferraum damit geöffnet. Dann hatte er den Schlüssel an seinen Platz zurückgetan und sich im Kofferraum versteckt. Der ins Schloß gedrückte Klumpen Kaugummi hatte verhindert, daß der Deckel richtig schloß, und Donnys Flucht ermöglicht.

Manche Leute taten alles, um sich vor Diät zu drücken.

8

Das Flugzeug aus Sacramento landete in der Abenddämmerung. Obwohl Hilton Jasper auf einem der rückwärtigen Sitze saß, ließ er alle andern zuerst aussteigen. Es zog ihn nicht zurück in ein Haus ohne Cleo, ohne Ted. Durchs Fenster konnte er Frieda sehen, die am Flugsteig auf ihn wartete, mit schnellen kleinen Schritten auf und ab gehend, die ihre Ungeduld verrieten. Sie war immer ungeduldig. Ungeduldig wartete sie auf den Einbruch der Nacht, den Tagesanbruch, ungeduldig fuhr sie ihn zum Flughafen, ungeduldig fuhr sie ihn wieder nach Hause zurück. Für Frieda bewegte sich die Welt zu langsam. In ihrem Bemühen, sie schneller voranzutreiben, verschliß sie sich selbst.

Die Stewardeß reichte ihm seine Aktentasche. »Wir sind da, Mr. Jasper.«

»Ja, danke.«

»Oder wollten Sie wieder mit uns nach Sacramento zurückfliegen?«

»Ich glaube nicht.«

Er stieg aus dem Flugzeug, und Frieda kam ihm entgegengeeilt. Sie nahm ihm die Aktentasche aus der Hand. Wahrscheinlich war es als Liebesgeste gemeint, aber es war keine Liebe darin. Sie sagte: »Alle waren vor dir draußen. Ich dachte schon, du hättest das Flugzeug verpaßt.«

»Einer muß der letzte sein.«

Sie runzelte die Stirn, als versuchte sie, diesen philosophischen Gedankengang zu verstehen. Frieda war immer die erste beim Einsteigen und die erste beim Aussteigen. Es war ein Stück ihrer Natur, wie eine normale Körperfunktion.

»Du siehst müde aus«, sagte sie. »Die Köchin hat dir ein wunderschönes Abendessen gekocht. Es dauert nur drei oder vier Minuten, es unter der Mikrowelle aufzuwärmen.«

»Ich habe eigentlich gar keinen Hunger, Frieda.«

»Natürlich bist du hungrig«, sagte Frieda in einem Ton, der bedeutete, daß er gut daran täte, hungrig zu sein, weil sie es war. »Und es ist ganz besonders wichtig, daß du heute abend etwas Ordentliches ißt.«

»Warum?«

»Mr. Aragon kommt um neun. Er hat dir etwas zu berichten. – Jetzt reg dich bitte nicht auf, Hilton. Der Arzt hat dir geraten, die Dinge nicht zu schwer zu nehmen. Cleo ist wohlauf. Sie ist weder tot noch verletzt noch sonst etwas von alledem, was du dir schon ausgemalt hast. Ich wiederhole, sie ist wohlauf. Allem Anschein nach will sie nur nicht wieder nach Hause kommen.«

»Wegen Ted – diese gräßliche Szene –«

»Um Gottes willen, laß uns damit nicht schon wieder anfangen. Ihr Beschluß, wegzugehen, hatte höchstwahrscheinlich gar nichts mit Ted zu tun. Vielleicht hatte sie das schon lange geplant. Mir hat sich das Mädchen ja nie anvertraut. Ich wußte nie, was in ihrem Kopf vorging. Wenn ich sie irgend etwas Persönliches fragte, hat sie mich immer nur aus diesen merkwürdigen Augen groß angesehen –«

»Sei still, Frieda.«

Sie fuhren schweigend nach Hause, und schweigend verzehrten sie in einem kleinen Erker der Küche mit Blick auf die Berge ihr Abendessen. Jeden Abend, wenn die Sonne sank, verfärbten sich die Berge allmählich von Violett zu Mitternachtsblau, bevor sie schließlich verschwanden. Am Fuß der Berge flammten Lichter auf wie an einem Weihnachtsbaum.

Frieda trug das Essen selbst auf. Valencia, die einzige vom Personal, die im Haus wohnte, war auf ihr Zimmer gegangen, um fernzusehen, oder was Hausbedienstete namens Valencia sonst auch immer in ihren Zimmern taten. Frieda hatte sich nie bemüht, das herauszufinden. Sie war sich jedenfalls einigermaßen sicher, daß Valencia, die kaum Englisch sprach, nicht lauschen würde wie die Köchin, und auch nicht hereinplatzen, um ihre Ansichten zum besten zu geben, wie Lisa, die Studentin, die beim Essen bediente.

»Ich hasse diese Stille«, sagte sie endlich. »Sie kommt mir so bösartig vor, so feindselig. Könntest du nicht irgend etwas sagen?«

»Nichts, was du hören möchtest.«

»Na schön, dann sage ich etwas, und das wirst du auch nicht hören wollen. Ted war heute morgen hier, um seine Sachen abzuholen. Ich habe ihm etwas Geld gegeben. Keine Angst, es kam von meinem eigenen Konto.«

»Was auf deinem Konto ist, stammt von meinem Konto. Und ich habe dich ausdrücklich gebeten, ihm kein Geld zu geben.«

»Du hast es mir sogar verboten.«

»Und du hast ihm trotzdem welches gegeben.«

»Er ist mein Sohn. Du hast ihn ungerecht behandelt, grausam.«

»Er hat etwas Unverzeihliches getan. Ohne das wäre Cleo jetzt sicher und geborgen zu Hause.«

»Und wo wären wir, Hilton? Ebenfalls hier, mit ihr zusammen für die nächsten zehn, zwanzig, dreißig Jahre wie die letzten vierzehn, als Babysitter für ein Mädchen, das uns nie das kleinste bißchen Dankbarkeit gezeigt hat, das uns nicht einmal gern hat.«

Er ließ seine Gabel auf den Teller fallen und spuckte das Essen, das er im Mund hatte, in seine Serviette. Sie wußte, daß sie ihn schwer getroffen hatte, und es tat ihr fast – aber eben doch nur fast – leid, daß sie ihn noch einmal treffen würde.

»Wenn Cleo in diesem Augenblick zur Vordertür hereinkäme«, sagte sie, »würde ich zur Hintertür hinausgehen. Dann könntest du mit ihr zusammenleben bis an euer seliges Ende.«

»Was willst du damit sagen, du Biest?«

»Gar nichts weiter. Ich habe mich klar und deutlich ausgedrückt. Du und Cleo könntet meinetwegen zusammenleben bis an euer seliges Ende. Ich will nur nicht mehr dabeisein.«

»Mein Gott, bist du eine Hexe!«

»Vierzehn Jahre Cleo haben mich dazu gemacht.«

Draußen hatte Zia zu bellen angefangen, ein tiefes, drohendes Bellen, das gar nicht zu seiner Körpergröße paßte. Jetzt hielt er inne, wie um zu testen, wie seine Drohung gewirkt hatte, und in dieser Pause hörte man ein Auto.

Hilton stand so schnell auf, daß er fast den Tisch umwarf, und erreichte die Haustür im selben Moment wie Aragon.

»Haben Sie sie gefunden?«

»Nein«, sagte Aragon. »Aber ich bin ziemlich sicher, daß sie wohlauf ist.«

»Gott sei Dank. Kommen Sie herein. Kommen Sie, und erzählen Sie mir alles.«

Sie gingen den langen Flur entlang bis in die Küche. Frieda hatte das Eßgeschirr abgeräumt und schenkte sich eine Tasse Kaffee ein. Sie bot keinem der beiden Männer eine an.

Aragon setzte sich Hilton Jasper gegenüber und begann zu berichten. »In den letzten Monaten hatte Cleo in der Schule einen Berater namens Roger Lennard. Er ist Anfang Dreißig und steht in dem Ruf, in seiner Arbeit sehr gewissenhaft zu sein. Anscheinend hat er Cleo auf ein paar neue Gedanken über sich selbst gebracht und einige Möglichkeiten für ihre Zukunft angedeutet. Jedenfalls faßten er und Cleo Zuneigung zueinander. Von Romantik will ich nicht reden, denn Lennard ist homosexuell.«

Jasper entrang sich ein halberstickter Ton, als ob ihm etwas im Hals steckengeblieben wäre. »Und sie ist bei *ihm*?«

»Sie wollen heiraten. Vielleicht haben sie das schon.«

»Cleo weiß nicht einmal, was ein Homosexueller ist«, sagte Jasper. »Eigentlich weiß sie nicht einmal, was Heiraten ist.«

Zum erstenmal sprach jetzt auch Frieda. »Sie ist keineswegs der kleine Unschuldsengel, für den mein Mann sie hält. Er hat mir nie erlaubt, sie über das Leben aufzuklären. Immer hat er gesagt, sie sei zu jung, zu schlicht im Gemüt. Ich habe nicht weiter darauf bestanden. Ich habe angenommen, so was erledigen die in dieser Schule. Jedenfalls war sie nicht unschuldig. Das weiß ich –« sie sah Hilton bedeutungsvoll an – »aus Erfahrung. – Nicht wahr, Hilton?«

»Unterbrich uns bitte nicht, Frieda.« Und zu Aragon: »Erzählen Sie mir mehr über diesen Roger Lennard. Wo wohnt er?«

»In einer Wohnwagensiedlung unweit vom Strand. Von dieser bevorstehenden Heirat hat mir einer seiner Nachbarn erzählt. Lennard hatte um die Erlaubnis gebeten, seine Frau mit in den Wohnwagen zu bringen, den er dort gemietet hat.«

»Das muß ja ein wahres Prachtstück sein; ein Lehrer in einer Schule wie Holbrook Hall, der mit seinen Schülerinnen anbändelt.«

»Mrs. Holbrook hat eine sehr hohe Meinung von ihm.«

»Dann ist sie wohl eine schlechte Menschenkennerin.«

»Wer hat denn eigentlich mit wem angebändelt?« fragte Frieda. »Das wüßte ich mal gern.«

Jasper ging zu ihr und legte ihr die Hand auf die Schulter. »Ich glaube, du bist müde, Frieda. Vielleicht solltest du lieber ins Bett gehen.«

»Ich möchte nicht zu Bett gehen.«

»Ich schlage vor, das überlegst du dir noch einmal.« Er drückte die Hand ganz fest auf ihre Schulter. »Schließlich möchtest du doch morgen beim Frühstück wieder springlebendig und fröhlich sein wie immer, oder?«

»Ich bin froh, daß sie fort ist. Hast du gehört, Hilton? Ich bin froh. Sie hat mein Leben schon genug ruiniert.«

»Du solltest lieber zu Bett gehen.«

»Laß sie doch zur Abwechslung mal einem andern das Leben kaputtmachen.«

Aragon sah ihr nach, wie sie fortging, wobei ihre Absätze ärgerlich auf den Steinfliesen klapperten. Zum erstenmal sah er Cleo als Zerstörerin, eine destruktive Kraft, mehr Schlächterin als Schlachtopfer.

»Nehmen Sie es meiner Frau nicht übel«, sagte Jasper ruhig. »Diese Geschichte hat uns beide sehr viel Nerven gekostet. Frieda ist dem Mädchen genauso zugetan wie ich.«

Es klang weder überzeugt noch überzeugend, was er sagte, und er schien es selbst zu merken. Er ließ das Thema abrupt fallen, als ob er einen Stein in die Hand genommen hätte, der zu heiß und zu schwer zum Hochheben war.

Aragon erhob sich zum Gehen. »Ich bedaure, daß ich Ihr Problem nicht lösen konnte, Mr. Jasper, aber meine Möglichkeiten sind hiermit erschöpft.«

»Wo ist Cleo?«

»Ich sagte schon, daß ich es nicht weiß.«

»Dann haben Sie nicht getan, wofür ich Sie engagiert habe«, sagte Jasper. »Cleo muß gefunden und gerettet werden.«

»Unter ›gerettet‹ verstehen Sie zurückgeholt?«

»Ja.«

»In unsern Gesetzen ist Menschenraub sehr eindeutig definiert.«

»Sie müssen ihr zureden.«

»Ich fürchte, das hat Roger Lennard schon getan.«

»Sie muß gerettet werden«, wiederholte Jasper. »Was mir die größten Sorgen macht, ist weniger der homosexuelle Aspekt als die Tatsache, daß dieser Mann ein Mitgiftjäger ist. Wenn Cleo fünfundzwanzig wird, kommt sie in den Besitz der ganzen Hinterlassenschaft ihrer Großmutter. Da geht es um sehr viel Geld. Cleo weiß darüber verschwommen Bescheid, genug jedenfalls, um Roger Lennard etwas davon erzählen zu können. Aber ich bin überzeugt, daß sie keine Ahnung von den kalifornischen Eigentumsgesetzen hat oder überhaupt irgend etwas von

Geld versteht. Eine Million Dollar auf der Bank ist für sie weniger real als ein knisternder neuer Zehndollarschein. Wenn ihr jemand den Zehndollarschein wegnähme, würde sie böse werden und versuchen, ihn zurückzubekommen, oder sie würde weinend zu mir kommen und mich um einen neuen bitten. Aber eine Million Dollar, die sie nicht sehen oder fühlen oder für Süßigkeiten ausgeben kann, bedeutet ihr gar nichts. Für einen Roger Lennard bedeutet sie dagegen alles. Vielleicht spielt er ihr sogar ein paar Liebesszenen vor. Bei dem Gedanken wird mir übel.«

So sah er auch aus. Sein Gesicht hatte eine wächserne Blässe, und ein Ring feuchter Tröpfchen kränzte seine Stirn. Aragon hatte von seiner Frau Laurie ein paar medizinische Grundbegriffe gelernt, und Jasper erschien ihm als der geborene Kandidat für einen Herzinfarkt: groß, ehemaliger Sportler, übergewichtig, sitzende Tätigkeit und schwerer Streß – der Mann war geradezu für einen Herzinfarkt programmiert. Ob es dazu kam oder nicht, war nur noch Glücksache.

Jasper sagte: »Das wird dieses Schwein Lennard noch bereuen. Er wird sich wünschen, er wäre in der Pißbude geblieben und hätte die Tür nie aufgemacht!«

»Ich möchte Ihnen empfehlen, erst einmal die Fakten abzuwarten, bevor Sie etwas unternehmen.«

»Dann besorgen Sie mir die Fakten.«

»Ich bin nicht in Polizeiarbeit ausgebildet, im übrigen auch nicht in Psychologie. Ich wüßte hier gar nicht, wo ich anfangen sollte.«

»Bisher haben Sie es gewußt. Machen Sie da weiter. Wenn nicht, mache ich es selbst.«

»Halten Sie sich persönlich da heraus, Mr. Jasper, wenigstens bis Sie –«

»Bis ich mich beruhigt habe? Ich beruhige mich nicht so schnell.«

Das war nichts Neues. Das Blut war in Jaspers Gesicht zurückgeschossen, und er sah aus, als wolle er aus der Haut platzen. Er schlug mit der flachen Hand auf den Tisch.

»Wenn ich mit diesem Schwein fertig bin«, sagte er, »kann er froh sein, wenn er noch irgendwo als Tellerwäscher Arbeit findet. Er ist ein ehrloses Subjekt, ein Mensch ohne Moral – ein Mädchen wie Cleo, die seiner Fürsorge anvertraut ist, so auszunutzen. Weiß der Himmel, was er ihr für romantische Ideen in den Kopf gesetzt hat.«

Aragon wußte nur von einer Idee, und die konnte man nicht einmal unter Aufbietung aller Phantasie romantisch nennen. Er erinnerte sich noch fast wörtlich an das, was sie gesagt hatte, als sie in sein Büro gekommen war: »Mein neuer Freund sagt, ich habe Rechte, ich kann tun, was andere Leute tun, zum Beispiel wählen.« Wählen! Wenn das Lennards Masche war, dann suchte sie ihresgleichen.

»Ich werde mein Bestes tun, Mr. Jasper. Aber erwarten Sie bitte keine Wunder. Die Beteiligten – Lennard mit Sicherheit, Cleo wahrscheinlich – müssen sich beide darüber klar gewesen sein, daß sie sich Schwierigkeiten einhandeln würden.«

»Ich erwarte keine Wunder, ich erwarte Ergebnisse. Gehen Sie noch einmal dorthin, wo dieser Lennard wohnt. Nehmen Sie sich seine persönlichen Sachen vor, seine Korrespondenz, seine Bankkonten, falls er welche hat, selbst die Bücher, die er liest.«

»Soll ich etwa bei ihm einbrechen?«

»So wollen wir es nicht nennen.«

»Andere werden es so nennen. Um mir Zutritt zu Lennards Wohnung zu verschaffen, müßte ich eine richterliche Durchsuchungsgenehmigung haben, und dazu müßten triftige Hinweise für ein Verbrechen vorliegen. Ich sehe keine dieser Bedingungen erfüllt.«

»Ich habe Beziehungen.«

»Versuchen Sie keinen Gebrauch davon zu machen. Damit würden Sie nur sich und mich in Schwierigkeiten bringen.«

»Na schön.«

»Darf ich das als Versprechen ansehen, Mr. Jasper?«

»Es ist ein Versprechen, das ich vielleicht nicht halten kann. Sollte ich die beiden zufällig an meinem Büro vorbeilaufen sehen, würde ich dem Kerl –«

»Es ist ein weiter Weg vom Hibiscus Court zum Jasper Building. Aber ich nehme doch an, daß sie noch in der Stadt sind. Sonst hätte Lennard nicht um die Erlaubnis gebeten, seine Braut mit in die Wohnwagensiedlung zu bringen. Und noch etwas. Lennard muß schließlich einem Beruf nachgehen.«

»Das bildet er sich ein«, sagte Jasper. »Ab morgen früh wird Lennards Name nicht mehr auf der Gehaltsliste der Schule stehen, und die zwei Wochengehälter, die ihm bei Kündigung zustehen, werden auf geheimnisvolle Weise auf dem Postamt verlorengehen. Die Umstände seiner Entlassung werden jedem in Frage kommenden Arbeitgeber zur Verfügung stehen. Wir wollen doch mal sehen, wie unter solchen kleinen Widrigkeiten die Romantik blüht und gedeiht.«

»Manchmal tut sie das, Mr. Jasper.«

Jasper nahm das gar nicht zur Kenntnis. »Es sind noch drei Jahre, bis Cleo an ihr Vermögen kommt. Ich prophezeie zuversichtlich, daß Roger Lennard bis dahin längst verschwunden und vergessen sein und Cleos Vermögen einen Treuhänder haben wird.«

»Ihre zweite Prophezeiung mag eintreffen, aber für die erste würde ich nicht die Hand ins Feuer legen.«

»Er wird verschwunden und vergessen sein«, wiederholte Jasper mit grimmiger Genugtuung.

Als sie auseinandergingen, gab Jasper ihm nicht die Hand. Ein schlechtes Zeichen, dachte Aragon; ein Symptom jener Paranoia, der reiche Leute oft zum Opfer fielen: Wer nicht meiner Meinung ist, der ist gegen mich.

Aragon schloß seine Autotür auf. Donny Whitfields mor gendlicher Streich hatte ihn gelehrt, sich gegen Kaugummi im Kofferraumschloß besser abzusichern. Der Kaugummi war noch immer da. Er wollte gerade einsteigen, als er von der andern Seite der Eugeniahecke eine leise, zögernde Stimme vernahm:

»Señor.«

Er antwortete auf Spanisch: »Was machen Sie da drüben?«

»Ich warte, um mit Ihnen zu reden. Unter vier Augen.«

»Schön. Steigen Sie ein, wir fahren bis zur Straße. Die Jaspers werden darauf warten, daß sie meinen Wagen wegfahren hören.«

Sie stieg auf den Beifahrersitz, eine kleine, pummelige Frau, die sich augenscheinlich in mehrere Lagen dunkles Tuch gehüllt hatte. Sie roch nach Oregano.

Er fragte: »Sind Sie Valencia?«

»Ja. Valencia Ybarra.«

»Ich bin Tomas Aragon. Ich suche nach Cleo.«

»Ich weiß. Ich hab's gehört. Ich höre auch Dinge, die nicht für meine Ohren bestimmt sind. Die meinen, weil ich nicht so gut Englisch spreche, verstehe ich sie auch nicht, und ignorieren mich wie einen Hund.«

Er hielt unten an der Straße an und schaltete seine Scheinwerfer aus.

»Hier ist nicht so gut reden. Hier fährt immer die Polizei vorbei. Ich hätte Angst, daß sie uns verhaftet.«

»Aus welchem Grund?«

»Die brauchen keinen Grund, wenn sie einen Chicano in einem reichen Viertel antreffen. Chicanos sind immer verdächtig. Sollen wir nicht irgendwo eine Pizza essen?«

»Pizza?«

»Mit Pepperoni. Was sie einem im Haus zu essen geben, schmeckt nach nichts, darum bin ich immer hungrig. Haben Sie Hunger?«

»Ja.« Er konnte sich nicht erinnern, zu Abend gegessen zu haben.

»Die Pizzeria ist nicht weit, nur fünf Häuserblocks. Ich bin nicht richtig angezogen zum Hineingehen, aber Sie können ja hineingehen und mir etwas mitbringen.«

Wenn eine Pepperoni-Pizza der Preis für vertrauliche Informationen war, wollte er ihn gern bezahlen.

Während sie aßen, mußte er an Donny Whitfield denken. Der Junge war jetzt schon fast zwölf Stunden seiner Diät entronnen und hatte wahrscheinlich jede Minute zu nutzen gewußt.

»Sie bekommen also manchmal etwas mit, Valencia?«

»Viel.«

»Warum ist Cleo weggelaufen?«

Die Frage wunderte sie sehr. »Um einen Mann zu kriegen. Warum auch nicht? Das ist doch natürlich. Sie würden ihr nie erlauben, einen Mann zu haben, vor allem der Señor nicht. Er hat sie immer behandelt wie ein kleines Mädchen, und sie hat sich benommen wie ein kleines Mädchen. Aber nicht immer. Ho-ho! Nicht immer.«

»Was heißt hier ›ho-ho‹?«

»Ich habe Durst. Eine große Cola würde meiner Kehle guttun.«

Aragon besorgte die große Cola und wartete.

»Am Abend, bevor sie wegging«, sagte Valencia, »war Ted nach Hause gekommen. Es war schon spät, und alle waren im Bett. Da sind sie und Ted zusammengekommen.«

»Was meinen Sie mit ›zusammengekommen‹?«

»Wissen Sie das nicht? Wie alt sind Sie eigentlich?«

»Schon gut, schon gut. Ich weiß. Aber Ted ist ihr Neffe. Sie sind Blutsverwandte.«

»Ach ja, wegen solcher Dinge macht man ja in diesem Land so ein Theater. Was ist daran so besonders, wenn zwei junge Menschen zusammen ins Bett gehen? Aber das Theater, das dann losging, als der Señor sie erwischte, das können Sie sich nicht vorstellen. Ted mußte mitten in der Nacht aus dem Haus. Und am nächsten Morgen haben der Señor und seine Frau sich beim Frühstück die ganze Zeit angeschrien. Und mit was für Ausdrücken!«

»Und Sie meinen, darum ist Cleo weggelaufen?«

»Sie ist weggegangen, um sich einen Mann zu suchen. Die Sache mit Ted hatte ihr Spaß gemacht. Sie will heiraten und Kinder haben. In Mexiko wäre sie schon bald eine alte Jungfer.«

Die Geschichte mit Ted und Cleo kam für Aragon überraschend, aber er zweifelte kaum daran, daß sie stimmte. Sie stand mit Jaspers Widerstand gegen eine Befragung seiner Frau und mit Teds argwöhnischer Reaktion heute morgen auf Aragons Anruf im Haus im Einklang. Er fragte Valencia nach dem Anruf.

»Ted stand neben mir und hat mir gesagt, was ich antworten soll. Er hat mich so fest in den Arm gekniffen, daß ich einen blauen Flecken habe.«

»Wo war Mrs. Jasper um die Zeit?«

»Sie war zur Bank gefahren, um für Ted das Geld zu holen, das er haben wollte und nicht haben sollte. – Waren Sie das, der da angerufen hat?«

»Ja.«

»Sie gehen aber nicht mit Ted zur Schule.«

»Nein.«

»Sie lügen also?«

»Nur wenn ich muß.«

»Das ist keine Entschuldigung. Sie werden das hoffentlich beichten.«

Sie schlürfte geräuschvoll die letzten Tropfen Cola vom Boden ihres Bechers.

»Soll ich Sie jetzt nach Hause fahren?« fragte er.

»Ich bin noch nicht fertig. Es gibt noch mehr zu erzählen.«

»Gut. Dann erzählen Sie.«

»Vielleicht noch eine Cola?«

Eine zweite Cola wurde geholt. Offensichtlich genoß sie die Situation – das Essen und Trinken, die Aufmerksamkeit, das Geschehen um sie herum – und schien es nicht eilig zu haben, zum Schluß zu kommen.

»Ich sollte öfter hierherkommen«, sagte sie. »Bei den Jaspers ist es immer so still, als wenn jemand gestorben wäre. Ich hab gern ein bißchen Lärm um mich, das Lachen, die Musik, sogar Babygeschrei. Manchmal tut es schon richtig gut, wenn der Hund bellt oder Trocadero den Rasen mäht oder die Hecken schneidet.«

»Hören Sie auf, Zeit zu schinden, Valencia.«

»Meinen Sie, wir könnten ein andermal wieder hierherkommen?«

»Vielleicht.«

»Das heißt nein, stimmt's?«

»Wahrscheinlich.«

»Na ja, Sie sind sowieso zu jung für mich. Und zu sehr Anglo. Sie sehen ja schon aus wie ein Anglo mit dieser Hornbrille, die Sie aufhaben. Wer hat denn je einen Chicano mit Hornbrille gesehen? Die meisten können ja nicht mal lesen.«

»Sie schinden schon wieder Zeit, Valencia. Kommen Sie wieder zur Sache, was es auch ist.«

»Es geht natürlich um Ted. Sie waren nicht der einzige, der ihn angerufen hat, bevor er aus dem Haus ging. Nach dem Mittagessen ist noch ein Anruf gekommen. Ich hab ihn weitergegeben und gehört, wie er sagte: ›Gut, ich bin gleich da.‹ Das waren seine Worte: ›Gut, ich bin gleich da.‹«

»Das klingt nicht sehr verschwörerisch.«

»Vielleicht nicht. Höchstens wenn man weiß, wer der Anrufer war, oder glaubt, es zu wissen. Es war ihre Stimme. Cleos.«

»Cleos?«

»Aha, jetzt staunen Sie, was? Sie haben mir ja vorhin nicht geglaubt, als ich sagte, daß ihr die Sache mit Ted Spaß gemacht hat. Jetzt denken Sie anders darüber, wie? Sie ist jung und hungrig – warum soll sie nicht essen?«

»Haben Sie Mrs. Jasper von dem Anruf von Cleo oder dem Mädchen, das Sie für Cleo hielten, unterrichtet?«

»Im Leben nicht! Da hätte ich doch nur für neues Theater gesorgt. Die behandeln mich wie einen Hund, also benehme ich mich wie ein Hund und sage nichts.«

»Es geht das Gerücht, daß Ted etliche Freundinnen hat. Es wäre doch ganz natürlich, daß er bei einer von ihnen einzieht, nachdem er zu Hause rausgeflogen ist.«

»Es war Cleos Stimme. Sie hat ihn gebeten, sich irgendwo mit ihr zu treffen, und er hat gesagt, gut, er kommt. Seine Kleider und Sachen waren schon im Wagen, weil er ja aus dem Haus sein mußte, bevor sein Vater wiederkam. Die Señora stand an der Tür und hat ihm nachgewinkt und geweint. So eine dumme Frau. Was gibt's da zu weinen, wenn ein junger Vogel aus dem Nest fliegt? Wenn er dageblieben wäre, na ja, *das* wäre eher Grund zum Heulen gewesen.«

»Wann ist Ted weggefahren?«

»Zwischen halb zwei und zwei.«

Er erinnerte sich an das Foto von Ted im Jahrbuch seiner Oberschule – auch damals schon ein Nestflüchtling. »Schien er froh zu sein, daß er wegkam?«

»Warum nicht? Er ist ein gutaussehender junger Mann mit einem schicken Wagen und Geld in der Tasche. Für meinen Geschmack ein bißchen zu dick. Mir sind die hageren Typen lieber, wie Sie. Hagere Männer sind meist kräftiger.«

»Ich bin ausgesprochen schwächlich«, sagte Aragon.

Er fand es an der Zeit, Valencia nach Hause zu fahren.

Er ließ sie an der Zufahrt zum Jasperschen Anwesen aussteigen. Durch die Bäume hindurch konnte er das Haus auf dem Gipfel des Hügels sehen. Das Hauptwohngeschoß war dunkel, aber in einigen Fenstern des Obergeschosses brannte Licht.

»Wenn ich Sie wäre, Valencia, würde ich gegenüber den Jaspers von alledem nichts erwähnen. Es würde ihren Kummer nur vergrößern.«

»Meinen womöglich auch. Sie würden mich am Ende rausschmeißen. Wir Chicanos sind immer an allem schuld.«

»Die Zeiten ändern sich.«

»Nicht für mich.«

»Sie haben doch hier eine hübsche Bleibe, oder?«

»Ja.«

»Sie haben ein eigenes Zimmer, vielleicht Radio und Fernsehen, regelmäßige Mahlzeiten.«

»Das Essen schmeckt nach nichts«, sagte sie. »Und das Zimmer ist einsam ohne Mann. Haben Sie vielleicht noch einen älteren Bruder? Einen Onkel?«

»Ich komme aus einer sehr kleinen Familie mit sehr schwachen Männern.«

»Jetzt machen Sie sich über mich lustig.«

»Ich wollte Sie nur mal lächeln sehen.«

»Ich lächle nie. Ich habe einen schiefen Schneidezahn. Außerdem, wen soll ich hier anlächeln? Trocadero ist schon über siebzig. Der Junge aus dem Laden geht noch zur Schule, und der Müllmann ist so schwarz wie Kohle.«

»Wenn der richtige Mann kommt, werden Sie lächeln, ohne an Ihren schiefen Zahn auch nur zu denken. Und der richtige Mann wird ihn nicht einmal sehen.«

»Was sind Sie doch für ein Lügner«, sagte Valencia, hörbar geschmeichelt. »Sie sollten unbedingt mal beichten gehen.«

9

Das Kaufhaus Drawford stand ganz im Dienste der jungen Damen und des alten Geldes im Norden der Stadt. Es befand sich am Ende einer neugebauten Einkaufszeile und war im Stil der alten Missionsstationen an der kalifornischen Küste gebaut. Allerdings gab es Unterschiede. Der Glockenturm schlug nur während der Öffnungszeiten die Stunde, die Tonbandmusik war leise und weltlich, außer zu Weihnachten, und die dicken Teppichböden waren nicht für barfüßige Padres bestimmt. Bloße Füße waren hier gar nicht erlaubt, wie ein Schild an allen vier Eingangstüren verkündete.

Die Kundenkreditabteilung lag im dritten Stock. Der Abteilungsleiter war im Urlaub, aber seine Stellvertreterin war bereit, Aragon zu empfangen.

Sie war eine junge Frau, die aussah, als ob sie in diesem Kaufhaus geboren und aufgewachsen wäre, sich von den dünnen Sandwiches in der Teestube ernährte, im Schönheitssalon frisieren, in der Modeabteilung kleiden, in der Kosmetikabteilung parfümieren und zurechtmachen ließe und ihre Bildung aus dem schicken Hochglanzkatalog bezöge. Aragon hätte sich kaum gewundert, wenn sie sich als Mrs. Drawford vorgestellt hätte.

»Ich bin Mrs. Flaherty«, sagte sie. »Womit kann ich Ihnen dienen?«

Aragon reichte ihr seine Karte, die sie durch eine diamantenbesetzte Brille aus der hauseigenen Optikerabteilung studierte.

»Rechtsanwälte sind bei Drawford immer herzlich willkommen«, sagte sie mit geübtem Lächeln, »besonders wenn sie auf unserer Seite sind.«

»Danke.«

»Was können wir für Sie tun?«

»Ich versuche herauszubekommen, ob die Besitzerin einer bestimmten Kundenkreditkarte in der letzten Woche hier etwas gekauft hat.«

»Bedaure, aber solche Auskünfte können wir nicht geben.« Es klang wie aus dem Handbuch für neues Drawford-Personal.

»Heißt das, unter gar keinen Umständen, Mrs. Flaherty?«

»Unter fast gar keinen Umständen. Es wäre vielleicht ratsam, Sie kämen noch einmal wieder, wenn Mr. Illings von seiner Angeltour in British Columbia zurück ist. Das wäre in anderthalb Wochen.«

»Das könnte genau anderthalb Wochen zu spät sein. Die Sache ist wirklich dringend.«

Mrs. Flaherty vergaß mit einem Mal ihr Personalhandbuch. »Himmel, ich wußte doch, daß so was in dem Moment passieren würde, wenn er hier rausgeht. Sofort kommt einer rein, und dann auch noch ein Anwalt, und will von mir vertrauliche Informationen haben. Was soll ich denn jetzt machen?«

»Bauen Sie auf Ihr eigenes Urteil.«

»Na gut. Ich brauche den Namen, die Rechnungsadresse und die Nummer der Karte.«

»Cleo Jasper. Die Rechnungen werden wahrscheinlich

an ihren Bruder geschickt, Hilton Jasper, wohnhaft an der Via Vista.«

»Und die Nummer der Karte?«

»Bedaure, die kenne ich nicht.«

»Es würde mich mal interessieren, worum es überhaupt geht.«

»Und ich würde es Ihnen wirklich gern sagen. Aber wie Sie als Angestellte von Drawford wahrscheinlich wissen: Vorschrift ist Vorschrift.«

»Na schön. Ich will mal sehen, was ich tun kann. Die Kreditkartennummer kann ich aus den Akten holen, dann werde ich sie durch den Computer laufen lassen müssen. Mal sehen, was dabei rauskommt.«

Sie blieb etwa fünf Minuten weg, in denen Aragon Gelegenheit hatte, sich in ihrem Büro umzusehen. Es bestand aus Chrom und Glas, war sehr aufgeräumt und entbehrte jeglicher persönlichen Note, abgesehen von zwei kleinen gerahmten Fotos auf dem Schreibtisch, eins von einem Baby, das andere von einem jungen Mann in Footballkluft, der aussah wie Joe Namath. Da man es bei Drawford wahrscheinlich nicht gern sah, wenn die stellvertretende Leiterin der Kundenkreditabteilung ein Foto von Joe Namath auf dem Schreibtisch stehen hatte, nahm Aragon an, daß es sich wohl um Mrs. Flahertys Gatten handelte und das Baby das Produkt ihrer gemeinsamen Bemühungen darstellte.

Mrs. Flaherty kam mit einem Blatt Papier zurück. »Der Computer weist aus, daß Miss Jasper vor zwei Tagen Einkäufe getätigt hat.«

»Was hat sie gekauft?«

»Das wissen wir noch nicht. Wenn hier ein Kauf getätigt wurde, enthält der Abschnitt den Namen des Kreditkarteninhabers und die Nummer des Mitarbeiters. Anhand dieser Nummer können wir den Namen des Mitarbeiters feststellen und damit die Abteilung, in der er oder sie arbeitet.«

»›Mitarbeiter‹ heißt also hier ›Verkäufer‹?«

»Wenn Sie unbedingt so wollen. Bei Drawford ist man der Meinung, daß ›Mitarbeiter‹ besser klingt und die Moral hebt. Also, wir werden feststellen, ob der betreffende Mitarbeiter oder die Mitarbeiterin heute arbeitet, und dann können Sie tun – na ja, was Leute wie Sie eben tun.«

»Arbeiten«, sagte Aragon. »Und wann bekomme ich die Namen der Mitarbeiter.«

»Meine Sekretärin sucht sie gerade heraus.«

Die Sekretärin war, wenn schon nicht Mrs. Flahertys eineiige Zwillingsschwester, so doch immerhin eine gelungene Kopie. Sie trug die gleiche Frisur und fast die gleiche Miene und Kleidung. Die eine Nummer gehöre zu Mrs. deForrest von der Schuhabteilung, sagte sie, die andere zu Miss Horowitz von der Schmuckabteilung. Miss Horowitz habe Miss Jasper ein Paar Ringe verkauft und Mrs. deForrest zwei Paar Schuhe. Miss Horowitz habe heute ihren freien Tag, aber Mrs. deForrest von der Schuhabteilung sei heute morgen um neun Uhr sieben zum Dienst erschienen.

Mrs. deForrest war weder Drawfords Katalogen noch dem Personalhandbuch entsprungen. Sie sah aus wie eine Großmutter, die wieder arbeiten mußte, um sich ihren Lebensunterhalt zu verdienen.

»Cleo Jasper?« meinte sie stirnrunzelnd. »Lassen Sie mich einen Augenblick nachdenken. Ich habe ein gutes Namensgedächtnis.«

Während Mrs. deForrest nachdachte, beobachtete Aragon die übrige Kundschaft: eine reifere Frau, umgeben von mehreren Dutzend Schuhschachteln, die anzeigten, daß sie einen schwer zufriedenzustellenden Geschmack oder aber schwer zufriedenzustellende Füße hatte; zwei junge Mädchen, die ihre Finanzen für ein Paar Sandalen zusammenlegten; und eine elegant gekleidete Frau im Rollstuhl, die ein Angebot von zueinander passenden Schuhen und Handtaschen begutachtete.

»Ja«, sagte Mrs. deForrest. »Ja, jetzt erinnere ich mich. Eine junge Frau, die Schwierigkeiten hatte, mit ihrem Namen zu unterschreiben. Sie hat dann auch nicht mit ihrem vollen Vornamen unterschrieben, sondern nur mit dem Anfangsbuchstaben.«

Aragon zeigte ihr eines der Bilder, die Mrs. Jasper ihm von Cleo gegeben hatte.

»Aber ja, das ist das Mädchen«, sagte Mrs. deForrest. »Warum haben Sie mir das nicht gleich gezeigt?«

»Sie hätte ihr Aussehen verändert haben können, und dann hätte das Bild Sie nur verwirrt.«

»Nun ja, aber sie hat es nicht verändert. Das ist sie, ganz genau. Ein süßes kleines Ding. Hat ein Paar italienische Sandalen mit sehr hohen Absätzen gekauft. Konnte kaum darin laufen. Sah richtig komisch aus, wie ein kleines Mädchen, das sich die Sachen seiner Mutter angezogen hat. Ich habe versucht, sie zu einem vernünftigeren Paar Schuhe zu überreden, etwas mit rutschfester Spezialsohle. Davon verkaufen wir hier viele an Leute, die sich auch auf rutschigem Boden noch sicher bewegen möchten. Gerade für Frauen in Mrs. Jaspers Zustand ist das doch besonders wichtig.«

»*Miss* Jasper.«

»Miss? Ach du meine Güte. Das ist ja heute schon an der Tagesordnung, aber ich bin noch immer jedesmal schokkiert.«

»Was ist an der Tagesordnung?«

»Na, daß die Leute hingehen und Kinder kriegen, ohne sich erst aufs Standesamt zu bemühen. Also, wie die aussah, kam sie gerade von der Schule, und nach dem Bauch zu urteilen war sie mindestens im achten Monat. Deswegen sind doch die rutschfesten Sohlen so wichtig, weil ein Sturz so leicht eine Frühgeburt auslösen kann.«

»Würden Sie sich das Bild noch einmal ansehen, Mrs. deForrest?«

»Natürlich.« Sie nahm das Bild und betrachtete es noch einmal, eingehender diesmal. »Also, ich bin wirklich sicher, daß es dasselbe Mädchen ist. Ich würde es nicht unbedingt auf die Bibel beschwören. Wenn ich das müßte, wenn ich es vor Gericht beschwören sollte, das könnte ich nun wirklich nicht. Ich würde mich da nicht so gern in etwas Unerfreuliches hineinziehen lassen.«

»Ich auch nicht«, pflichtete Aragon ihr bei. Aber für ihn kam dieser Wunsch natürlich zu spät.

Miss Horowitz, die er telefonisch zu Hause erreichte, bestätigte den Verkauf von einem Paar Ringe an Cleo Jasper. In der Schmuckabteilung herrsche nie Hochbetrieb, erklärte Miss Horowitz, außer wenn es einmal Sonderangebote an Diamanten oder Jade und dergleichen gebe, deshalb sei es nicht schwer, sich an einzelne Kunden zu erinnern. Das Mädchen habe ein Paar Eheringe gekauft. Der ihre sei für ihre Hand zu groß gewesen, aber sie habe gemeint, sie werde schon noch hineinwachsen. Auf eine Sonderanfertigung habe sie nicht warten wollen. »... und ich kann ja verstehen, daß sie es eilig hatte. Sie war weithin sichtbar in anderen Umständen.«

»Freute sie sich darüber?«

»Doch. Sehr sogar. Ich kann die heutige Generation ehrlich nicht verstehen. Sie?«

»Nein.«

Noch weniger verstand er Cleos scheinbar bevorstehenden Beitrag zur nächsten Generation.

Als Aragon auf den Parkplatz zu seinem Apartmenthaus kam, hörte er aus einem der offnen Fenster das Läuten eines Telefons. Er beeilte sich nicht. Wenn das Läuten aus seiner Wohnung kam, war er ja doch nicht rechtzeitig am Apparat. Er schloß seinen Wagen ab und zählte die Klingelzeichen, zuerst automatisch, dann, als sie nicht aufhörten, bewußt: zehn... zwölf... sechzehn... Für die Dauer etwa einer halben Minute war es still, dann fing es wieder an. Während er die Treppe in den zweiten Stock hinaufging, wurde ihm klar, daß das Klingeln aus seiner Wohnung kam.

Er schloß die Tür auf und holte einmal tief Luft, um das Gefühl einer bevorstehenden Katastrophe loszuwerden, das ihn beschlichen hatte. Es mußte ein sehr dringender Anruf sein, sonst hätte der Anrufer, wie das sonst üblich war, nach dem sechsten oder siebten Klingelzeichen aufgegeben.

Er nahm ab. »Hallo?«

»Mr. Aragon?«

»Ja.«

»Hier spricht Rachel Holbrook. Ich bin in einer Imbißstube gegenüber Ihrem Haus. Eben habe ich Ihren Wagen vorfahren sehen. Ich habe nämlich auf Sie gewartet.«

»Woher wußten Sie, wo Sie zu warten hatten?«

»Eine Frau aus Ihrer Kanzlei hat mir die Adresse gegeben und gesagt, Sie kämen für gewöhnlich mittags nach Hause und holten die Post ab, für den Fall, daß Ihre Frau geschrieben hat.«

»Was sind das doch für Klatschmäuler.«

»Ein bißchen unprofessionell, zugegeben. Würden Sie mal herüberkommen und eine Tasse Kaffee mit mir trinken? Es ist sehr wichtig.«

»Geht es um Cleo?«

»Es hat damit zu tun. Können Sie kommen?«

Er hatte keine große Lust, und das mußte sie gespürt haben. Ihre Stimme wurde härter.

»Sie schulden mir noch etwas, Mr. Aragon. Pflegen Sie Ihre Schulden nicht zu bezahlen?«

»Wenn ich weiß, worin sie bestehen.«

»Kommen Sie, dann sage ich es Ihnen, und wie Sie sie begleichen können.«

»Gut.«

Sie saßen in der vordersten Nische und wirkten fehl am Platz in der schmuddeligen Imbißstube mit den zigarettenfleckigen Tisch und den aufgeplatzten Kunststoffpolstern an den Stühlen. Hier verkehrten sonst nur Arbeiter. Mrs. Holbrook trug einen breitkrempigen Hut und einen dunkelroten Hosenanzug mit weißem Kragen und Manschetten. Die Farbe gefiel ihm nicht, denn sie erinnerte ihn nicht an Burgunder oder Zwetschgen, sondern an rohe Leber oder altes Blut.

Sie hatte ein Glas Wasser vor sich stehen, das unberührt war. Das Wasser sah trübe aus, und der Tisch hatte lauter Nässeringe von andern Gläsern und anderer Leute Mahlzeit.

»Schön ist es hier nicht«, sagte sie unvermittelt.

»Ich hab's nicht ausgesucht.«

»Ich bin wohl inzwischen verwöhnt. Während meines ganzen Studiums habe ich in solchen Lokalen gearbeitet, und es hat mich nicht gestört. Jetzt fühle ich mich – hm, eingeschüchtert, irgendwie unbehaglich. Diese Männer, die da an der Theke ihren Lunch verzehren – ich bin sicher, daß sie keinerlei böse Absichten gegen mich hegen, und doch... na ja, vielleicht eben doch.«

»Die wollen nichts weiter als essen.« Und das Essen bei sich behalten, ergänzte er stumm für sich. »Was ist passiert Mrs. Holbrook?«

»Donny Whitfield ist seit gestern morgen verschwunden. Und dafür schulden Sie mir etwas, Mr. Aragon.«

»Verstehe.«

»Sie sind gar nicht überrascht?«

»Nein.«

»Er ist in Ihrem Wagen geflohen.«

»Ich glaube, ja.«

»Was ich weiß, läßt mich keine Komplizenschaft Ihrerseits vermuten, Mr. Aragon. Nur dumme Gedankenlosigkeit, weil Sie Ihren Zündschlüssel haben stecken lassen. Um Holbrook Hall herum bleibt nie etwas unbemerkt. Eine unserer Schülerinnen hat das Ganze beobachtet, es aber erst gemeldet, als gestern abend die Suche nach Donny losging. Sie kannte das Fabrikat und Modell Ihres Wagens, sogar die Nummer.« Mrs. Holbrook trank einen Schluck Wasser. »Obwohl die Suche so still und unauffällig wie möglich vonstatten ging, war mir doch klar, daß ich Donnys wegen eine plausible Geschichte erfinden mußte, um Spekulationen vorzubeugen. Ich habe über unsere beiden größten Schlüssellochexperten das Gerücht ausstreuen lassen, Donnys Vater habe den Jungen für den Sommer zu einer Abmagerungskur angemeldet. Bisher wurde diese Version akzeptiert.«

»Weiß Mr. Whitfield von Donnys Verschwinden?«

»Ich konnte ihn noch nicht erreichen. Er hat ein Haus in Palm Springs, eine Eigentumswohnung in Hafennähe und eine Jacht im Hafen. Aber da war er nirgends zu erreichen.«

Ein Kellner kam an den Tisch, und Mrs. Holbrook bestellte eine Tasse Kaffee und Aragon eine Schale Suppe. Er wußte, daß die Suppe aus der Dose kam und es nicht mehr viel daran zu verderben gab.

»Donny ist ein übles Früchtchen«, sagte Mrs. Holbrook. »Ich hatte so einige Bedenken, ihn in der Schule anzunehmen, aber bei unseren Eingangsgesprächen hat er sich von der besten Seite gezeigt. Er gab sich wohlerzogen, zerknirscht, willfährig und kooperationsbereit. Ich habe ihm das abgekauft. Sein erster Gewaltausbruch kam für mich wie ein Schock. Seinem Vater habe ich nichts davon gemeldet. Donny war ja selbst ein Opfer von Gewalt. Es konnte gar nicht ausbleiben, daß er sie weitergeben würde.«

»Er hat mir erzählt, es sei auf Bewährung. Weswegen?«

»Wegen tätlichen Angriffs mit einer tödlichen Waffe.«

»Dann werden Sie jetzt die Polizei einschalten müssen.«

»Das werde ich natürlich auch tun. Ich versuche nur Zeit zu gewinnen, ihm die Chance zur Rückkehr aus freien Stücken zu geben. Wenn er nicht kommt, wird seine Bewährung hinfällig, und dann kommt er Gott weiß wohin. Ich möchte das so gern verhindern. Donny ist ein Opfer. Sein Vater ist, was man wohlwollend einen gutbetuchten Playboy nennt, das heißt, ein reicher Mann ohne jede

Selbstdisziplin, Moral und Verantwortung. Seine Mutter war eine kleine Schauspielerin, die trank und Schlaftabletten schluckte und schließlich, als Donny fünf war, eine Überdosis nahm. Etliche Stiefmütter und ›Tanten‹ haben an der Situation nicht viel gebessert.«

»Und welche Rolle spiele ich in dieser Geschichte?« fragte Aragon. »Sie sind doch sicher nicht extra hier herausgekommen, um mit mir über Donny Whitfields Jugend zu sprechen?«

»Das nicht.«

»Wegen der Flucht des Jungen bin ich Ihnen also etwas schuldig. Wie wollen Sie die Schuld beglichen haben?«

»Ich will meine Situation einmal nicht als Mensch, sondern als Leiterin einer Schule darstellen, die für die Allgemeinheit eine wichtige Funktion erfüllt.«

»Nur zu.«

Die Suppe kam, verwässert und lauwarm, aber Aragon aß sie trotzdem, während Mrs. Holbrook ihm dabei mit der schlecht verhohlenen Gereiztheit dessen zusah, der keinen Hunger hat.

»Sie können Ihre Schuld begleichen«, sagte sie endlich, »indem Sie den Mund halten.«

»Worüber?«

»Über Donny Whitfield. Sein Verschwinden ist noch nicht allgemein bekannt, und ich möchte, daß es so lange wie möglich dabei bleibt. Vielleicht kommt er aus eigenen Stücken zurück. Inzwischen ist aber noch etwas anderes passiert. Mr. Jasper hat für heute nachmittag um zwei in der Schule eine Aufsichtsratssitzung einberufen. Die Mitglieder des Aufsichtsrats leisten alle einen erheblichen finanziellen Beitrag für unsere Stiftung, folglich hat dieses Gremium nicht nur beratende Funktion. Ich bin entgegen sonstigen Gepflogenheiten nicht eingeladen, und Mr. Jasper hat mir den Grund für diese plötzliche Sitzung nicht genannt, aber ich glaube, es geht um mehr als darum, daß Cleo von zu Hause weggerannt ist. Meine Versuche, mich mit Roger Lennard in Verbindung zu setzen, waren bisher vergebens, und allmählich fürchte ich das Schlimmste.«

»Was stellen Sie sich unter dem Schlimmsten vor, Mrs. Holbrook?«

»Genau das, was Sie bei unserer ersten Begegnung als Möglichkeit angedeutet haben – daß Cleo und Roger zusammen irgendwohin abgehauen sind. Noch schlimmer als das Schlimmste ist, daß Mr. Jasper womöglich davon erfahren hat. Mr. Jasper hat noch nie ein Aufsichtsratssitzung einberufen, er hat überhaupt nur selten an einer teilgenommen. Er muß irgendeine Verbindung zwischen Cleo und Roger entdeckt haben, und jetzt will er der Schule den Schwarzen Peter dafür zuschieben.«

»Er hat sie nicht entdeckt«, sagte Aragon. »Das war ich.«

»Ich kann's nicht glauben! Roger ist nicht bisexuell. Er wechselt nicht einmal seine homosexuellen Partner. Seit er vorigen Dezember herkam, hat er immer noch denselben Geliebten. Ich habe ihn mehrere Male gesehen, wenn er Roger von der Schule abholen kam. Ein Mann etwa in Rogers Alter, so ein Muskelprotz, wahrscheinlich der Macker in dieser Ehe. So nannte es nämlich Roger – eine Ehe.«

»Wissen Sie, wie der Freund heißt?«

»Wir sind einander nie vorgestellt worden, aber in unsern Gesprächen hat Roger ihn Timothy genannt.«

Timothy North, der Mann im rosa Bungalow mit dem Heimtrainer und der Münchhausengeschichte von einem, der mit einem entlaufenen Basset in die Bar kam. Die Geschichte war so verrückt gewesen, daß sie hätte wahr sein können, und Aragon hatte sie geglaubt, weil er nicht wußte, warum North hätte lügen sollen.

»Einer der ausschlaggebenden Faktoren, warum ich Roger überhaupt eingestellt habe, war dieses feste Verhältnis mit Timothy. Ob man es nun Ehe oder Partnerschaft oder sonstwie nennt. Sie haben sich jedenfalls verhalten wie ein normales Ehepaar und suchten gemeinsam ein Haus, das sie sich leisten konnten. Wegen der Festigkeit dieser Beziehung hatte ich geglaubt, ich könnte Roger sowohl Jungen wie Mädchen als Schüler anvertrauen. Ich kann mir beim besten Willen nicht erklären, was da passiert ist.«

»Niemand verlangt von Ihnen eine Erklärung.«

»Nein?« Sie starrte in ihren Kaffee, als sähe sie schon, wie bitter er war, ohne ihn erst schmecken zu müssen. »Haben Sie eine Ahnung, wie die Aufsichtsratsmitglieder die Sache ansehen werden? Sie werden meine Menschenkenntnis in Frage stellen, meine Einstellungspraxis, meinen Charakter, vielleicht sogar meinen Verstand. Man wird die Schule schuldig sprechen, ihre Verwaltung, ihren Lehrkörper, ihre Politik – alle schuldig im Sinne der Anklage. Die brauchen nicht noch einen zusätzlichen Anklagepunkt gegen mich, wie zu Beispiel Donnys Verschwinden.«

»Ich habe nicht die Absicht, irgend jemandem davon zu erzählen, Mrs. Holbrook.«

»Ach ja, rauskriegen werden sie es natürlich auch so. Aber vielleicht entschließt sich Donny inzwischen zur freiwilligen Rückkehr. Möglich wäre das durchaus.«

Aber ihr sorgenvoller Blick verriet, daß sie nicht daran glaubte. Aragon glaubte es ebensowenig.

»Es war ein Fehler, ihn auf diese Diät zu setzen«, sagte

Mrs. Holbrook. »Ich habe mich mit unserer Diätetikerin deswegen auseinandergesetzt, aber sie meinte, es würde Donnys Selbstbewußtsein stärken, wenn er abnähme. Es ist schon beängstigend, wie einem die logischsten Theorien und besten Absichten auf einmal um die Ohren fliegen können. Ich frage mich – habe mich oft gefragt –, ob alle diese Donnys und Cleos überhaupt die Mühe wert sind, die man in sie hineinsteckt. Wenn ich mich vor zwanzig Jahren eine solche Frage hätte stellen hören, wäre ich entsetzt gewesen. Jetzt suche ich Antworten und stoße dabei nur immer wieder auf neue Fragen. Wie viele Menschenleben darf man zum Wohle eines gestörten Kindes ruinieren? Wenn das mit Roger und Cleo stimmt, warum in Gottes Namen hatte er nicht soviel Verstand, zu begreifen, worauf er sich da einließ, und schleunigst die Finger davonzulassen? Hätte er nicht sehen können, was für eine trübe Zukunft da auf ihn wartet?«

»Cleo wird eine Million Dollar erben, wenn sie fünfundzwanzig ist«, sagte Aragon. »Das könnte seine Zukunft weniger trübe aussehen lassen.«

»Roger liegt nichts an Geld. Seine Arbeit, seine Bücher, seine Musik, das sind die Dinge, die ihm etwas bedeuten.«

»Von einer Million Dollar kann man sich viele Bücher und viel Musik kaufen. Selbst wenn Cleo für nicht geschäftsfähig erklärt werden könnte, wäre Roger dann ihr Vormund und nicht Jasper; da könnte er alle möglichen juristischen Tricks versuchen.«

»Sie würden nicht so zynisch über Roger reden, wenn Sie ihn einmal kennengelernt hätten.«

»Genau das habe ich ja vor.«

»Ich kann nicht glauben, daß Roger so etwas – ich kann es einfach nicht glauben.«

»Doch, Sie können, Mrs. Holbrook«, sagte Aragon. »Sie haben schon angefangen.«

Er bezahlte und begleitete sie zu ihrem Wagen, einem schwarzen Seville, den sie etwa einen Häuserblock entfernt abgestellt hatte. Die vordere Stoßstange ragte gut einen halben Meter über die vordere Parkplatzbegrenzung hinaus, ein Umstand, der nicht unbemerkt geblieben war, denn ein handgeschriebener Zettel steckte unter ihrem Scheibenwischer: *Lehrnen sie Parken*. Obwohl sie ein wenig lächelte, während sie den Zettel zerknüllte, wirkte ihr Gesicht nicht belustigt. In ihrem Beruf verteilte man Tadel, aber man nahm keinen entgegen.

»Ich würde mir gern einbilden, daß einige meiner Schüler besser rechtschreiben können als der da«, sagte sie trokken. »Also, schönen Dank, daß Sie mir Ihre Zeit geopfert haben, Mr. Aragon. Ich weiß Ihr Versprechen, über Donny Whitfield den Mund zu halten, sehr zu schätzen. Die Dinge stehen schon schlimm genug. Die Geschichte mit Cleo wird sich in der Zeitung nicht sehr gut machen. *Lehrer brennt mit zurückgebliebener Erbin durch.*

»Die hiesige Zeitung hat für gewöhnlich etwas mehr Takt.«

»Nicht wenn Mr. Jasper drinhängt. Er ist für die Ölbohrungen im Kanal. Die Zeitung ist dagegen. Sie würden sich die Chance nicht entgehen lassen, ihm eins auszuwischen, vielleicht auch mir. Es gibt Leute, die mögen eine solche Schule nicht in ihrer Nachbarschaft. Sie halten unsere Schüler für gefährlich. Das sind sie natürlich nicht.«

Keiner von ihnen nannte die Ausnahme beim Namen.

Er sagte ihr noch, daß ihn der Ausgang der Aufsichtsratssitzung interessiere, und schrieb ihr die Telefonnummern seiner Wohnung und der Kanzlei auf seine Karte; in der Kanzlei sei das Telefon rund um die Uhr besetzt.

Er wartete noch, bis sie anfuhr, und hoffte, daß sie besser fuhr als parkte, und daß sie viel besser fuhr als Mrs. Griswold, die den Jaspers den Basset zurückgebracht hatte.

Er erinnerte sich an die wilde Fahrt durch die Stadt, als er Mrs. Griswold gefolgt war, um ihrem Mieter die Belohnung auszuzahlen.

Timothy North mußte sich auf dem Weg zur Bank totgelacht haben.

10

Kurz vor zwei Uhr begannen die Aufsichtsratsmitglieder einzutreffen. Aus dem Nordfenster ihres Büros hätte Mrs. Holbrook sie sehen können, sehen, wer von ihnen die Zeit gefunden hatte, zu einer so plötzlich anberaumten Sitzung zu kommen. Statt dessen stand sie am Südfenster und blickte auf das Gelände ihrer Schule hinaus. Sie kannte jeden Quadratmeter, die Tennis- und Basketballplätze, das Schwimmbecken mit dem zweieinhalb Meter hohen Maschendrahtzaun darum und dem doppelt gesicherten Eingangstor, den Picknickplatz, die Pferdekoppel und die Hundezwinger; sie wußte, wieviel das neue Dach für den Stall gekostet hatte; sie kannte die Namen aller Pferde und Hunde, aller Büsche und Bäume auf dem Anwesen. Es war ihr kleines Königreich, in dem und für das sie seit dreißig Jahren lebte.

Tränen brannten in ihren Augen und nahmen ihr die Sicht. Alles schien in Bewegung zu sein, wie vom ersten Zittern eines Erdbebens erfaßt. Sie hörte ein Klopfen an der Tür. Sie blinzelte die Tränen fort und rief: »Herein.«

Ein Mädchen kam herein, eine übergroße leinene Einkaufstasche mit dem aufgestickten Namen Gretchen in der Hand. Sie war sechzehn, groß und kräftig und hatte ein Mondgesicht mit runden Augen und dem Anflug eines Schnurrbarts.

»Ich komme zum Reinemachen«, sagte Gretchen.

»Du hast doch erst gestern saubergemacht, Gretchen. Die Sachen konnten ja inzwischen noch gar nicht wieder schmutzig werden.«

»Ich sehe Schmutz, den andere nicht sehen.«

»Na schön, fang an.«

Das Mädchen begann die Arbeit an einem der unteren Bücherregale. Sie setzte sich dazu auf den Fußboden, nahm ein Staubtuch aus der Einkaufstasche und machte sich daran, jedes Buch einzeln abzustauben. Bei der Arbeit summte sie ohne Melodie vor sich hin. Die Töne störten Mrs. Holbrook nicht. Gretchen war in solchen Momenten glücklich, und Mrs. Holbrook war es ihretwegen auch.

Ihr Blick wandte sich wieder dem Schulgelände zu. Es war ein Picknick im Gang, und eine Gruppe Jungen spielte unter Anleitung von Miss Trimble, ihrer athletischen Trainerin, Basketball. Auf dem Dressurplatz arbeitete ein Mädchen mit einem Pferd, aber das Schwimmbecken und die Tennisplätze waren leer. Nur ein Schüler war auf dem Spielplatz. Er schaukelte auf einem Autoreifen, der vom Ast einer großen Zypresse hing.

Sein Name war Michael, und er war neu und sehr still, und Mrs. Holbrook machte sich Sorgen um ihn. Sie ging den Korridor hinunter und zur Hintertür hinaus und dann über den Rasen zu der großen Zypresse. Der Junge wandte weder den Kopf noch gab er auf andere Weise zu erkennen, daß er ihre Anwesenheit wahrnahm.

»Hallo, Michael«, sagte sie. »Schaukelst du gern?«

Seine Augen waren geschlossen, und abgesehen von den Bewegungen der Beine hätte er ebensogut schlafen können.

»Hast du schon zu Mittag gegessen, Michael?«

Er gab einen Laut von sich, der sowohl ja als auch nein

heißen konnte. Sie war überzeugt, daß er nein gemeint hatte. Die Diätetikerin hatte über Michaels Fall schon mit ihr gesprochen. Ein Problemesser, der zur Nahrungsverweigerung neigte und mindestens zwanzig Pfund Untergewicht hatte.

»Ich habe in meinem Büro eine Schale mit sehr schönen Äpfeln«, sagte sie. »Oder wir beide könnten zusammen zum Hain hinunterspazieren und ein paar Orangen pflükken. Tätest du das gern?«

Er sprach, ohne die Augen zu öffnen.

»Ich hasse Sie.«

»Ich hasse dich dafür nicht wider, Michael. Ich glaube, daß wir beide gute Freunde werden können. Deine Mutter kommt dich nächsten Monat besuchen. Wußtest du das schon?«

»Ich hasse Sie.«

Sie fühlte wieder das Brennen der Tränen. Sie hätte ihn so gern widergehaßt, aber statt dessen hätte sie ihn am liebsten in die Arme genommen und getröstet. Er war so hilflos und vielleicht ohne Hoffnung. Für seinen Zustand gab es keinen erkennbaren Grund. Er hatte liebevolle Eltern, drei Schwestern und einen Bruder, alle normal, und er hatte weder Krankheiten noch einen Unfall hinter sich. Wahrscheinlich war er, wie einer der Berater gemeint hatte, ein Opfer der gewöhnlichsten und geheimnisvollsten aller Ursachen, einer genetischen Fehlprogrammierung, wie man heutzutage für hundsgemeines Pech sagte. Sie versuchte sich zu erinnern, welcher von den Beratern das gesagt hatte. Vielleicht war es Roger Lennard gewesen, und vielleicht hatte er von sich selbst gesprochen und nicht von diesem stillen Jungen auf der Schaukel, der die Augen vor der Welt verschloß.

»Du kannst doch gar nichts sehen, wenn du die Augen nicht öffnest, Michael«, sagte sie sanft. »Das ist wie Blindsein, und du möchtst doch nicht blind sein, oder? Ich weiß. Ich möchte wetten, daß dir jemand die Augen zugeklebt hat. Gehen wir mal zu dem Wasserhahn da drüben und waschen den Leim fort, und siehe da, deine Augen springen auf einmal wieder auf. Wie wäre das?«

»Ich hasse Sie.«

»Schon gut. Ich kann mich selbst auch nicht besonders gut leiden.«

Sie drehte sich um und kehrte zu ihrem Büro zurück. Unterwegs blieb sie nur einmal kurz stehen, um ein Stück Rinde, das vom Zitroneneukalyptus abgefallen war, aufzuheben und in den Abfallkorb zu werfen. Eine genetische Fehlprogrammierung. Hundsgemeines Pech. Sie war jetzt fast sicher, daß es Rogers Worte gewesen waren und er von sich selbst gesprochen hatte. Obwohl er nie offen eine Unzufriedenheit mit seiner Rolle im Leben hatte erkennen lassen, spürte sie manchmal, daß er sich nicht wohl in seiner Haut fühlte und wußte, daß er falsch gestrickt war, ein Betriebsunfall.

In ihrem Büro arbeitete Gretchen noch immer am untersten Regal, noch immer summend, noch immer glücklich. Mrs. Holbrook nahm den Hörer vom Telefon und wählte Rogers Nummer, wie sie es an den beiden letzten Tagen ein dutzendmal getan hatte. Sie wollte schon wieder auflegen, als es in der Leitung klickte, als ob der Hörer abgehoben worden wäre.

»Roger? Sind Sie's, Roger?«

Als Antwort kam nur ein wimmernder, tierischer Laut, gefolgt von einem Plumpsen, als ob etwas hingefallen oder hingeworfen worden wäre.

»Roger, hier ist Rachel Holbrook. Sind sie betrunken? Antworten Sie doch!«

Sie wartete eine ganze Minute, bevor sie wieder auflegte. Ihr war schwindlig vor Wut, vor tage-, wochen-, jahrelanger Wut auf alle Rogers und Cleos und Donnys und Michaels und Aufsichtsräte, von Jahren der Wut, die sie nie gezeigt, nicht einmal sich selbst je eingestanden hatte.

Sie sprach so ruhig und gelassen wie möglich mit dem auf dem Boden sitzenden Mädchen. »Ich habe etwas Wichtiges zu erledigen, Gretchen. Das restliche Saubermachen sollten wir vielleicht auf einen andern Tag verschieben.«

»Nein, das geht nicht. Es ist alles so furchtbar schmutzig. Ich brauche ein halbes Jahr, bis ich mit allem fertig bin.«

»Ich brauche deine Hilfe, Gretchen. Mein Sekretär mußte zum Zahnarzt. Wenn er zurückkommt, möchte ich, daß du ihm etwas von mir ausrichtest.«

»Nein, ich bin sehr beschäftigt.«

»Gretchen, um Gottes willen –.«

»Sie haben gesagt, wir dürfen nicht fluchen«, sagte Gretchen. »Gott ist ein schmutziges Wort.«

Unter dem Vordach von Areal C auf dem Hibiscus Court stand ein Wagen, den Mrs. Holbrook als Roger Lennards roten Pinto-Kombi mit dem Kennzeichen aus Utah erkannte.

Sie stellte ihren Seville dahinter und wollte gerade aussteigen, als ein Mann auf sie zugerannt kam. Er war ein alter Mann und so braun und runzlig, als habe man ihn wie Chilipfeffer zum Trocknen an die kalifornische Sonne gehängt.

»Sie können da nicht parken, Madam«, sagte er.

»Warum nicht?«

»Das sind lauter Einzelareale, ein Parkplatz je Einheit, keine Ausnahmen gestattet.« Der alte Mann nahm seinen Strohhut ab. »Mein Name ist Abercrombie. Ich sorge hier für die Einhaltung der Vorschriften.«

»Ich bin in Eile.«

»Alle haben's eilig. Wenn alle es eilig haben, kommt keiner ans Ziel. Das ist genauso, wie wenn alle auf der Überholspur fahren wollen und die andern Spuren alle frei sind.«

»Wo soll ich meinen Wagen denn hinstellen?«

»Sie können zur Straße zurückfahren, oder Sie können diesem Weg hier folgen bis zum Gästeparkplatz auf der Rückseite.«

Sie fuhr zur Straße zurück. Sie hatte den Eindruck, daß Mr. Abercrombies Vorschriften jeden Quadratzentimeter, alle Ecken und Winkel, jedes Blatt und jeden Grashalm auf dem Gelände abdeckten. Als sie zurückkam, war er verschwunden.

Sie klopfte an Roger Lennards Tür und sagte in ihrem für ungezogene Schüler reservierten Ton: »Roger, hier ist Rachel Holbrook. Ich möchte mit Ihnen reden. Machen Sie auf.«

Sie konnte die Antwort, falls eine gegeben wurde, wegen des Verkehrslärms auf der Straße und in der Luft nicht hören.

Sie klopfte noch einmal, wartete, dann probierte sie die Tür. Sie war verschlossen. Darauf war sie vorbereitet. Hin und wieder schloß einer der Schüler sich in einem Schlafsaal oder Waschraum oder Klassenzimmer ein, und dann mußte sie einen Schlosser rufen, um ihn herauszuholen.

Nachdem das etliche Male passiert war, hatte der Schlosser ihr einen Dietrich anvertraut, eines seiner Handwerkszeuge, und ihr gezeigt, wie man damit umging. Sie trug ihn stets so selbstverständlich in ihrer Handtasche mit sich herum wie ihr Portemonnaie oder ihren Lippenstift. Jetzt bediente sie sich seiner gekonnt, nicht ohne ihr Tun mit ihrem Körper gegen Mr. Abercrombies eventuelle neugierige Blicke abzuschirmen.

Die Tür ging auf. Das erste, was sie sah, war ein Küchentisch mit einem Salzstreuer, einer Flasche Ketchup und einer Schreibmaschine darauf. In der Schreibmaschine steckte ein Blatt Papier, und daneben lag ein weißer Umschlag. Der Küchenstuhl lag umgestoßen auf dem Boden, daneben das Telefon. Es war ein Kindertelefon in der Gestalt einer Mickymaus, und sie konnte sich nicht vorstellen, daß Roger so etwas besaß, höchstens wenn irgendein Witzbold es ihm geschenkt hatte.

»Roger!«

Sie machte einen zögernden Schritt ins Zimmer. Erst dann sah sie ihn auf der Couch liegen. Er lag auf der Seite, und in seinem halboffenen Mund waren hellrote Flecken zu sehen.

Sie zwang sich, hinzugehen und seine Stirn zu fühlen. Sie war warm, aber nicht warm genug. Sie hob das Telefon auf und wählte die aufgedruckte Notrufnummer. Dann richtete sie den Küchenstuhl auf und setzte sich hin, um auf die Polizei und den Krankenwagen zu warten. Sie wußte, was die roten Flecken in seinem Mund bedeuteten: Für Roger konnten höchstens Experten noch etwas tun.

Selbst bei dem trüben Licht hier drin konnte sie die Worte auf dem Blatt in der Schreibmaschine erkennen.

Sie nahm den weißen Umschlag und sah zu ihrem

Schrecken, daß er an sie in Holbrook Hall adressiert war. Er war zugeklebt und seinem Gewicht entsprechend hoch frankiert, fertig zum Einwerfen. Impulsiv und ohne an die Folgen ihres Tuns auch nur zu denken, steckte sie den Umschlag in ihre Handtasche. Dann rief sie eine der Nummern an, die Aragon ihr auf seine Karte geschrieben hatte.

Er antwortete beim zweiten Klingeln. »Ja?«

»Rachel Holbrook«, sagte sie. »Ich bin in Roger Lennards Wohnwagen. Ich glaube, er ist tot.«

»Tot?«

»Ja. Tabletten.«

»Wie sind Sie denn da hineingekommen?«

»Mit einem Dietrich.«

»Sie wissen, daß Sie das nicht dürfen.«

»Ja.«

»Was haben Sie sonst noch getan?«

»Ich habe einen Umschlag vom Tisch genommen. Er war an mich adressiert, verschlossen und frankiert. Ich betrachte ihn als mein Eigentum.«

»Als was Sie ihn betrachten und wie die Polizei die Sache betrachtet, muß nicht dasselbe sein. Sie haben doch die Polizei gerufen?«

»Ja.«

»Legen Sie den Brief wieder an seinen Platz. Behalten Sie die Nerven. Ich bin gleich da.«

Er legte auf.

Sie öffnete die Handtasche, um den Brief wieder herauszunehmen, dann klappte sie die Tasche wieder zu. Der Brief war ihr Eigentum, Roger hatte ihn ihr zugedacht, niemand hatte das Recht, ihn ihr abzunehmen. Sie klemmte sich die Handtasche unter den Arm und trat zur Tür hinaus in die Nachmittagssonne.

Mr. Abercrombie lehnte an der Motorhaube von Rogers Wagen und beobachtete sie.

»Ich hab gesehen, was Sie gemacht haben«, sagte er. »Das Schloß geknackt wie ein Profi.«

»Ich mußte. Ich dachte, er sei vielleicht betrunken.«

»Ist er?«

»Nein. Ich glaube, er ist tot.«

Abercrombie schnaubte leise. »Ihr Frauen müßt doch immer übertreiben. Trinkt ein Mann mal einen Schluck, ist er gleich betrunken, legt er sich zu einem Nickerchen hin, schon ist er tot.«

»Ich habe Polizei und Krankenwagen gerufen.«

»Das ist doch zum Brüllen, Sie verrückte Schachtel! Wozu haben Sie das gemacht? Warum sind Sie nicht zu mir gekommen? Das können wir überhaupt nicht brauchen, daß hier Polizei und Sanitäter herumfuhrwerken, nur weil Sie Gespenster sehen.«

Zwei Sirenentöne waren jetzt zu hören: das Heulen eines Polizeiautos und der jaulende Zweiklang eines Krankenwagens.

»Verrückte Schachtel«, sagte Abercrombie noch einmal. Aber er klappte ihr einen Campingstuhl auseinander, damit sie sich setzen konnte, und fächelte ihr mit seinem Strohhut Kühlung zu.

»Mr. Lennard hat mit irgendwem Krach gehabt«, sagte er. »Streit, verstehen Sie? Gegen Mittag kam ihn ein Mann besuchen, und ich hab ihre Stimmen ganz laut gehört, bis einer das Fenster zumachte. Ich hab den Mann wieder weggehen sehen, auf die Straße zu. Ein großer Mann, schwer gebaut, mit hellgrauem Anzug und Panamahut. Aber es ist sicher nichts faul an der Sache«, fügte er besorgt hinzu. »Oder?«

»Das kann ich Ihnen nicht sagen.«

»Meinen Sie, ich muß der Polizei von Lennards Streit mit diesem Mann erzählen?«

»Ja.«

»Soll ich auch sagen, daß Sie das Schloß geknackt haben, um reinzukommen?«

»Nein«, antwortete Mrs. Holbrook, »das sage ich schon selbst.«

Die Sanitäter kamen, vier junge Männer, die so schnell und präzise an die Arbeit gingen wie nach einer Choreographie. Abercrombie hielt ihnen die Tür auf, und sie gingen alle in das kleine Zimmer, das damit zum Bersten voll war. Schon kamen Leute aus den andern Wohneinheiten, manche neugierig, manche verschüchtert, manche verärgert. Sie waren alle still und lauschten dem Funkverkehr des Krankenwagens.

»Medic zwo ruft Krankenhaus Santa Felicia. Wir haben hier einen Herzstillstand, circa dreißigjähriger Mann, kein Puls, keine Atmung... Wiederbelebungsversuche bisher erfolglos... jetzt haben wir ihn auf dem Schirm, nur ein gerader Strich... Adrenalin intravenös läuft... Wir bringen ihn gleich.«

Roger wurde auf eine Bahre geschnallt und hinausgetragen. Im Sonnenschein sah Mrs. Holbrook, was sie vorhin übersehen hatte: daß sein rechtes Augen und die ganze rechte Gesichtshälfte stark geschwollen und verfärbt waren.

Die Polizei kam, als der Krankenwagen gerade wegfuhr, zwei Streifenwagen und ein neutraler. Der Mann, der aus dem neutralen Wagen stieg, sah aus wie ein gewöhnlicher Geschäftsmann mittleren Alters auf dem Weg ins Büro oder zur Bank oder zur Versicherung. Er stellte sich Abercrombie als Lieutenant Peterson vor, während drei der anderen in den Wohnwagen gingen.

»Sie hat ihn gefunden«, sagte Abercrombie, mit dem Finger auf Mrs. Holbrook weisend. »Ich kenne sie nicht. Hab sie noch nie gesehen. Sie hat die Tür mit einem Dietrich aufgemacht. Fragen Sie sie nur.«

»Wie ist Ihr Name, Sir?«

»Abercrombie.«

»Bitte Ihren ganzen Namen und die Adresse.«

Abercrombie nannte ihm beides, und der Lieutenant notierte es sich auf einem Schreibblock.

»Und der Name des Opfers, bitte?«

»Opfer?« wiederholte Abercrombie. »Woher wissen Sie schon, daß er ein Opfer ist?«

»Nun, das Opfer von irgendwas ist er ganz bestimmt, sonst wären wir ja nicht hier. Oder?«

»Sein Name war Roger Lennard.«

»Beruf?«

»Lehrer oder so. Er selbst hat nicht Lehrer dazu gesagt.«

»Mr. Lennard war Berater an meiner Schule«, sagte Mrs. Holbrook.

»Und wie ist Ihr Name?«

»Rachel Holbrook.«

»Adresse?«

»Ich wohne in der Schule, Holbrook Hall. Mr. Lennard hat sich vor einigen Tagen krank gemeldet, und seitdem versuche ich mich wegen einer bestimmten Angelegenheit mit ihm in Verbindung zu setzen. Als mir das nicht gelang, bin ich persönlich hierhergekommen, weil ich dachte, er sei vielleicht sehr krank.«

»Oder betrunken«, sagte Abercrombie. »Aber *ich* wußte, daß er nicht betrunken sein konnte. Er war nämlich

Mormone – und die dürfen nicht trinken. Krank war er auch nicht. Er hat sich hier mit irgend ’nem Mädchen amüsiert, und mir hat er erzählt, sie wollten heiraten und hier wohnen, bis sie eine hübsche Wohnung gefunden hätten. Das ist hier nämlich ein Einzelappartement, und wir lassen nicht zu –«

»Wir beide unterhalten uns später noch, Mr. Abercrombie«, sagte der Lieutenant. »Jetzt möchte ich erst einmal Mrs. Holbrook ein paar Minuten allein befragen, wenn Sie nichts dagegen haben.«

»Sie setzten sich auf den Rücksitz von Lieutenant Petersons Wagen. Er schloß die Fenster und schaltete die Klimaanlage ein.«

»Ich habe meinen Anwalt angerufen«, sagte Mrs. Holbrook. »Ich glaube, ich sollte auf ihn warten, bevor ich irgendwelche Fragen beantworte.«

»Das ist Ihr gutes Recht, Madam.«

Es war still. Den Lieutenant schien das nicht zu stören. Er lehnte sich zurück und schloß die Augen, als habe er nur auf die Gelegenheit gewartet, ein Schläfchen zu halten.

»Ich war noch nie in so einer Situation«, sagte sie.

Er fand die Bemerkung offenbar nicht interessant genug, um die Augen zu öffnen.

»Ich meine, so etwas passiert einer Frau wie mir normalerweise nicht.«

»Frauen wie Sie knacken auch normalerweise keine Schlösser.«

»Das habe ich auch noch nie getan, außer in der Schule, wenn ich mal einen Schüler befreien mußte, der sich eingeschlossen hatte.«

»Womit haben Sie’s gemacht?«

»Mit einem Dietrich.«

»Zeigen Sie mir den mal.«

Sie öffnete ihre Handtasche, ohne sich groß die Mühe zu machen, den Umschlag von Rogers Küchentisch zu verstecken. Es stand ja keine Absenderadresse darauf; nichts, was ihn mit seiner Quelle in Verbindung brachte. Sie zeigte ihm den Dietrich.

»Das ist ein Einbruchswerkzeug«, sagte er, »und gehört nicht in Damenhandtaschen.«

»Ich habe Ihnen gesagt, warum ich ihn bei mir habe und wozu ich ihn benutze. Wenn Sie ein völlig hysterisches Kind aus einem zugesperrten Zimmer herausholen wollen, fragen Sie nicht lange, ob und wie Sie das dürfen, Sie tun es einfach. Beim letzten Mal war's ein fünfzehnjähriges Mädchen. Sie war nicht hysterisch. Sie war bewußtlos von einer Überdosis Seconal. Ihr Mund, Zunge und Kehle waren knallrot, wie jetzt Rogers. Das Mädchen hat's überlebt. Ich glaube nicht, daß Roger es überleben wird.«

»Warum nicht?«

»Ich habe meine Erfahrung mit Toten. Rogers Körper kühlte schon ab.« Ihre Stimme bebte, obwohl sie sich große Mühe gab, sie unter Kontrolle zu halten. »Ich habe – hatte Roger sehr gern. Seine Arbeit mit den Schülern war so positiv – er hob immer die Fähigkeiten hervor, die sie *hatten,* nicht die, die sie nicht hatten. Er hat ihnen das Gefühl gegeben, eine eigene Persönlichkeit zu sein.«

»Wie steht es mit der seinen?«

»Dazu kann ich nichts sagen.«

»Bisher haben Sie schon recht viel dazu gesagt.«

Er gab ihr den Dietrich zurück, und sie steckte ihn wieder in die Handtasche.

»Hatte Mr. Lennard in letzter Zeit Depressionen?« fragte er.

»Nein.«

»Hat er Ihnen gesagt, daß er heiraten wollte?«

»Nein.«

»Wußten Sie, daß er eine Liebesaffäre hatte?«

»Ja.«

»Kannten Sie das Mädchen?«

»Es war kein Mädchen.«

Sie sah, wie Aragons alter Chevrolet in den Weg einzubiegen versuchte, der die Wohnwagensiedlung zweiteilte. Ein Streifenpolizist winkte ihn fort, und er setzte auf die Straße zurück.

»Wie heißt der Mann?« fragte der Lieutenant.

»Welcher Mann?«

»Der, den Sie eben erkannt haben.«

»Das ist mein Anwalt. Tomas Aragon.«

»Nie von ihm gehört.«

»Hatte ich bis vor ein paar Tagen auch noch nicht«, sagte sie. »Genaugenommen weiß er im Moment selbst noch nicht, daß er mein Anwalt ist.«

»Sie scheinen für jeden eine Überraschung parat zu haben, Mrs. Holbrook.«

»Ich habe in letzter Zeit selbst so einige erlebt.«

»Nun, dann wollen wir mal sehen, wie Mr. Aragon auf seine neue Mandantin reagiert.«

Der Lieutenant half ihr aus dem Wagen, und sie warteten gemeinsam auf Aragon. Nach der schattigen Kühle in dem klimatisierten Wagen war die Sonne jetzt blendend und die Hitze bedrückend, aber der Lieutenant kniff weder die Augen zusammen, noch knöpfte er seine Jacke auf. Er empfing Aragon mit den Worten: »Mrs. Holbrooks Anwalt, nehme ich an?«

Aragon quittierte seinen neuen Auftrag mit einem leicht

verdutzten Lächeln, und die beiden Männer stellten sich vor und gaben sich die Hand.

»Mrs. Holbrook und ich hatten gerade ein anregendes kleines Schwätzchen«, sagte der Lieutenant. »Sie hat ein interessantes neues Hobby, über das Sie bei Gelegenheit einmal mit ihr reden sollten. Vielleicht möchten Sie ihr etwas Konventionelleres empfehlen, zum Beispiel Sticken.«

Aragon sah Mrs. Holbrook an. »Haben Sie ihm von dem Dietrich erzählt?«

»Ich mußte. Abercrombie hatte mich damit beobachtet.«

»Sie würden keinen guten Verbrecher abgeben, Mrs. Holbrook.«

»Unterschätzen Sie die Dame nicht«, meinte der Lieutenant. »Vielleicht erzählt sie mir die Kleinigkeiten, damit ich nach den großen Sachen nicht frage.« Dann zu Mrs. Holbrook: »Ich möchte, daß Sie sich noch eine Weile hier aufhalten, solange ich mit Mr. Abercrombie rede und mir aus dem Krankenhaus über Mr. Lennard berichten lasse. Ist Ihnen das recht?«

»Muß es wohl, oder?«

»Richtig geraten.«

Er bot ihnen nicht an, in seinem Wagen zu warten, darum gingen sie zur Straße und setzten sich auf die Bank einer Bushaltestelle unter einer Eiche.

»Haben Sie ihm gesagt, ich sei Ihr Anwalt?« fragte Aragon.

»Ja. Sind Sie's vielleicht nicht?«

»Das weiß ich nicht. Wenn sich etwas ergibt, was Sie und Jasper zu gegnerischen Parteien macht, bin ich zunächst ihm verpflichtet.«

»Es hat sich nichts dergleichen ergeben. Wird es vielleicht auch nicht.«

»Ich wüßte gern ein bißchen näher, worauf ich mich da einlassen soll. Haben Sie den Briefumschlag zurückgelegt, wie ich Ihnen geraten hatte?«

»Nein.«

»Nein? Einfach so – nein?«

»Einfach so – nein.«

Er sagte ein spanisches Wort, das er seit seiner Jugend nicht mehr in den Mund genommen hatte.

Sie sah ihn neugierig an. »Was heißt das?«

»Das heißt, was fange ich bloß mit dieser Frau an und wie bin ich nur in diese verrückte Situation geraten?«

»Das sollte das alles heißen?«

»Für mich ja.«

»Irgendwann müssen Sie mir das mal aufschreiben.«

»Das glaube ich nicht«, sagte Aragon. »Wo ist der Umschlag jetzt?«

»In meiner Handtasche.«

»Zeigen Sie ihn mir?«

»Wozu soll das gut sein? Er ist noch verschlossen, und ich habe die Absicht, ihn erst zu öffnen, wenn ich allein bin.«

»Was haben Sie zu verlieren?«

»Mir geht es mehr darum, was Roger zu verlieren hat. Vielleicht steht da etwas drin, wovon er nicht möchte, daß es jemand weiß, falls er überlebt; etwas, was er geschrieben zu haben bereut. Der Umschlag ist sehr dick und entsprechend frankiert. Da ist mehr drin als nur der Abschiedsbrief eines Selbstmörders.«

»Es könnte auch mehr dahinterstecken als nur Selbstmord«, sagte Aragon. »Als ich hierherkam, habe ich ein paar Polizisten etwas von Tätlichkeiten sagen hören. Jemand hat Roger einen schweren Schlag gegen die rechte

Gesichtshälfte verpaßt. Seine Hände waren völlig unversehrt, demnach hat er sich nicht heftig gewehrt, entweder weil er bewußtlos geschlagen worden war, oder weil er nicht wollte.«

»Abercrombie hat mir erzählt, Roger hätte um die Mittagszeit Besuch gehabt, einen großen Mann mit grauem Anzug und Panamahut. Abercrombie hat sie streiten hören.«

»Timothy North ist groß, und angesichts Rogers bevorstehender Heirat hatten er und Roger allerhand Grund zum Streiten. Aber irgendwie bezweifle ich, daß er einen Anzug besitzt. Das würde so gar nicht zu ihm passen. – Mr. Jasper ist auch groß.«

»Ja.«

»Und er besitzt wahrscheinlich ein paar Dutzend Anzüge.«

»Sehr wahrscheinlich.«

»Außerdem ist er Linkshänder.«

»Was hat das damit zu tun?«

»Die Verletzungen in Rogers Gesicht waren alle auf der rechten Seite, wie einer der Polizisten sagte.«

Sie griff sich ins Gesicht, als ob es ihr weh täte und sie Blut daran zu finden erwartete. »Roger – Mr. Jasper – beide sind keine gewalttätigen Leute. Wie konnte ihnen das alles nur passieren? Und mir? Ich bin eine ehrbare Frau. Ich pflege nicht in anderer Leute Häuser einzubrechen oder Dinge an mich zu nehmen, die ich eigentlich nicht anfassen darf. Und doch habe ich das alles getan.«

»Es ist nicht zu spät, einen dieser Fehler zu korrigieren. Geben Sie den Brief zurück.«

»Er ist mein Eigentum.«

»Solange er auf Roger Lennards Tisch lag, gehörte er ihm. Wenn er ihn eingeworfen hätte, würde er mit dem Augenblick der Zustellung Ihnen gehören.«

Er begriff ihre Absicht erst, als sie schon auf der Straße war und zwischen den Autos umherhuschte. Sie mußte mindestens sechzig sein, aber sie bewegte sich mit der Behendigkeit des geborenen Sportlers, und das Glück war auf ihrer Seite. Er holte sie erst ein, als der Brief schon im Briefkasten war, für niemanden mehr erreichbar als für die Post der Vereinigten Staaten.

»Roger hatte ihn abschicken wollen«, sagte sie ruhig. »Ich habe es nur für ihn getan.«

Sie gingen auf den Hibiscus Court zurück, schweigend wie Fremde. Der Lieutenant saß auf dem Fahrersitz seines neutralen Wagens und sprach übers Funktelefon. Als er sie kommen sah, stieg er aus.

Seine Miene blieb teilnahmslos, doch seine Stimme klang ein wenig amüsiert. »Sie beide sehen aus, als ob Sie Nachlaufen gespielt hätten. Ein bißchen heiß dafür, nicht?« Er wartete keine Antwort ab. »Einer meiner Leute berichtet mir, Sie hätten eine Weile an der Bushaltestelle miteinander geredet, dann sei Mrs. Holbrook plötzlich über die Straße gerannt und habe etwas in den Briefkasten geworfen. Stimmt das, Mrs. Holbrook?«

»Ganz recht«, sagte Mrs. Holbrook. »Mir war ein Brief eingefallen, den ich hatte einwerfen wollen und vergessen hatte.«

»So etwas fällt einem doch immer in den merkwürdigsten Momenten ein, nicht? Ich meine, eben sitzen Sie noch ganz gemütlich da und unterhalten sich mit Ihrem Anwalt, und im nächsten Moment rennen Sie wie wild über die

Straße und wedeln mit Ihrer Handtasche, um den Verkehr anzuhalten.«

»So etwas kommt manchmal vor.«

»War es ein wichtiger Brief?«

»Für mich ja.«

»Haben Sie keinen Sekretär, der so etwas für Sie erledigt?«

»Der mußte heute zum Zahnarzt.«

Weil das die Wahrheit war, klang es überzeugend. Er ließ das Thema fallen. Zu Aragon sagte er: »Übrigens habe ich Sie noch gar nicht gefragt, wie Sie es geschafft haben, so schnell hierherzukommen. Verfügen Sie über außersinnliche Wahrnehmung? Oder hören sie nur den Polizeifunk ab?«

»Ich habe Telefon.«

»Na ja, egal. Die Wahrheit erwarte ich sowieso nicht. Hab noch nie einen Anwalt getroffen, der von Anfang an die Wahrheit gesagt hätte.«

»Schade, daß Ihre Erfahrungen so begrenzt sind.«

»Das könnte man als unfreundliche Bemerkung verstehen.«

»Ihre war auch nicht gerade freundlich, Lieutenant.«

»Kann sein. Aber das hier ist mein Auftritt. Sie sind nur Zaungast. Sowie Sie mit Ihrem Auftritt an der Reihe sind, werde ich gerade so freundlich sein, wie ich unbedingt muß.«

»Darauf freue ich mich schon.«

Der Lieutenant wandte sich wieder Mrs. Holbrook zu. »Ist das Ihr erster Besuch bei Mr. Lennard zu Hause?«

»Ja.«

»Abercrombie sagt, Lennard habe um die Mittagszeit noch einen Besucher gehabt.«

»Das hat er mir auch gesagt.«

»Haben Sie eine Ahnung, wer das gewesen sein könnte? Fällt Ihnen dazu irgend etwas ein?«

»Die Beschreibung war sehr vage.«

»Das ist keine Antwort auf meine Frage, Mrs. Holbrook. Sie haben vorhin gesagt, Sie hätten Roger Lennard gern gehabt, sehr gern – ich glaube, diesen Ausdruck haben Sie gebraucht. Wenn Sie ihn so gern hatten, müßten Sie doch irgend etwas über sein Privatleben wissen.«

»Wir haben uns sehr oft unterhalten, aber meist ging es dabei um seine Arbeit mit den Schülern.«

»Kennen Sie seine Freunde?«

»Ein paar.«

»Einen besonders gut?«

»Ich wußte, daß Roger mit einem besonders gut befreundet war, aber den kannte ich nicht persönlich. Ich habe ihn nur hin und wieder gesehen, wenn er Roger von der Schule abholte.«

»Wie heißt er?«

»Timothy North.«

»Arbeitet er hier in der Stadt?«

»Er ist Barkellner. Weit unter Rogers Niveau. Ich verstehe gar nicht, wie die beiden –«

»In welcher Bar arbeitet er?«

Mrs. Holbrook wandte sich hilfesuchend an Aragon. »Muß ich diese Fragen alle beantworten?«

»Er bekommt die Antworten sowieso«, sagte Aragon. »Wenn Sie ihm Zeit sparen helfen, erspart er Ihnen vielleicht Ärger.«

»Die Bar heißt ›Phileo‹«, sagte Mrs. Holbrook. »Ich glaube, es ist ein – na ja, ein etwas sonderbares Lokal. Ich glaube nicht, daß Roger dort regelmäßig verkehrte. Er mag hin und wieder mal reingeschaut haben. Aber Roger war ein sehr idealistischer junger Mann.«

»Sie sprechen immerzu in der Vergangenheitsform von ihm, Mrs. Holbrook.«

»Bedaure. Das war mir gar nicht bewußt.«

»Aber Sie haben zufällig recht damit. Roger hat das Bewußtsein nicht wiedererlangt. Man hat die Apparate abgeschaltet.«

Sie stand stocksteif und gerade da. Der Lieutenant hatte das schon oft bei Leuten erlebt, die unter so großer Anspannung standen, daß sie jeden Augenblick darunter zusammenbrechen konnten. »Beenden wir die Befragung fürs erste.«

»Mein Gott«, sagte sie. »Und wenn ich früher hier gewesen wäre? Hätte ich ihn vielleicht retten können? Wenn ich –«

»Hören Sie, die Geschichte ist auch ohne die vielen Wenn schon schlimm genug. Gehen Sie nach Hause und schenken Sie sich was Kräftiges zu trinken ein. Oder nehmen Sie ein Aspirin. Jedem das seine.«

»Hat er sich selbst umgebracht?«

»Es könnte ihm jemand dabei geholfen haben. In der Schreibmaschine steckt ein Blatt Papier, das vielleicht ein Abschiedsbrief werden sollte. Aber wir haben keine Anhaltspunkte dafür, daß es einer war oder daß er einen geschrieben hat. Gehen Sie nach Hause«, wiederholte er. »Nehmen Sie einen Schnaps oder ein Aspirin zu sich, und ruhen Sie sich aus.«

»Ich möchte nicht –«

»Sie möchten nicht«, sagte der Lieutenant. »Aber *ich* möchte. Guten Tag, Mrs. Holbrook.«

Sie lehnte Aragons Angebot ab, Sie zur Schule zurückzufahren, ließ sich aber von ihm zu ihrem Auto begleiten, das sie an einer Tankstelle abgestellt hatte. Sie bewegte sich nicht mehr wie die Frau, die vor einer Weile über die Straße gerannt war, um den Brief einzuwerfen. Ihre Schritte waren langsam und schwerfällig, als ob sie von einer Stunde auf die andere um Jahre gealtert und um Pfunde schwerer geworden wäre. Sie legte einen Moment den Kopf aufs Lenkrad, bevor sie den Zündschlüssel einschob.

»Sind Sie sicher, daß Sie es schaffen?« fragte Aragon.

»Ich muß«, sagte sie schlicht. »Das war erst ein Vorspiel. Das dicke Ende kommt noch.«

Die wenigen Wagen auf dem reservierten Parkplatz zeigten an, daß die Aufsichtsratssitzung vorbei war. Sie erwartete im Augenblick nichts weiter als eine formlose Mitteilung oder eine Notiz von ihrem Sekretär. Aber ihr Sekretär war schon nach Hause gegangen, und dafür saß Hilton Jasper in ihrem Büro und wartete auf sie.

Trotz des Schildchens BITTE NICHT RAUCHEN auf ihrem Schreibtisch und des Fehlens von Aschenbechern rauchte er eine Zigarette. Als sie eintrat, drückte er sie sichtlich widerwillig in einem Papierkorb aus und erhob sich.

»Ich warte auf Sie –« er sah auf die Uhr – »seit über eine Stunde.«

»In meinem Arbeitsvertrag steht nichts von Stechuhr. Und das ist mein Privatbüro. Wer hat Sie hier hereingelassen?«

Er zeigte auf Gretchen, die in der abgelegensten Zimmerecke saß und immer noch Bücher abstaubte, aber nicht mehr summte. »Eine große Rednerin ist sie ja nicht, aber arbeiten kann sie. So was könnte ich in meiner Firma brauchen.«

Gretchen ließ sich nicht direkt anmerken, ob sie das gehört oder verstanden hatte oder ernst nahm; Mrs. Holbrook erkannte es nur daran, daß sie ihr Arbeitstempo beschleunigte.

»Du solltest für heute lieber aufhören, Gretchen«, sagte sie.

»Ich bin noch nicht fertig.«

»Wenn du die Bücher alle heute saubermachst, hast du ja für morgen nichts mehr zu tun.«

»Da kann ich sie ja wieder saubermachen.«

»Unsinn, Gretchen. Jetzt beeil dich und zieh deinen Badeanzug an. Es ist gleich Zeit zum Schwimmen. Du bist eine so gute Schwimmerin, und die ängstlichen Schüler brauchen dein gutes Beispiel. Hinterher darfst du John vielleicht helfen, das Schwimmbassin saubermachen.«

Das Mädchen zögerte. Sie wäre gern geblieben und hätte die restlichen Bücher abgestaubt, aber sie wollte auch gern ein gutes Beispiel geben. Dann entschloß sie sich plötzlich, packte ihre Staubtücher in die Einkaufstasche und ging schweren Schrittes durchs Zimmer zur Tür und auf den Flur hinaus.

Mrs. Holbrook machte die Tür hinter ihr zu und schloß sie ab. »Ich habe Gretchen im Verdacht, daß sie in unserer Gerüchteküche eine der Chefköchinnen ist. Bis zum Abendessen werden alle in der Schule wissen, daß Cleos Bruder in meinem Büro war und gegen das Rauchverbot verstoßen hat.«

»Sie weiß doch gar nicht, daß ich Cleos Bruder bin.«

»Das denken Sie! Hier gibt es kaum Geheimnisse. Manchmal ist es ratsam, so zu tun, als ob in allen Zimmern Wanzen wären.« Obwohl ihr von dem Rauchgeruch leicht übel wurde, schloß sie die drei Fenster, die offen gewesen waren; dann ging sie zurück und setzte sich an ihren Schreibtisch, die Hände vor sich auf dem Tisch gefaltet. »Sind die Herren Aufsichtsräte zu einer Entscheidung gekommen?«

»Ja. Im Interesse der Schule sollen Sie Roger Lennard auffordern, unverzüglich seine Kündigung einzureichen.«

»Das wird nicht leicht sein.«

»Es könnte leichter sein, als Sie glauben.«

»Ach ja?«

»Es wird ihn nicht überraschen, glauben Sie mir. Er rechnet damit. Ich habe heute am Spätvormittag mit ihm gesprochen. Er wollte um keinen Preis zugeben, daß er etwas Unrechtes getan habe. Er wollte mir nicht einmal sagen, wo Cleo ist. Er log und sagte, er wisse es nicht. Zuerst habe ich versucht, die Wahrheit durch gutes Zureden aus ihm herauszubekommen. Als das nichts fruchtete, habe ich ihn geschlagen. Und als er die beleidigte Unschuld noch immer nicht ablegen wollte, habe ich noch einmal zugeschlagen. Er hatte nicht einmal den Mumm, sich zu wehren.«

»Roger hielt nichts von Gewalt.«

»Nun, vielleicht hält er jetzt etwas davon.« Aber die Zufriedenheit in seiner Stimme hatte Untertöne von schlechtem Gewissen. »Seit ich erwachsen bin, habe ich nie mehr einen Menschen geschlagen.«

»Wirklich? Dann haben Sie sich jetzt hoffentlich nicht die Hand verletzt. Wie ich sehe, haben Sie die Hand immerzu in der Tasche. Darf ich sie mal sehen?«

»Er nahm die linke Hand aus der Tasche, und sie sah mit Freude, daß sie fast genauso geschwollen und verfärbt war wie Rogers Gesicht.

Sie tat überrascht: »Meine Güte! Tut das weh?«

»Ja.«
»Sie sollten sie mal untersuchen lassen.«
»Ich habe keine Zeit, zum Arzt zu gehen.«
»Ich meinte auch nicht den Arzt. Ich meinte die Polizei.«
»Polizei? Wollen Sie sagen, daß dieses Würstchen die Polizei gerufen hat, weil ich ihn geschlagen habe? Nachdem er das mit meiner Schwester gemacht hat, sie von zu Hause weggelockt, mit Versprechungen verführt –«
»Nein, das Würstchen hat die Polizei nicht gerufen«, sagte sie ruhig. »Das war ich.«
»Sie? Warum?«
»Weil ich es war, die ihn tot gefunden hat. Ich habe die Polizei gerufen und dann Aragon.«
Ein paar Sekunden lang war er sprachlos und wie betäubt. Dann sagte er: »So hart habe ich ihn nicht geschlagen! Das schwöre ich.«
»Schwören Sie es nicht vor mir. Ich bin kein Richter.«
»Man kann einen Menschen gar nicht mit der bloßen Faust erschlagen, das kann höchstens ein Berufsboxer.«
»Vielleicht haben Sie ihren Beruf verfehlt, Mr. Jasper.«
Von den Tabletten sagte sie absichtlich, fast mit Bosheit, nichts.
»Ein anderer Mieter hat Sie mit Roger streiten hören und dann weggehen sehen«, sagte sie. »Nach seiner Beschreibung und meinem Wissen um die Umstände hatte ich gleich den Verdacht, daß Sie es waren. Aber ich habe der Polizei nichts davon gesagt. Vielleicht hätte ich es, wenn ich mir vollkommen sicher gewesen wäre.«
»Und jetzt, nachdem Sie vollkommen sicher sind, was werden Sie jetzt tun?«
»Nichts. Ich gehe davon aus, daß Sie es selbst tun. Rufen

Sie an und sagen Sie, daß Sie Roger zweimal mit der Faust geschlagen haben, weil er Ihre Schwester heiraten wollte oder schon geheiratet hat. Finden Sie die Geschichte gut?«

»Nicht wenn Sie es so formulieren und die ganzen Details weglassen.«

»Die Details kommen später.«

»Um Himmels willen«, sagte er, »ich wollte doch nicht –«

»Das tut wohl nichts zur Sache, oder?« Es bereitete ihr geradezu Freude, ihn leiden zu sehen. »Der Polizist, mit dem ich heute nachmittag gesprochen habe, war ein Lieutenant Peterson. Ich habe ihn gefragt, was gewesen wäre, wenn ich früher gekommen wäre, aber er wollte davon gar nichts wissen. Er meinte, seine Aufgabe sei auch ohne die ganzen Wenn schon schwer genug. Und meine ist schwer genug ohne Ihr ›Ich-wollte-nicht‹.«

»Ich war nur hingegangen, um vernünftig mit ihm zu reden. Aber er wollte keine Vernunft annehmen.«

»Wenn Sie alle Leute verprügeln wollen, die keine Vernunft annehmen, haben Sie viel zu tun, Mr. Jasper.«

»Ich wollte ihn nicht töten.«

»Vielleicht haben Sie das auch gar nicht«, sagte sie. »Er hat nämlich auch Tabletten genommen. Die wahre Todesursache wird sich wohl erst bei der Obduktion herausstellen.«

»Verdammt, warum haben Sie mir das mit den Tabletten nicht eher gesagt?«

»Weil ich Leuteschinder nicht leiden kann«, sagte sie. »Und Roger war mein Freund.«

11

Frieda verbrachte den Nachmittag damit, Kleider und allerlei Krimskrams sowie Bücher zu sortieren, die für den Flohmarkt des Wohltätigkeitsvereins gestiftet werden sollten. Die Kleider galt es in die Reinigung zu geben, den Krimskrams zu waschen oder zu polieren, die Bücher abzustauben. Sorgsam mied sie Cleos und Teds Zimmer. Teds Zimmer würde halb leer sein und Cleos Zimmer noch genauso, wie sie es verlassen hatte, als sie mit dem Hund fortgegangen war.

Ohne die beiden war das Haus still und aufgeräumt. Die Stunden kamen wie kleine Päckchen, die ungeöffnet auf einen Stapel in der Ecke wanderten.

Als Hilton zum Abendessen nach Hause kam, ging sie hinunter, um ihn zu begrüßen.

»Du kommst spät«, sagte sie.

»Ich kann die Uhr selbst lesen.«

»Oh, der Herr sind verstimmt? Du mußt ja einen schlimmen Tag gehabt haben.«

»Er war – interessant.«

»Von meinem kann man nicht einmal das behaupten.« Als er den Hut in den Garderobenschrank legte, fiel ihr seine Hand auf. »Was ist denn mit deiner Hand los?«

»Ich hab mir weh getan.«

»Das sieht man. Laß sie mich mal ansehen.«

»Hör auf mit dem Theater. Es steht dir nicht. Ist das Abendessen fertig?«

Es war fertig. Die Köchin war schon vor geraumer Zeit gegangen, und Lisa, die Studentin, wartete in der Küche, um zu servieren. Irgend jemand – die Köchin? Valencia? Lisa? – hatte die Ausziehbretter des Eßtischs eingeschoben, so daß er kleiner war und nicht so leer wirkte.

»Wenn du mit der rechten Hand schlecht mit dem Suppenlöffel zurechtkommst«, sagte Frieda, »können wir diesen Gang ja ausfallen lassen und gleich mit dem Salat anfangen.«

»Schaff uns das Mädchen vom Hals.«

»Wie meinst du das, vom Hals schaffen? Entlassen?«

»Sag ihr, wir brauchen sie heute abend nicht.«

»Warum?«

»Ich habe etwas Wichtiges mit dir unter vier Augen zu besprechen.«

»Das verheißt nichts Gutes. Gefällt mir gar nicht. Du machst mir Angst, Hilton.«

»Ich kann's nicht ändern.«

»Geht es um Cleo?«

»Es geht um mich.«

Lisa kam in ihrer üblichen Aufmachung herein – hautenge Jeans und T-Shirt, teilweise von einem Schürzchen verdeckt. Sie brachte zwei Schalen Suppe: heiße Consommé mit Petersilie auf Zitronenschiffchen.

Frieda sagte mit der Fröhlichkeit in der Stimme, mit der sie immer ihre Sorgen überspielte: »Lisa, wir haben eben beschlossen, heute abend allein zu essen. Sie können gehen.«

Lisa stellte die Suppenschalen mit einer Gebärde auf den Tisch, die deutlich ihr Mißvergnügen kundtat. »Ich möchte aber jetzt noch nicht gehen. Mein Freund kommt mich erst um acht abholen.«

»Wo ist er denn jetzt?«

»In der Universitätsbibliothek.«

»Könnten Sie ihn nicht dort abholen? Ich gebe Ihnen fünf Dollar für ein Taxi.«

»Das dürfte nicht ganz reichen, und ich bin pleite.«

»Also gut, zehn Dollar.«

»Ich finde es immer noch besser, hierzubleiben und wie immer das Essen zu servieren. So ein Taxi kann auch mal im Verkehr steckenbleiben. Oder Brent ist früher mit seiner Semesterarbeit fertig, und wir verpassen uns. Ich verstehe nicht, warum ich nicht still in der Küche sitzen und fernsehen kann, bis Brent kommt.«

»Ich mag heute keine Fernsehgeräuschkulisse aus der Küche hören«, sagte Jasper. »Und ich möchte auch nicht, daß etwas aus dem Eßzimmer in die Küche dringt. Habe ich mich deutlich genug ausgedrückt?«

»Schon gut, schon gut. Aber ich kann's nicht leiden, wenn mir so meine ganzen Pläne durcheinandergebracht werden.«

»Hier.« Er nahm einen Zwanzigdollarschein aus der Brieftasche und schob ihn ihr zu. Sie starrte den Geldschein einen Augenblick an, bevor sie ihn nahm. Dann faltete sie ihn zusammen und steckte ihn in die Gesäßtasche ihrer Jeans. »Ich sehe, Sie haben sich die Hand verletzt.«

»Ja. Gute Nacht.«

Sie rief aus der Küche ein Taxi an und sprach dabei sehr laut und deutlich, damit sie es nur ja mitbekamen. Dann ging sie zur Hintertür hinaus und knallte sie hinter sich zu.

»Zwanzig Dollar waren zuviel«, sagte Frieda.

»Ich hatte keinen Zehner.«

»Du hättest ja mich fragen können.«

»Ja, ich hätte.« *Ich hätte gekonnt... Ich wollte doch nicht... Wenn doch...* Hohle Phrasen, die nur der Vergangenheit gehörten.

»Was hast du mit deiner Hand gemacht?«

»Ich habe jemanden geschlagen.«

»Das glaube ich nicht! So etwas Primitives tust du doch nicht.«

»Ich hab's aber getan.«

»Warum denn, um alles in der Welt?«

»Ich wollte, daß er mir sagte, wo Cleo ist. Ich war überzeugt, daß er es wußte. Sie ist an dem Morgen, als sie hier weggegangen ist, wahrscheinlich geradewegs zu ihm gegangen. Er wollte aber um keinen Preis etwas zugeben.«

»Du hättest versuchen sollen, ihn zu bestechen. Das ist doch weiß Gott nicht unter deinem Niveau. Vor einer Minute hast du dafür erst ein Beispiel geliefert.«

»Ich *wollte* ihn schlagen.«

»Das war ja schon immer das beherrschende Prinzip deines Lebens. Du wolltest es tun, also hast du's getan. – Möchtest du deine Suppe essen? Wenn nicht, bringe ich sie in die Küche zurück, und wir essen die übrigen Sachen.«

Er sah sie verbittert an. »Mitleid ist für dich wohl ein Fremdwort, Frieda?«

»Das spare ich mir für den Mann auf, den du geschlagen hast.«

»Damit brauchst du deine Zeit nicht zu verschwenden. Er ist tot.«

Sie versuchte ihren Schrecken mit Zynismus zu überspielen. »Wenn du mir damit zeigen willst, was du für ein toller Hecht bist, gib's auf.«

»Ich werde zu Polizei gehen müssen. Ich habe schon

versucht, mich mit einem der Anwälte meiner Firma in Verbindung zu setzen, aber die sind in Washington oder Los Angeles oder Sacramento. Einer ist sogar in Schottland bei der Auerhahnjagd. Überall sind sie, nur nicht hier. Und auf solche Fälle verstehen sie sich sowieso nicht. Das ist ein Kriminalfall.«

»Roger Lennard«, sagte sie. »Du hast Roger Lennard getötet?«

»Ich weiß es nicht sicher. Er hat irgendwelche Tabletten genommen. Vielleicht hatte er die schon genommen, als ich zu ihm kam. Er hat keinen Versuch gemacht, sich zu wehren. Ich dachte, er hätte nur nicht den Mumm dazu, aber vielleicht lag er da schon im Sterben. Wir müssen das Ergebnis der Obduktion abwarten.«

»Wie lange dauert das?«

»Weiß ich nicht.«

Sie saß da und drehte den Suppenlöffel zwischen ihren Fingern um und um, als versuche sie ihm den Hals umzudrehen. »Das hat Cleo ja wieder fein hingekriegt. Die schafft uns noch alle, bevor sie durch ist.«

»Mach Cleo nicht dafür verantwortlich. Es ist meine Schuld. Cleo könnte keiner Fliege etwas zuleide tun.«

»Nein, einer Fliege nicht. Oder einem Hund oder Pferd. Aber was ist mit uns übrigen? Wir sind es doch, denen sie die Flügel ausreißt und auf die Pfoten tritt.«

»Laß uns bitte nicht über Cleo streiten. Wir müssen uns entscheiden, was wir jetzt tun.«

»Wir? Heißt das, ich darf auf einmal mitentscheiden?«

»Das hast du immer getan.«

Er war am Boden, und sie hätte ihm gern noch ein paar Tritte versetzt, damit es ihm nur ja in Erinnerung blieb, wenn er wieder auf den Beinen war. Aber sie war eine vernünftige Frau und hatte einen ausgeprägten Selbsterhaltungstrieb. Er war am Boden. Das genügte.

»Setz mich mal vollständig ins Bild«, sagte sie. »Du hast also bei ihm angeklopft. War die Tür zugeschlossen?«

»Ja.«

»Hast du ihm gesagt, wer da ist?«

»Ja«

»Und er hat aufgeschlossen und dich hereingelassen?«

»Ja, sofort. Ich hatte so ein komisches Gefühl, daß er mich womöglich sogar erwartete. Er wirkte fast erleichtert. Natürlich wußte er auch, wer ich war. Cleo hat ihm wahrscheinlich von mir erzählt, wie sie es bei jedem tut.«

»Schön, er hat dich also hereingelassen. Was dann?«

Ihr Mann starrte in seine Suppenschale. Das Zitronenschiffchen mit seiner Petersilienfracht war an den Rand getrieben, als ob sein Atem genug Wind gemacht hätte, um es in Bewegung zu versetzen. »Er wohnt – wohnte – in einem Wohnwagen, einem sehr kleinen, in dem man sich kaum umdrehen kann. Auf dem Tisch stand eine Schreibmaschine, wie ich mich erinnere, und auf der Couch lag eine Illustrierte. Ich habe ihn ohne Umschweife gefragt, wo Cleo sei, und er behauptete, er wisse es nicht, sie habe ihn verlassen. Er sprach sehr langsam und ruhig, und das machte mich nur noch rasender. Ich fing an, ihn anzuschreien. Einer der Nachbarn hat das gehört und es später der Polizei gemeldet.«

»Ist er hingefallen, als du ihn schlugst?«

»Nein. Ich habe noch ein zweitesmal zugeschlagen.«

»Und ist er dann hingefallen?«

»Nein.«

»Wie kannst du ihn getötet haben, wenn er von deinen Schlägen nicht zu Boden gegangen ist?«

»Die Folgen einer Kopfverletzung sind nicht immer sofort erkennbar.«

»Aber er war noch auf den Beinen, als du gingst?«

»Ja.«

»Dann besteht die Möglichkeit, daß du mit seinem Tod gar nichts zu tun hast?«

»Ich habe ihm klargemacht, daß er weder in dieser Stadt noch in seinem Beruf noch mit Cleo viel von der Zukunft zu erwarten hat. Wenn ihn das dazu gebracht hat, eine Überdosis Tabletten zu nehmen, habe ich eine gewisse moralische Verantwortung für seinen Tod.«

»Wegen eines in der Wut gesprochenen Worts begeht niemand Selbstmord. Er kann das schon seit Wochen, Monaten oder Jahren geplant haben. Laut Aragon hatte er viele persönliche Probleme.« Sie schwieg kurz. »Was ist mit Aragon? Kann er dir nicht helfen?«

»Er ist zu jung und unerfahren.«

»Er ist aber wenigstens nicht in Schottland auf der Auerhahnjagd«, sagte sie heftig. »Weiß der Himmel, wozu man dafür nach Schottland reist. Soll ich ihn anrufen?«

»Wenn du willst.«

»Wenn *ich* will? Was *ich* will, ist ein friedliches Leben, ohne einen Mann, der herumläuft und Leute totschlägt.«

Sie hatte ihn einmal zu oft getreten, während er am Boden lag. Er war soeben im Begriff, wieder aufzustehen, das verrieten sein Gesicht und seine Stimme.

»Ich hätte jemand andern erschlagen sollen, und zwar dich, Frieda.«

»Dafür ist es jetzt ein bißchen spät. Es würde dich zuviel kosten, vor allem da, wo es weh tut – in der Brieftasche.«

»Du willst mich verlassen, ja?«

»Wenn Cleo zurückkommt, ja. Noch so ein Jahr wie die letzten vierzehn verkrafte ich nicht.«

»War es so schlimm?«

»Noch viel schlimmer. Dir ist das nur nicht aufgegangen, weil du die meiste Zeit weg warst, im Betrieb oder auf Konferenzen außerhalb der Stadt, während ich hier zu Hause festsaß und sie den ganzen Tag vor Augen hatte, ihr beizubringen versuchte, ordentlich zu reden und zu lesen, mich um die unzähligen herrenlosen Tiere kümmerte, die sie ins Haus schleppte, nur um von einem Augenblick zum andern das Interesse daran zu verlieren, wie sie ja auch das Interesse an Zia verloren hat. Sie hat den Hund am Morgen mitgenommen, dann hat sie ihn offenbar einfach irgendwo zurückgelassen und völlig vergessen.«

»Warum kommen unsere Gespräche immer wieder auf Cleo zurück?«

»Weil sie der Dreh- und Angelpunkt unseres Lebens war, nicht du oder ich oder Ted.«

Er sagte: »Da sitze ich nun, bin in ernsthaften Schwierigkeiten, habe vor mir eine Schale mit kalter Suppe, am Tisch mir gegenüber eine Frau, die mich haßt, und rede über eine Schwester, die mir davongelaufen ist.«

»Das mit der kalten Suppe können wir wenigstens ändern.«

Sie trug die Suppenschalen in die Küche und kam mit zwei Tellern Salat wieder. »Ich wiederhole meine Frage, Hilton. Soll ich Aragon anrufen? Du brauchst seinen Rat ja nicht zu befolgen, nur mal zu hören, was er zu sagen hat.«

»Bitte.«

»Vielleicht möchtest du ihn lieber selbst anrufen?«

»Nein. Solche Sachen machst du gut, Frieda. Das ist eines deiner Talente.«

Sie benutzte das Telefon in der Küche. In Aragons Wohnung meldete sich niemand, also hinterließ sie eine Nachricht in der Kanzlei mit der Bitte um Rückruf. Dann sah sie die Scheinwerfer eines Wagens den Weg heraufkommen und wollte es schon für einen angenehmen Zufall halten, daß Aragon genau in dem Moment kam, da sie ihn zu erreichen versuchte. Doch dann hörte sie, daß es nicht sein Wagen sein konnte. Der Motor klang zu leise und ruhig.

Sie ging zur Vordertür und öffnete sie beim ersten Klingeln. Im Schein der Außenbeleuchtung, die immer automatisch anging, wenn die Tür geöffnet wurde, stand ein hochgewachsener Mann mittleren Alters mit tiefgebräuntem Gesicht und hellen, ausdruckslosen Augen, die sie an Cleo erinnerten.

»Mrs. Hilton Jasper?«

»Ja.«

»Sie sollten nicht so einfach die Tür öffnen, ohne erst zu fragen, wer da ist.«

»Also gut, wer ist da?«

»Lieutenant Peterson vom Polizeipräsidium.«

»Sie kommen in einem sehr ungelegenen Moment«, sagte sie kühl. »Wir essen gerade.«

»Wirklich? Merkwürdiger Zufall; ich saß auch gerade beim Essen, als der Sergeant von der Vermittlung mich anrief, um mir die Tonbandaufnahme vom Anruf einer Frau vorzuspielen, der gerade hereingekommen war. Klang allerdings mehr nach einem Mädchen. Sie muß die Sechs-Uhr-Nachrichten gehört und dabei vom Tod eines Mannes erfahren haben, den sie kannte. Roger Lennard. Ist Ihnen der Name ein Begriff?«

»Verschwommen.«

»Vielleicht ist er für Ihren Mann weniger verschwommen.«

Zur Antwort öffnete sie die Tür ein Stück weiter, so daß er eintreten konnte. Als sie die Tür wieder schloß, ging das Licht aus, so daß Lieutenant Petersons Gesicht im Schatten lag. So sah er besser aus, ausdrucksvoller, freundlicher; die hellen Augen wirkten nicht mehr so irritierend.

»Wir wollen nicht lange drum herum reden, Lieutenant«, sagte sie. »Wir haben unsern Anwalt angerufen, und bevor er hier ist, wird mein Mann keinerlei Aussagen machen.«

»Fein. Dann warte ich.«

»Ich weiß aber nicht genau, wann er kommt. Ich habe eine Nachricht in seiner Kanzlei hinterlassen, die er womöglich heute abend gar nicht mehr bekommt.«

»Ich warte trotzdem. Sie haben doch sicher ein Gästezimmer?«

Sie schnappte vor Überraschung hörbar nach Luft.

»Na, na, nun bekommen Sie nicht gleich einen Schrekken. Das war nur ein Witz, um die Atmosphäre etwas aufzulockern.«

»Kein sehr guter Witz.«

»Das geht mir mit meinen Witzen oft so. Mal besser, mal schlechter. Aber Scherz beiseite, ich würde Mr. Jasper trotzdem ganz gern sprechen.«

»Wie ich schon sagte, sind wir gerade beim Essen. Würde es Ihnen etwas ausmachen, auf ihn zu warten?«

»Keineswegs. Aber noch lieber würde ich reinkommen und mich mit zu Ihnen an den Tisch setzen. Was gibt's denn übrigens? Sie finden die Frage hoffentlich nicht ungehörig. Aber sehen Sie, ich war doch selbst gerade beim Essen...«

»Avocado- und Grapefruitsalat und Meeresfrüchte Newburg.«

»Klingt wunderbar. Bereiten Sie die Meeresfrüchte selbst zu?«

»Wir haben eine Köchin.«

»Herzlichen Glückwunsch. Gute Köchinnen sind heutzutage schwer zu finden.«

»Ich habe nichts von einer guten Köchin gesagt. Wollten Sie sich vielleicht zum Essen einladen?«

»Der Gedanke ist mir durch den Kopf gegangen.«

»Also, das ist – das ist doch nicht zu fassen!«

»Einspruch. Erzählen Sie einem hungrigen Mann etwas von Meeresfrüchten Newburg, dann ist dieser Gedanke sehr leicht zu fassen.«

»Ich weiß nicht, was Mr. Aragon sagen wird, wenn er hier ankommt und Sie mit uns zu Tisch sitzen sieht.«

»Aragon? Das ist aber ein ziemlich kleiner Fisch für einen großen Mann wir Ihren Gatten. Fisch. Sehen Sie, da denke ich schon wieder ans Essen.«

»In so einer Situation war ich mein Lebtag noch nie.«

»Offen gesagt, ich auch nicht. Aber man sollte sich neuen Erfahrungen nie verschließen, nicht wahr?«

»Kommen Sie mit.«

Es war nicht eben die freundlichste Einladung seines Lebens, aber er hatte heute abend keine große Auswahl, darum folgte er ihr über den Korridor.

Jasper stand am Kopfende des Eßtischs, die linke Hand in der Tasche.

»Hilton«, sagte Frieda, »das ist Lieutenant Peterson. Er ist freundlicherweise bereit, mit uns zu essen.«

Der Lieutenant nickte. »Erfreut, Sie kennenzulernen,

Mr. Jasper. Ich vermute allerdings, daß die Freude nicht auf Gegenseitigkeit beruht.«

»Da vermuten Sie richtig.«

»Nun, ich schlage vor, wir vergessen die Geschäfte für eine Weile und tun ganz wie neue Freunde, die sich anschicken, zum erstenmal das Brot miteinander zu brechen.«

Jasper zog zur Antwort nur einen Stuhl heraus und schob dem Lieutenant seinen eigenen Salatteller zu, den er noch nicht angerührt hatte. Frieda drehte die Flamme der Wärmplatte hoch, über der sich die Meeresfrüchte befanden.

»Mein Mann und ich trinken heute abend keinen Wein zum Essen«, sagte sie, »aber wenn Sie möchten, öffne ich Ihnen eine Flasche.«

»Nein danke, ich bin im Dienst.«

Der Lieutenant aß schnell und schweigsam und machte nur hin und wieder eine Bemerkung über das Wetter, das Essen und den Stand der Dinge im Land. Von den Jaspers versuchte niemand, Konversation zu machen. Frieda servierte das Essen, und Jasper schob es auf seinem Teller herum, um so zu tun, als esse er.

Der Lieutenant meinte verlegen: »Ausgezeichnet, ausgezeichnet. Es tut wirklich gut, ab und zu mal ein richtiges Essen im Familienkreis vorgesetzt zu bekommen. Seit dem Tod meiner Frau habe ich wahrscheinlich schon mehr Hamburgers und Pommes frites gegessen als jeder andere Mann in dieser Stadt.«

Jasper holte tief Luft und hielt sie einen Augenblick an, bevor er sprach. »Warum sind Sie eigentlich hier, Lieutenant?«

»Wie ich schon zu Ihrer Frau sagte, hat unser Sergeant

an der Vermittlung gegen halb sieben einen Anruf aufgenommen. Er hat ihn für mich auf Tonband mitgeschnitten. Es war die Stimme einer jungen Frau, wahrscheinlich eines Mädchens. Sie hat die Sechs-Uhr-Nachrichten gehört und von Roger Lennards Tod erfahren. Ein gewisser Abercrombie hat der Presse sehr bereitwillig Auskünfte gegeben und einen Mann beschrieben, der Lennard am späten Vormittag besucht hat. Diese Frau behauptet, die Beschreibung treffe auf Sie zu.«

»Aha.«

»Viele Polizisten möchten die Öffentlichkeit gern in dem Glauben lassen, wir lösten unsere Fälle immerzu mit Fingerabdrücken und Gipsabgüssen und ballistischen Untersuchungen. Im Gerichtssaal macht sich das ja auch ganz gut – wenn man den Missetäter erst auf der Anklagebank hat. Aber wie wir zunächst an ihn herankommen, das steht meist auf einem völlig anderen Blatt. Da hat jemand gesungen, ein verstimmter Mitarbeiter oder Partner, ein eifersüchtiger Geliebter, eine sitzengelassene Ehefrau. Das sind die Leute, die Verbrechen aufklären. Wenn diese junge Frau nicht angerufen hätte, wäre ich nicht hier. Großgewachsener Mann im grauen Anzug und Panamahut – damit kann man noch nicht viel anfangen. Wenn Name und Adresse hinzukommen, sieht die Sache schon anders aus. Haben Sie heute morgen Roger Lennard aufgesucht?«

»Ich möchte gern das Tonband hören.«

»Das war keine Antwort auf meine Frage, Mr. Jasper.«

»Ich beantworte Ihre Frage, wenn Sie mich das Tonband hören lassen.«

»Nein«, sagte Frieda. »Nein, das wirst du nicht. Du sagst gar nichts, bis Mr. Aragon –«

»Sei still, Frieda. Wie ist das, Lieutenant? Sind wir handelseinig?«

»Es ist ein fairer Vorschlag.«

»Ich möchte zuerst das Tonband hören.«

»Dieser Teil ist nun schon weniger fair«, meinte der Lieutenant. »Sie glauben vielleicht, daß Sie die Stimme erkennen?«

»Könnte sein.«

»Dann müssen wir aber zu meinem Wagen gehen. Ich habe das Tonband bei mir und wollte es Ihnen sowieso vorspielen.«

Frieda unternahm noch einen Versuch, ihn abzuhalten, aber er schob sie beiseite. »Laß mich meine Angelegenheiten selbst regeln«, sagte er, »ich bin schon erwachsen.«

»Du ißt nicht wie ein Erwachsener. Du bist ein dummer, eigensinniger kleiner Junge.«

»Ich störe ungern bei einem so schönen, gemütlichen Ehekrach«, sagte der Lieutenant. »Aber manchmal muß ich. Gehen wir, Mr. Jasper. Möchten Sie auch mitkommen, Mrs. Jasper? Es ist das mindeste, womit ich mich für das ausgezeichnete Essen revanchieren kann.«

»Hoffentlich bekommen Sie Bauchweh davon«, sagte Frieda.

Die Aufnahme war kurz:

»Polizeipräsidium. Sergeant Kowalski.«

»Hallo. Ist das die richtige Stelle, die man anrufen muß, um der Polizei etwas zu sagen?«

»Ja, Madam, wenn Sie etwas zu sagen haben.«

»Ich hab im Radio gehört, daß Roger Lennard tot ist. Ist das wahr? Es muß wohl wahr sein, sonst würden die so was doch nicht aller Welt erzählen.«

»Ja, Madam.«

»Die haben was von einem Mann gesagt, der mit Roger gestritten hat. Ich weiß, wer das ist. Es ist ein gemeiner, gemeiner alter Mann.«

»Einen Moment, ich gebe Ihr Gespräch mal –«

»Er heißt Hilton Jasper und wohnt Via Vista zwölfhundert.«

»Würden Sie bitte Ihren Namen nennen, Madam?«

Die Aufnahme endete mit einem Klicken. Es war Cleos Stimme gewesen.

Der Lieutenant fragte: »Könnte das wohl jemand sein, den Sie kennen, Mr. Jasper?«

»Nein.«

»Möchten Sie das Band vielleicht noch einmal hören?«

»Nein danke«, sagte Jasper. »Ich hatte geglaubt, es könnte vielleicht eine Sekretärin sein, die ich vorige Woche entlassen mußte.«

»Verstimmte Mitarbeiterin, wie?«

»Ja.«

»Ich dachte, ein Mann in Ihrer Position hätte mit der Einstellung und Entlassung von Sekretärinnen nichts zu tun.«

»Es gibt Ausnahmen.«

»Gewiß. Spielen wir das Band noch einmal ab, um uns zu vergewissern, daß es nicht Ihre verstimmte Angestellte war, ja?«

»Nein. *Nein.*«

»Meist spielen wir ein Band mehrere Male ab, wenn wir versuchen, jemanden eine Stimme identifizieren zu lassen.«

»Das ist nicht nötig. Es war nicht meine frühere Sekretärin.«

»Das weiß ich, Mr. Jasper. Wer war's?«

Jasper schüttelte den Kopf.

»Ich kann nicht.«

»Kann nicht, will nicht – läuft für mich auf dasselbe hinaus. Ich kriege die Antwort nicht. Für mich klang die Stimme nach einem Mädchen. Würden Sie mir da zustimmen?«

»Ich denke, ja.«

»Vielleicht war es eines von den Mädchen in dieser Sonderschule, wo Lennard gearbeitet hat.«

»Vielleicht.«

»Nun, Sie haben ja das Band gehört. Jetzt würde ich gern die Antworten auf ein paar Fragen hören. Sollen wir dazu ins Haus zurückgehen?«

»Ich möchte lieber hierbleiben.«

»Ihre Frau?«

»Meine Frau.«

»Eine lebhafte Frau. Ich mag den Typ, aber man lebt nicht leicht mit ihnen. Haben Sie Kinder?«

»Wir haben einen Sohn, Edward. Er macht diesen Herbst am Cal-Poly sein Vorexamen.«

»Keine Töchter?«

»Nein.«

»Hin und wieder lösen verdrossene Töchter unsere Fälle ebenso wie verdrossene Angestellte. Wie lange kannten Sie Lennard schon?«

»Nicht lange.«

»Was war der Anlaß für Ihren Besuch bei ihm heute morgen?«

»Darauf möchte ich lieber nicht antworten.«

»Was *Sie* möchten und was *ich* möchte, verträgt sich nicht immer, was?«

»Ich will Ihnen ganz einfach schildern, was ich heute vormittag getan habe, ohne mich zu den Motiven zu äußern. Ich habe mich mit Lennard gestritten. Ich habe ihn zweimal geschlagen, ohne daß er zu Boden ging, dann bin ich gegangen. Das sind die Fakten. Mehr kann ich Ihnen zu diesem Zeitpunkt nicht sagen.«

»Sie haben mir nichts gesagt, was ich noch nicht wußte.«

»Ich habe gestanden, daß ich ihn geschlagen habe. Das muß vorerst genügen.«

Der Lieutenant spulte das Tonband zurück und ließ es noch einmal ablaufen. »Sie werden bemerkt haben, Mrs. Jasper, daß dieses Mädchen von Mr. Lennard als Roger spricht.«

»Ja, das habe ich bemerkt.«

»Sie war offenbar mit ihm befreundet.«

»Ja.«

»Und Sie zählen offensichtlich weder zu seinen noch zu ihren Freunden. Sie nannte Sie einen gemeinen alten Mann.«

»Das habe ich gehört.«

»Wie alt sind Sie?«

»Fünfundvierzig.«

»Das ist nicht alt«, meinte der Lieutenant. »Ist die andere Behauptung auch übertrieben?«

»Daß ich gemein bin? Irgend jemand scheint der Ansicht zu sein.«

»Eine heimliche Feindin?«

»So können Sie es nennen.«

»O nein, *ich* würde es nicht so nennen, Mr. Jasper. Ich bin überzeugt, daß Sie das Mädchen kennen, vielleicht sogar sehr gut. Haben Sie über die Stränge geschlagen?«

»Nein.«

»Ich glaub's Ihnen. Sie klang mir nicht nach der Sorte Frau, die auf einen Mann in Ihrer gesellschaftlichen Stellung anziehend wirken würde. Das war eindeutig Unterschicht, finden Sie nicht?«

»Es ist nicht meine Angewohnheit, einen Menschen gesellschaftlich einzuordnen, nachdem ich ein paar Sätze von ihm auf Tonband gehört habe«, sagte Jasper steif. »Wenn Sie mich jetzt entschuldigen, möchte ich –«

»Wer war das Mädchen, Jasper?«

»Ich kann es nicht sagen.«

»Na schön. Das wäre im Augenblick alles. Sie dürfen wieder ins Haus gehen, fernsehen oder schlafen gehen oder den Streit mit Ihrer Frau zu Ende führen, was Sie wollen.«

»Wollen Sie nicht auf Aragon warten?«

»Warum sollte ich?« fragte der Lieutenant zurück. »Wenn er da ist, erfahre ich wahrscheinlich noch weniger. Danken Sie Ihrer Frau noch einmal für das Essen. Und bestellen Sie ihr, von Essen bekomme ich nie Bauchweh, nur von Menschen.«

Der Lieutenant kehrte ins Präsidium zurück. Kowalski, der Sergeant in der Telefonvermittlung, der ihm das Tonband über Autofunk überspielt hatte, war noch im Dienst. Er aß gerade ein Schinkensandwich, aus dem es senfig gelb herausquoll. Eine junge Frau in Uniform saß an einem Tisch vor einer Schreibmaschine und kratzte sich mit einem Bleistift am Kopf. Es schien nicht viel los zu sein, höchstens im Kopf der jungen Frau.

»Ruhiger Abend«, sagte Kowalski. »Können wir etwas für Sie tun, Lieutenant?«

»Ich würde mal gern einen Blick ins örtliche Adreßbuch werfen.«

»Sarah wird's Ihnen holen. He, Sarah.«

Die junge Frau ließ ihren Bleistift fallen. »Sagen Sie noch einmal ›He, Sarah‹ zu mir, und ich melde Sie beim Frauenverein.«

»Da haben Sie mich diesen Monat schon zweimal gemeldet.«

»Beim drittenmal sind Sie dran.«

»Schon gut, schon gut. Sarah, ehrenwerte Polizeiperson, wären Sie so freundlich, Ihr süßes Hinterteil mal über die Bank zu schieben und dem Lieutenant das Adreßbuch zu reichen?«

»Das ›süße Hinterteil‹ könnte als sexuelle Belästigung ausgelegt werden.«

»Besorgt mir das Adreßbuch, Kinder«, sagte der Lieutenant.

Er nahm das Adreßbuch mit in sein Dienstzimmer, einen kleinen Raum, kaum mehr als ein Verschlag, spärlich ausgestattet mit zwei geradlehnigen Stühlen plus einem Drehstuhl hinter seinem Schreibtisch. Außerdem enthielt es noch einen Aktenschrank und einen Wasserkühler, der hauptsächlich zur Bewässerung des Schwertfarns auf einem anderthalb Meter hohen Ständer in der Ecke diente, dessen Wedel bis auf den Boden hinunterreichten. Bis auf die üblichen elektronischen Apparate war der Schreibtisch fast leer: kein schwerer Briefbeschwerer, den man als Waffe benutzen konnte, und keine Papiere, in denen man spionieren konnte. Auf der einen Seite stand ein anmutiger kleiner, aus Eisenholz geschnitzter Tümmler, auf der andern ein Foto von drei Menschen in Tenniskluft: eine blonde Frau und zwei heranwachsende Jungen.

Im Adreßbuch war das Haus Via Vista 1200 als gemeinsamer Besitz von Frieda und Hilton Jasper angegeben, bewohnt außerdem von Edward Japser, Cleo Jasper, Paolo Trocadero und Valencia Ybarra. Trocadero und Ybarra waren vermutlich Personal, und Jasper hatte seinen Sohn Edward erwähnt, aber behauptet, er habe keine Tochter. Wer war also Cleo, und warum war ihr Name in dem Gespräch nicht gefallen?

Er rief in der Registratur an und fragte, ob in letzter Zeit etwas in Verbindung mit den Namen Hilton oder Cleo Jasper eingegangen sei. Zehn Minuten später kam Sarah mit einer Karteikarte, die den Namen Hilton Jasper enthielt, die Zeit seiner Ankunft auf dem Polizeipräsidium und die Art seines Anliegens, nämlich eine Vermißtenanzeige. Die vermißte Person war seine Schwester Cleo, Schülerin in Holbrook Hall. An die Karte war ein paßfotogroßes Bild geheftet, das ein hübsches, ernstes Mädchen mit langen glatten Haaren zeigte. Daß die Karte keine weiteren Eintragungen enthielt, zeigte, daß in der Angelegenheit nichts unternommen worden war.

Der Lieutenant lehnte sich auf seinem Stuhl zurück, die Hände hinter dem Kopf verschränkt. Sein Blick wanderte dabei hin und her, als ob er an der Zimmerdecke einen Computerausdruck läse.

Cleo Jasper. Von zu Hause weggelaufen. Schülerin in Holbrook Hall. Opfer irgendeines Geistes- oder Gemütsdefekts. Angehörige einer wohlhabenden Familie. Zuletzt noch lebend um halb sieben. Hielt sich noch in der Stadt auf, denn eine überörtliche Rundfunkstation hätte sich nicht damit abgegeben, den Tod eines so unbedeutenden Menschen wie Lennard zu melden. Weder die Jaspers noch Mrs. Holbrook noch Aragon hatten Cleos Existenz auch nur erwähnt. Wen oder was schützten sie? Die Zukunft des Mädchens? Ihren eigenen Stolz? Den Ruf der Schule?

Der Lieutenant gähnte, streckte sich und studierte noch einmal das Foto an der Karte.

»Cleo«, sagte er laut. »Cleo, zum Teufel, wo steckst du?«

12

Am nächsten Morgen um zehn wurde in Holbrook Hall die Post zugestellt. Rachel Holbrook hatte darauf gewartet. Sie war in ihrem Büro auf und ab gegangen, als ob sie seine Größe messen wollte, und hatte alle paar Minuten auf ihre Uhr gesehen. Als sie das Postauto aufs Haus zukommen sah, ging sie dem Zusteller an die Haustür entgegen.

Er war ein dicklicher, fröhlicher junger Mann, der es für einen Teil seiner Pflichten hielt, seinen wichtigsten Kunden die Tagesausbeute im voraus anzukündigen.

»Jede Menge Zeug zum Wegschmeißen heute, Mrs. Holbrook. Und Rechnungen – so einen Laden wie den Ihren kann man wohl nicht ohne stapelweise Rechnungen betreiben.«

»Danke, Harry, ich nehme die Sachen schon hier an und –«

»Die neuesten Ausgaben von *Reader's Digest, Psychology Today, Audio Visual Journal.* Briefe für die Kinder natürlich. Ich frag mich ja immer, ob die ihre Briefe selbst lesen, oder ob sie ihnen vorgelesen werden.

Ein Katalog für Spielplatzgeräte. Den würd ich mir gern mal ausleihen, wenn Sie ihn fertig gelesen haben, Mrs. Holbrook – das heißt, wenn's Ihnen recht ist. Meine Kinder sind jetzt langsam groß genug, um mit so was im Garten auch was anfangen zu können.«

»Ich werde ihn für Sie aufheben, Harry. Auf Wiedersehen.«

Der Postkorb war so schwer, daß sie ihn kaum in ihr Büro tragen konnte. Die Arbeit des Sortierens überließ sie meist ihrem Sekretär, aber heute morgen besorgte sie das selbst. Sie fand Roger Lennards Brief fast sofort. Er sah aus wie jeder andere Brief, aber es war der erste Brief, den sie je von einem Toten erhalten hatte, und fast schien es, als entströme ihm ein modriger Geruch.

Sie rief Aragon in seiner Wohnung an.

»Rogers Brief ist gekommen«, sagte sie. »Ich finde, Sie sollten dabeisein, wenn ich ihn öffne.«

»Warum?«

»Weil ich mich allmählich doch frage, ob ich richtig gehandelt habe. Gestern erschien es mir logisch und richtig. Jetzt weiß ich nicht mehr. Ich habe Angst.«

Er zögerte zuerst noch, dann sagte er: »Ich dürfte in ungefähr zwanzig Minuten da sein. Bleiben Sie ruhig.«

»Roger wollte, daß ich ihn bekam. Es ist nicht so, daß ich etwas an mich genommen hätte, was mir nicht zustand, oder was meinen Sie?«

»Ich meine, Sie sollten das nachträgliche Grübeln bleiben lassen, bis ich da bin.«

Er war in zwanzig Minuten da.

Es war ein kühler Morgen, die Sonne begann gerade erst durch die niedrige Bewölkung zu brechen. Auf dem Zufahrtsweg zur Schule waren Nässeflecken unter den großen Bäumen, wo der Nachtnebel kondensiert und von den Blättern getropft war, von den grauen Litzen der Akazien, den ledrigen Mispeln, den gezackten Eichen, den fedrigen Mastixbäumen. Noch drei Monate bis zur Regenzeit, und bis dahin waren diese Nachtnebel das einzige, was die Bäume am Leben hielt.

Rachel Holbrook stand auf der Haupttreppe und sprach mit zwei Schülerinnen. Als sie Aragon sah, schickte sie die Mädchen mit einem Lächeln fort. Sie zogen kichernd ab und flüsterten hinter vorgehaltenen Händen, während sie sich nach dem Neuankömmling umschauten.

»Guten Morgen, Mr. Aragon«, sagte sie förmlich und laut genug, daß die Mädchen es hören konnten. »Sie kommen doch sicher wegen der Abrechnung.«

»Ja. Ein schöner Vormittag zum Abrechnen.«

»Treten Sie ein«, sagte sie, und als die Tür zu war: »Die ganze Schule weiß schon, daß etwas los ist. Ich möchte nicht noch Öl ins Feuer gießen.«

Die Vorhänge in ihrem Büro waren zugezogen. Licht kam von den Leuchtstoffröhren an der Decke und der Zeichenlampe auf ihrem Schreibtisch, deren Lichtkegel direkt auf Roger Lennards Brief fiel. Das Ganze wirkte ein wenig zu theatralisch. Aragon wußte nicht so recht, welche Rolle in diesem Stück von ihm erwartet wurde.

Sie gab ihm den Brief mit der Bitte, ihn zu öffnen.

»Warum ich?« fragte er.

»Zum einen, weil ich beweisen will, daß ich ihn nicht schon geöffnet habe.«

»Und zum andern?«

Sie antwortete nicht direkt. »Ich hatte Gelegenheit, über die Situation nachzudenken, und mir ist jetzt klar, daß ich womöglich etwas ziemlich Kriminelles getan habe.«

»Etwas ziemlich Kriminelles gibt es nicht, Mrs. Holbrook. Etwas ist entweder kriminell oder nicht.«

»Also gut. Ich habe ein Beweisstück von der Szene eines eventuellen Verbrechens entwendet. Aber Sie werden bezeugen können, daß ich nicht wußte, was hier drin war, und daß mein Motiv, warum ich es genommen habe, einzig und allein war, Roger für den Fall zu schonen, daß er überlebte.«

»Das klingt sehr edel. Ich glaube nur nicht, daß Leutenant Peterson recht viel von Edelmut hält.«

»Und Sie?«

»Manchmal.« Aber dieses Mal gehörte nicht dazu. Er war gestern abend im Auftrag Smedlers nach Los Angeles gefahren und erst um drei Uhr morgens zurückgekommen. Er war müde und hungrig und reizbar.

»Ich behaupte nicht, daß meine Motive edel waren, Mr. Aragon. Sie waren menschlich, weiter nichts.«

»Es ist Ihr Brief, Mrs. Holbrook. Öffnen Sie ihn.«

Sie schlitzte den Umschlag mit dem Daumennagel auf und schüttelte den Inhalt auf ihren Schreibtisch. Es waren fast ein Dutzend Blätter. Manche schienen komplette Briefe zu sein, andere waren erst halb fertig, und wieder andere trugen nur ein paar Worte. Einer der vollständigen Briefe begann mit *Liebe Mrs. Holbrook*. Sie las ihn mit leiser, zögernder Stimme vor.

Liebe Mrs. Holbrook,
Sie waren mehr wie eine Mutter zu mir als meine eigene Mutter. Sie haben meine Arbeit respektiert, die das einzige ist, wofür ich gut bin, vielleicht nicht einmal mehr das. Sie haben mir Mut gemacht und mir Ihre Freundschaft geschenkt.

Ich schreibe Ihnen dies, um Ihnen Lebwohl zu sagen und Ihnen für Ihre Freundlichkeit und Großmut zu danken. Ich weiß, daß sie dies nicht als einen Akt der Feigheit meinerseits verurteilen werden. Es ist ganz einfach unaus-

weichlich, und ich habe mich schon sehr lange mit dem Gedanken getragen.

Als ich voriges Jahr aus der Kirche ausgeschlossen wurde, haben Sie mich aufgenommen und mir etwas von meiner Selbstachtung zurückgegeben.

Da ich ein praktizierender Homosexueller war, werde ich in der andern Welt meine Familie nicht wiedersehen dürfen. Ich kann nur hoffen, daß es einen andern, vielleicht besseren Ort gibt, wo ich mit wirklich guten Menschen wie Ihnen zusammensein darf. Ich gehe in den Tod in dem Glauben, daß es einen solchen Ort geben muß.

Ich habe den ganzen Morgen herumgeschrieben, und nun weiß ich nicht, was ich mit dem Zeug anfangen soll. Ich glaube eben nicht, daß die Leute lesen wollen, was ich zu sagen habe. Ich stecke darum alles in diesen Umschlag, und Sie können damit tun, was Sie für das beste halten. Ihrem Urteil habe ich immer vertraut.

Bitte behalten Sie mich als einen Menschen in Erinnerung, der sich durch Ihre Freundschaft ausgezeichnet gefühlt hat.

Roger

Mrs. Holbrook stand auf und ging ans Fenster, als ob sie durch die geschlossenen Vorhänge nach draußen sehen wollte. Sie gab keinen Ton von sich, aber Aragon wußte, daß sie weinte.

»Es tut mir leid«, sagte er. »Wenn Sie möchten, lese ich die andern vor.«

Sie nickte, und er setzte sich an ihren Schreibtisch und nahm eines der andern Blätter zur Hand.

An alle, die es interessieren mag.

Ich habe es versucht, wirklich versucht. Ich habe zu Gott gebetet, aber er hat sich als grausamer alter Mann im Himmel gezeigt, der mehr von Haß als von Liebe versteht. Ich habe es versucht, alle haben gelacht, doch ich habe es versucht. Und ich habe versagt. Versagt versagt versagt. Das soll mein Nachruf sein: Roger Lennard, er hat es versucht und versagt.

Welche Botschaft ich der Welt hinterlassen will? Einen Fluch allen bigotten Frömmlern überall.

Ein weiterer Brief war an seine Eltern gerichtet.

Liebe Mutter, lieber Vater,
es war schön, neulich abends Eure Stimmen am Telefon zu hören. Du schienst so glücklich zu sein, Mama, als ich Euch sagte, daß ich heiraten würde. Und auch ich war glücklich. Ich hatte wirklich geglaubt, es könnte gutgehen. Cleo bewundert und respektiert mich.

Ich höre Euch jetzt fast sagen, das Mädchen müsse verrückt sein. Nun, sie ist es gewissermaßen. Aber sie möchte eine Familie haben, und ich auch. Ich habe Kinder immer gern gehabt. Mein Kopf war voller Hoffnungen. Aber die ganze Zeit hatte ich diesen furchtbaren Aufruhr in mir, die Verzweiflung, den Haß, die Wut. Es ist mir unmöglich, eine Familie zu gründen, unmöglich. Oh, wie gut kann ich mir jetzt Vaters finsteres Gesicht vorstellen, weil er doch meint, Männer seien zuerst und vor allem dazu geschaffen, Familien zu gründen. Aber wenn sie nun nicht können? Nicht können können können – wenn sie nicht können!

Noch ein anderer unvollendeter Brief war an Cleo gerichtet.

Meine liebe kleine Cleo,
Du hättest nie mit Deinen Sorgen zu mir kommen sollen. Ich habe Dich in der Schule oft dazu angehalten, es zu tun, aber als Du es tatest, als Du plötzlich aus heiterem Himmel erschienst, hat es mich fortgetragen. Ich vergaß, daß ich doch objektiv sein sollte. Ich dachte, warum nicht? Warum können Cleo und ich keine Kinder haben wie normale Menschen? Ganz plötzlich hatte ich eine richtige Hoffnung für die Zukunft. Ich würde mich ändern. Wir würden eine Familie haben, und ich hätte wieder ein guter Mormone sein können.

Ich fand es schön, Dich in den Armen zu haben. Deine Haut war so weich, als ob Du aus Seide und Blumen gemacht wärst. Dann begannst Du von Ted zu reden, Ted habe dies getan, Ted habe das getan. Es war nicht Deine Absicht, mich zu reizen, und Du konntest nicht wissen, wie sehr ich litt. Und dann sagtest Du: Ach, Roger, bist du vielleicht einer von diesen komischen Leuten? Und ich sagte ja. Ja, ich bin einer von den Komischen, komisch ha-ha, komisch andersrum, komisch zum Totlachen. Ich bin einer von den Komischen, also lach doch, Cleo, lieg nicht einfach da wie eine Blume aus Stein.

Ich habe ein Gedicht über uns geschrieben, Cleo:

Komischer Himmel
Komisches Meer
Komisch Ich Du Er Sie Es
Komisch Wir
Komisch
Dahin

Dahin. Das Wort gefällt mir. Klingt so, als ob man irgendwohin gehen könnte, wo es schön ist.

Vergib mir, Cleo, wenn ich Dir irgendwie weh getan habe, wenn ich Dir Ideen in den Kopf gesetzt habe, die zu hoch für Dich waren. Du wolltest so gern ein richtiger Mensch werden, wie Du es nanntest. Und ich wollte Dir so gern helfen, einer zu werden. Wir hatten die höchsten Hoffnungen und erlebten das tiefste Versagen. So endet die Welt.

Einige der übrigen Blätter enthielten nur ein paar wenige Worte.

Grausam. Alles um mich ist grausam. Ich habe Angst. Nachtmahr, Tagmahr, Morgenmahr, Abendmahr. Was soll das Ganze? Es ist zu spät. Zu spät für alle, es mir zu sagen.

Tim, mein geliebter Tim, bitte verzeih mir. Ich mußte wählen zwischen Dir und der Kirche. Was konnte ich sonst tun, welche andere Entscheidung konnte ich treffen, wo meine Familie mir so im Nacken saß? Bitte, Tim. Bitte verurteile mich nicht zu hart.

An das Nachlaßgericht –

Ich, Roger Lennard, mens sana in corpore sano, *möchte meine irdischen Güter wie folgt vermachen:*

Meine Bücher an Holbrook Hall.

Meine klassischen Schallplatten der Öffentlichen Bibliothek.

Allen sonstigen Besitz meinem lieben Freund Timothy North.

Roger Lennard

Mama, Mama, ich ertrage es nicht, Dich nie wiederzusehen

Langsam und behutsam steckte Aragon die Blätter wieder in den Umschlag.

»Es tut mir leid«, sagt er noch einmal.

»Schon gut.«

»Wir müssen Lieutenant Peterson sofort hiervon verständigen. Was wollen Sie ihm sagen?«

»Daß es mit der Post gekommen ist.«

»Sonst nichts?«

»Sonst nichts.«

»Damit wird er sich nicht zufriedengeben«, sagte Aragon. »Er wird zum Beispiel wissen wollen, ob das der Brief ist, den man Sie gestern hat einwerfen sehen.«

»Andererseits«, sagte sie, »ist er womöglich so glücklich, daß Rogers Tod erwiesenermaßen ein Selbstmord war, daß er die Sache auf sich beruhen läßt.«

»Ich kann mir nicht vorstellen, daß der Lieutenant je *so* glücklich sein wird.«

»Das müssen wir abwarten.«

Sie schloß das Fach auf, in dem sie tagsüber ihre Privatsachen aufbewahrte, und steckte den Umschlag in ihre Handtasche. »Ich nehme an, ich sollte ihm das wohl persönlich überbringen.«

»Ja.«

»Es wäre nett von Ihnen, wenn Sie sozusagen als moralische Unterstützung mitkämen.«

»Besser nicht«, sagte Aragon. »Rechtsanwälte stehen nicht sehr hoch auf der Beliebtheitsskala des Lieutenants.«

Das rote Lämpchen der Sprechanlage hatte zu blinken angefangen, und Mrs. Holbrook schaltete den Lautsprecher ein. »Ja, Ritchie?«

»Der Captain ist hier und möchte Sie sprechen, Mrs. Holbrook.«

»Aber ich habe – ich rechne nicht – Moment mal.« Sie wandte sich an Aragon. »Captain? Ist das nicht ein höherer Rang als Lieutenant?«

»Doch.«

»Warten Sie mal, bitte. Ich weiß nicht recht, wie ich mich da verhalten soll. Die ganze Schule wird in Aufruhr sein, wenn er in einem Polizeiauto gekommen ist.«

Aber er war nicht in einem Polizeiauto gekommen. Die Kapitänsmütze, die er trug, gab es in allen einschlägigen Geschäften entlang der Küste zu kaufen, und der maßgeschneiderte marineblauer Blazer und die weiße Hose gehörten nicht zu der Art von Kleidungsstücken, die man im Schrank eines Polizeibeamten fand.

Der Mann war um die Fünfzig und hatte ein rundes, rotes Gesicht und buschige, sonnengebleichte Brauen, die ein Eigenleben zu führen schienen wie blonde Raupen. Er verströmte einen Geruch von Eau de Cologne, Whisky und Zigarrenrauch.

»Na, na, was tut sich denn hier?« sagte er leutselig. »Eine Séance?«

»Man könnte es so nennen«, erwiderte Mrs. Holbrook.

»Lassen Sie mich mitspielen. Ich hab noch nie an einer Séance teilgenommen. Aber lassen wir zuerst mal ein bißchen Licht hier rein.« Er ging zu den Fenstern und machte sich daran, die Vorhänge aufzuziehen. »Wenn ich schon Gespenster zu sehen bekommen soll, dann will ich was Richtiges sehen, was das Tageslicht nicht scheut.«

»Mr. Whitfield, das ist Mr. Aragon.«

Whitfields Händedruck war fest und herzhaft. »Ich war mal in einer Stadt in Spanien, die hieß Aragon. Viel war an der Stadt nicht dran, aber hübsche Mädchen gab's da. Man kam nur nicht an sie ran. Um jede einzelne schwirrte ein Dutzend alter Weiber.«

Aragon fiel dazu nichts Passendes ein, darum schwieg er.

»Ich habe nichts gegen Spanien«, fuhr Whitfield fort. »Ich fühle mich nur einfach an Land nicht wohl. Egal wo. Die See ist mein Zuhause. Morgen geht's nach Ensenada. Einer von meiner Mannschaft will sich mal wieder um seine Frau kümmern, und ich sage mir, warum nicht? Manche von den *muchachas* in diesen mexikanischen Häfen haben ganz schön Feuer.«

Als er zum zweitenmal von Aragon keine Antwort bekam, wandte er sich wieder Mrs. Holbrook zu. »Ich bin sofort gekommen, als ich ihre Nachricht erhielt.«

Mrs. Holbrook wirkte überrascht. Sie hatte zwei Tage lang versucht, ihn zu erreichen, aber weder eine Nachricht noch ihren Namen hinterlassen. »Ich verstehe nicht recht, Mr. Whitfield.«

»Das Mädchen aus Ihrem Büro hat mich gerade noch erwischt, als ich ausgehen wollte. Ich war sogar schon aus der Tür, als das Telefon klingelte. Sie hat mir gesagt, ich soll in die Schule kommen, um über Donnys Curriculum zu sprechen. Das Wort Curriculum war ihr nicht besonders geläufig. Sie sollten ihr vielleicht mal erklären, was es heißt.«

»Wenn von hier aus ein Telefongespräch geführt wird, bei dem es um einen Schüler geht, erledige ich das entweder selbst oder beauftrage meinen Sekretär. Sein Name ist Richard. Ich habe hier keine weiblichen Angestellten, die zu solchen Aufgaben ermächtigt sind, und wenn ich eine hätte, wäre ihr das Wort Curriculum mit Sicherheit vertraut.«

»Was geht hier eigentlich vor? Ich sage Ihnen, ich habe diesen Anruf von irgendeinem Mädchen hier an der Schule erhalten, und sie hat gesagt, ich soll wegen Donnys Curriculum sofort herkommen. Zum Teufel, gerade dieses Wort hat mich doch so prompt hierhergebracht. Ich dachte, der Junge wird endlich. Immer wenn ich sonst aus dieser Schule höre, geht's um eine von Donnys berühmten Bredouillen, wie damals, als er den Wäschereiwagen geklaut und an einen Baum gefahren hat.«

Aragon sagte zum erstenmal etwas, seit Whitfield da war: »Was hat dieses Mädchen sonst noch gesagt, Mr. Whitfield?«

»Nicht viel. Sie hat nur ausdrücklich betont, daß ich sofort kommen soll. Ich konnte den Grund für die große Eile nicht einsehen, bin der Aufforderung aber nachgekommen. So, und nun bin ich hier – was mich ziemlich viel Zeit kostet, wenn ich das hinzufügen darf –, und jetzt werde ich hier nicht einmal erwartet.«

»Hat sie ihren Namen genannt?«

»Nein.«

»Können Sie sich an ihre genauen Worte erinnern?«

»Hm, sie hat bloß gesagt: ›Hier ist Mrs. Holbrooks Büro in Holbrook Hall.‹ Halt, Moment. Den Namen der Schule hat sie irgendwie undeutlich ausgesprochen. Klang fast wie ›Holler Hall.‹ «

»Unsere Schüler nennen sie oft so«, sagte Mrs. Holbrook.

»Dann war das wohl eine von diesen verdammten Halbirren, die mich da auf den Arm genommen hat? Das ist also der Dank dafür, daß ich diese sogenannte Schule quasi finanziere.«

»Es ist mehr als eine sogenannte Schule, Mr. Whitfield.

Es ist eine richtige Schule, nur daß sie Schüler aufnimmt, die andere Schulen nicht haben wollen, mit denen sie nicht fertig werden, denen sie nichts beibringen können.«

»Verdammt, ich will doch gar nicht, daß Donny Latein und lauter solchen Quatsch lernt. Er soll nur lernen, sich zu benehmen und sich Scherereien zu ersparen.«

»Wir können keine Erfolge garantieren. Und wir lehren kein Latein. Wir versuchen, unsern Schülern ein gesellschaftsfähiges Verhalten beizubringen, zum Beispiel nicht zu fluchen.«

»Ach, hol's der Kuckkuck! Entschuldigung. Aber was ich mit diesem Jungen schon für Ärger hatte –«

»Davon werden Sie noch mehr bekommen, Mr. Whitfield.«

»Was soll das heißen?«

»Wir sollten Platz nehmen und darüber reden.« Zu Aragon sagte sie: »Ach, ich wollte doch gerade diesen Umschlag wegbringen. Ob Sie wohl so freundlich wären, das für mich zu tun? Es ist eine eilige Sache, und ich bin hier vielleicht noch eine Weile beschäftigt.«

Aragon blieb nichts anderes übrig. Er nahm den Umschlag und ging. Man verabschiedete sich nicht.

Während er auf den Parkplatz zuging, schaute er sich um und sah durchs Fenster Whitfield, wie er sich in einen der Ledersessel lümmelte. Er hatte das rechte Beine über eine Armlehne gelegt und das Kinn auf die Faust gestürzt. Seine Kapitänsmütze, das Symbol seiner Kaufhausautorität, lag umgedreht auf dem Schreibtisch.

Aragon gab den Umschlag im Polizeipräsidium ab und fuhr weiter zum Hafen. Das Büro des Hafenmeisters lag im ersten Stock eines kleinen Gebäudes neben dem Jachtclub. Von hier aus konnte man nach beiden Seiten hin die Küste meilenweit überblicken und alles beobachten, was sich am Wellenbrecher, auf der Werft oder im Jachthafen tat. Der Hafeneingang lag zwischen dem Ende der Werft und dem Wellenbrecher. Seine Tiefe veränderte sich ständig infolge der durch Gezeiten und Strömungen verursachten Sandbewegungen. Obwohl er nahezu unablässig ausgebaggert wurde, kam es vor, daß der Kanal für größere Schiffe unpassierbar war. Schon so manches Mal hatte die halbe Fischereiflotte draußen vor Anker warten müssen, während die andere Hälfte drin eingesperrt war wie eine Herde gestrandeter Wale.

Heute war die Zufahrt befahrbar. Eine Ketsch strebte mit Motorkraft dem offenen Meer zu und setzte gerade ihr Hauptsegel. Ein Boot, das die Ölbohrinseln bediente, verließ soeben den Fünfknotenbereich des Hafens und nahm Fahrt auf.

Sprague, der Hafenmeister, ein ehemaliger Marinepionier, hatte seinen Schreibtischposten jetzt schon seit sechs Jahren, aber das war zu spät gewesen für die Sonnenschäden, die sein Gesicht in Gestalt von Hautkrebs fleckig machten. Er war jetzt über sechzig und hatte Schwierigkeiten, sich Namen und Gesichter zu merken, aber ein Schiff vergaß er nie, und alles, was im Hafen lag, betrachtete er als seine persönliche Flotte. Über ihm standen nur noch der liebe Gott und das Wetter.

Er war am Telefon, als Aragon eintrat.

»Immer langsam, Wavewalker. Ich habe gegen euch zwei weitere Beschwerden wegen Hafenverschmutzung.«

»Verdammt, ein paar Bierdosen sind doch keine Hafenverschmutzung. Die sinken auf den Grund.«

»Klar, und demnächst bleibt ihr im Rost stecken. Sorgt also mal für Ordnung. Wo geht's denn hin?«

»*The Ruby*. Die stocken mal wieder ihre Vorräte an Kaviar und Chivas Regal auf.«

»Wann seid ihr zurück?«

»So bald wie möglich. Oder meinen Sie, uns macht das Spaß, in dieser Badewanne herumzuschlingern?«

»Kauft euch Pferde.«

Sprague bot Aragon mit einer Handbewegung einen Platz an. »Was haben Sie auf dem Herzen?«

Aragon reichte ihm seine Visitenkarte. Sprague besah sie sich eine Weile, dann ließ er sie auf seinen Schreibtisch fallen.

»Ich interessiere mich für Peter Whitfields Jacht.«

»Interessieren? Inwiefern?«

»Ich höre, sie will morgen nach Ensenada auslaufen.«

Sprague hob sein Fernglas an die Augen. Es war ein starkes Glas und schwer, und seine Hände zitterten, während er die Schärfe einstellte. Nachdem sie ruhig geworden waren, sagte er: »Sieht aus, als bereiteten die sich auf irgendwas vor. Sie haben die Planen von den Segeln genommen.«

»Darf ich mal sehen?«

»Nur zu. Es ist die blaue Ketsch, die ›Spindrift‹, Mole J, hafenseitig.«

Aragon nahm das Fernglas. Er hatte mehr Mühe als Sprague, es ruhig zu halten, doch schließlich konnte er die große Jacht erkennen, die den Namen ›Spindrift‹ trug. Zwei Männer waren an Deck, gekleidet wie Zwillinge in dunkelblauen Hosen und blau-weiß schräggestreiften T-Shirts. Der eine faltete die dunkelblauen Planen zusammen, die die Segel vor der Witterung schützten; der andere saß rittlings auf dem Baum.

Er fragte: »Was bedeutet die kleine Flagge an der Mastspitze?«

»Das ist der Doppelstander, der anzeigt, daß der Captain an Bord ist.«

»Wer ist der Captain?«

»Whitfield nimmt gern das Ruder in die Hand, aber er hat kein Kapitänspatent. Das Boot wird in Wirklichkeit von Manny Ocho und ein paar Leuten der ständigen Besatzung geführt. Whitfield nennt sich Captain. Das tun viele, die hier herumlungern. Mehr Kapitäne als Schiffe.«

»Würde der Doppelstander gesetzt, wenn Ocho an Bord ist, ohne Whitfield?«

»Nein, nein. Das würde Whitfield nicht zulassen.«

»Können Sie mich mit der Jacht verbinden?«

»Kein Problem.«

Es gab eine kleine Verzögerung, bis sie die ›Spindrift‹ am Apparat hatten, dann meldete sich eine Männerstimme: »Ja?«

»Hallo, Manny. Was gibt's?«

»Ah, Mr. Sprague. Wir laufen bald aus.«

»Ohne Lebwohl, ohne Abschiedsparty?«

»Ja, Sir, diesmal ohne.«

»Ist der Captain an Bord?«

»Nein. Moment – Moment mal –«

Eine andere Männerstimme meldete sich. »Das könnt ihr singen, daß der Captain an Bord ist. Wer will das überhaupt wissen?«

»Sprague. Ich wollte nur mal nachprüfen.«

»Ach ja? Also, alles ou-ka-ay, Sprague, alte Sprotte. Wir ziehen Leine.«

»Wohin?«

»Zum Mond, Mann, zum Mond!«

»Bleiben Sie mal bitte dran.« Sprague deckte die Sprechmuschel mit der Hand zu fragte Aragon: »Wollen Sie mit Whitfield sprechen? Er scheint betrunken zu sein.«

»Ich habe Whitfield vor einer knappen halben Stunde gesehen, und da war er nicht betrunken«, sagte Aragon. »Ich sollte da mal lieber selber hingehen und mir das ansehen.«

»Richtig. Ich würde ja mitgehen, aber ich kann hier meinen Posten nicht verlassen. Nehmen Sie die Rampe direkt am Wellenbrecher. Das Tor ist auf. Die Kerle schwatzen immerzu von Sicherheit, aber dann lassen sie die Tore offenstehen, weil's bequem ist.«

»Danke, Mr. Sprague.«

»Schon recht. Sagen Sie Manny, ich möchte das nächstemal eine Party.«

Einige der Boote gehörten Leuten, die außerhalb der Stadt wohnten. Diese verließen selten den Hafen. Andere wurden nur an Wochenenden oder zur Segelregatta am Mittwoch benutzt. Wieder ein paar andere waren feste Wohnsitze, so fest, wie die städtischen Gesetze es erlaubten. Ein Monterey-Fischkutter, beladen mit Fisch und umschwirrt von einem lärmenden Möwenschwarm, kam soeben leise und langsam in den Hafen eingefahren.

Ein einsamer Pelikan, stolz und selbstgenügsam auf dem Geländer des Wellenbrechers sitzend, beobachtete dieses barbarische Treiben mit Verachtung. Er brauchte keine milden Gaben, obschon er sich nicht zu schade war, Angebote der Angler anzunehmen, die den Wellenbrecher säumten. Seit Jahren hielt ein Pelikan immer dieselbe Stelle besetzt. Aragon und seine Schulfreunde waren samstags immer zum Angeln an den Hafen heruntergekommen, einzig um den Vogel zu füttern, dessen Freundschaft ihnen schmeichelte. Vieleicht war es immer noch derselbe Pelikan, oder sein Sohn oder Enkel.

Es herrschte nicht soviel Betrieb auf Mole J, daß Aragons Kommen unbemerkt geblieben wäre. Als er zur ›Spindrift‹ kam, war niemand an Deck. Das Boot schien plötzlich verlassen, obwohl in einer der Kajüten ein Radio Rockmusik spielte.

»Whitfield?« rief er laut.

Er wußte, daß mindestens vier Personen an Bord waren – Manny Ocho, die beiden Besatzungsmitglieder und der Mann, der sich als Captain Whietfield ausgegeben hatte – aber keiner von ihnen reagierte auf seinen Ruf. Es gab weitere Hinweise darauf, daß die ›Spindrift‹ keine Besucher erwartete: Die Gangway war eingezogen. Als er zuletzt die Ketsch vom Hafenmeisterbüro aus gesehen hatte, war die Gangway draußen gewesen wie ein Begrüßungsteppich.

»Captain Whitfield?«

Diesmal erfolgte eine Reaktion. Jemand stellte das Radio ab. Eine Möwe mit dunklen Flügeln, die auf dem Bugspriet saß, ließ ein heiseres Lachen ertönen und fuhr dann fort, sich das Öl aus dem Gefieder zu putzen.

»Manny Ocho?« Aragon ging zu Spanisch über. »Was ist los da unten? Gibt's Schwierigkeiten?«

Ocho setzte zu einer Antwort an, aber jemand brüllte: »Sprich Englisch, du Sauhund!«

»Ching tu madre«, sagte Ocho.

»Du sollst Englisch sprechen, hab ich gesagt.« Die Stimme schwoll hysterisch an. »Was soll das heißen, dieses *ching*sda?«

»Rate mal.«

»Ich rate schon, du schmierige kleine Dreckschleuder. Ich sollte dich umlegen.«

»Du brauchst mich, aber ich dich nicht.«

Aragon war vergessen, solange der Streit weiterging. Nur ein guter Meter Wasser trennte die Rampe vom Deck der ›Spindrift‹. Er übersprang ihn leicht und landete auf dem Deck. Die Tür zur vorderen Kajüte, wo der Streit sich abspielte, war verschlossen. Aragon donnerte mit der Faust dagegen, und augenblicklich herrschte Stille. Dann wurde die Tür so heftig aufgerissen, daß er fast die Treppe hinunter in die Kajüte gefallen wäre. Nach dem grellen Sonnenschein war es hier dunkel, und er konnte zuerst kaum etwas sehen. Aber die Stimme, halb Winseln, halb Poltern, war erkennbar:

»Na, nun seht mal, wer da zu uns reinschneit – mein alter Kumpel, der immer den Autoschlüssel im Schloß läßt.«

III
Nymphe

13

Als Cleo erwachte, schaukelte das Boot leicht in der steigenden Flut. Sie hatte aber noch keine Lust aufzuwachen, darum hielt sie die Augen geschlossen, rollte den Kopf auf dem Kissen hin und her und dachte an das Baby in ihr, das auch hin und her rollte, schaukelte, wiegte, heia Kindchen heia. Sie hielt ein zweites Kissen fest an ihren Leib gedrückt, das war aus Schaumgummi und fühlte sich glatt und nachgiebig an wie ein Menschenleib. Manchmal, in ihren verschwommenen Momenten, bildete sie sich ein, es sei ein wirklicher Leib, ihr eigenes, wirkliches Baby. Meist aber wußte sie, daß dies nicht der Fall war, daß ihr wirkliches Baby tief in ihr steckte, ganz witzig, kaum größer als ein Salzkorn.

Einmal befestigte sie sich das Kissen unter dem Kleid auf dem Bauch und ging in die Stadt, spazierte durch die Straßen, ging in Geschäfte. Die Leute bedachten sie mit seltsamen Blicken.

Manche waren mitleidig: »Armes Ding, du bist doch selbst fast noch ein Kind. Wie weit bist du denn schon?«

»Ziemlich«, sagte Cleo ernst. »Ziemlich weit.«

Andere zeigten ihre Verachtung. »Lernen die in der Schule nichts über Empfängnisverhütung? Seht sie euch an. Lebt wahrscheinlich von der Wohlfahrt. Und ihr Balg wird dann sicher auch von der Wohlfahrt leben. Und *wir* dürfen dafür aufkommen.«

Eine Frau streckte die Hand aus und berührte Cleos Bauch.

Cleo fuhr zurück, überrascht und erschrocken. »Warum tun Sie das?«

»Weil es Glück bringt. Haben Sie noch nie davon gehört?«

»Nein.«

»Wenn man eine hochschwangere Frau sieht und ihr an den Bauch faßt, bringt das Glück.«

Sie kehrte in das strandnahe Motel zurück und erzählte Roger von der Frau, die das Kind angefaßt habe, damit es ihr Glück bringe, aber es sei ja gar nicht das Kind gewesen.

»Warum hast du so etwas gemacht?« fragte er, rot vor Zorn. »Die Leute halten dich ja für verrückt.«

»Aber ich hab doch wirklich ein Baby ganz tief drin. Und du wirst der Vater sein und ich die Mutter. Das hast du versprochen, Roger. Am ersten Tag, wie ich zu dir gekommen bin und dir erzählt habe, was zwischen Ted und mir gewesen ist, hast du gesagt, du willst dich um mich kümmern. Du hast gesagt, du wirst dafür sorgen, daß Hilton mir nicht das Baby wegnimmt und mich einfach abknipsen läßt, wie er's mit unserer Katze gemacht hat. Das hast du versprochen, Roger.«

»Ja.«

»Und nach dem einen Kind werden wir noch mehr haben. Junge, Mädchen, Junge, Mädchen. Oder zwei Jungen und zwei Mädchen, ganz wie du es richtig findest. Ich fände es nicht gut, nur ein Kind zu haben. Das würde immer einsam sein, genau wie ich.«

»Und wenn wir es nicht schaffen, Cleo, wenn nichts daraus wird?«

»Du sagst mir doch immer, daß Leute alles schaffen

können, wenn sie nur richtig wollen. Leute können alles schaffen. Das hast du mir selbst immer gesagt.«

»Ja.«

»Hast du da bloß gelogen?«

»Ich hatte nicht die Absicht, dich anzulügen, Cleo. Vielleicht war ich nur zu voreilig, zu optimistisch.«

Da begann sie zu weinen, und Roger nahm sie in die Arme und versuchte sie zu trösten, strich ihr übers Haar und tupfte ihr mit dem Mund die Tränen ab.

»Komm rein, Roger«, sagte sie. »Komm rein und besuch unser Baby. Komm rein.«

»Jetzt nicht.«

»Warum nicht?«

»Der Hund«, sagte er. »Der Hund will Gassi gehen. Ich muß ihn ausführen.«

»Mensch, der Hund hängt mir zum Hals raus. Immer kommt er mir dazwischen. Er ist überhaupt nicht mehr mein Freund. – Kommst du bald wieder?«

»Ja.«

Roger blieb lange fort. Als er wiederkam, sagte er, er habe dafür gesorgt, daß der Hund den Jaspers zurückgebracht werde. Er war sehr blaß und roch nach Alkohol.

»Kommst du jetzt das Baby besuchen, Roger?«

»Ich möchte.«

Sie legten sich wieder hin, und sie schlug die Beine um die seinen und zog ihn fest an sich. Sie fühlte, wie er versuchte, sich von ihr zu lösen, und bald darauf begann er zu weinen.

»Gott verzeih mir. Es tut mir so leid, Cleo. Leid, leid, leid.«

Roger sagte immer alles dreimal, wenn er es richtig ernst meinte, und so lernte sie an diesem Abend, daß Leute doch nicht immer alles schafften, auch wenn sie sich noch so sehr bemühten.

Als Roger diesmal fortging, nahm er seine Sachen mit, und das war das Ende ihrer Ehe.

Am nächsten Tag rief sie Ted zu Hause an und tischte ihm ein Märchen auf. Sie sagte, Hilton habe sie hinausgeworfen, genau wie ihn, und sie wohne in einem Motel, weil sie nicht wisse, wohin sie sonst gehen solle. Sie bat ihn, ihr zu helfen, eine Wohnung zu finden. Er sagte, er werde gleich kommen, aber seine Stimme klang dabei recht komisch.

Sie wartete auf ihn vor dem Motel.

Seine ersten Worte waren: »Die Geschichte, die du mir da am Telefon erzählt hast, war doch von vorn bis hinten Käse, nicht?«

»Ein bißchen«, sagte sie. »Aber nicht ganz.«

»Also, was ist wirklich passiert?«

»Ich bin weggelaufen. Ich bin weggelaufen, weil sie dich rausgeschmissen haben und ich das nicht richtig finde.«

»Warum hast du das gemacht?«

»Weil ich dich mag.«

»Na, Kleines, komm da runter«, sagte er, doch es klang geschmeichelt. »Du hättest nicht weglaufen sollen. Du weißt, daß du nicht selbst für dich sorgen kannst. Was hast du jetzt eigentlich vor?«

»Ich wollte heiraten.«

»Warum hast du's dir dann anders überlegt?«

»Ich hab herausbekommen, daß er schon verheiratet ist.«

»Bleib am Ball. Vielleicht läßt er sich von ihr scheiden.«

»Es ist keine Sie.«

»So, und warum ziehst du mich da hinein?«

»Weiß ich nicht.«

Sie wußte es doch, wenn auch noch nicht lange. Als sie ihn um Hilfe anrief, hatte sie nur eine ganz vage Vorstellung gehabt, aber jetzt war sie sich ihrer Sache sicher. Ted hatte ein nettes Gesicht, er lachte fröhlich, er konnte gut spielen, er konnte surfen und skifahren, und er konnte einen Sohn alles lehren, wie es sich für einen guten Vater gehörte.

Sie gingen am Strand entlang. Ted erzählte ihr, seine Mutter habe ihm genug Geld gegeben, um ihn über den Sommer zu bringen, und wenn sein Vater bis zum nächsten Herbst nicht nachgegeben habe, werde sie ein paar Wertpapiere verkaufen, um seinen Studienabschluß zu finanzieren. Cleo fragte ihn, wo er im Sommer sein werde. Er wußte es noch nicht sicher.

»Aspen vielleicht«, sagte er. »Es ist nicht soviel los dort wie im Winter, aber es tut sich doch einiges, wenn man danach sucht.«

»Ich war einmal in Catalina.« Sie erinnerte sich lebhaft an diese Reise, weil es das einzige echte Erlebnis in ihrem Leben gewesen war, ohne Hilton oder Frieda in der Nähe, ohne Mrs. Holbrook oder irgendwelche Berater, nur die Wellen und die Seevögel und ein netter kleiner Mann, der das Boot führte. Sie wußte sogar noch seinen Namen, Manny Ocho, denn es gab in ihrem Leben nicht viele Namen, an die sie sich hätte erinnern können. Hin und wieder sah sie den kleinen Mann, weil sie an ihren freien Nachmittagen manchmal mit dem Bus zum Hafen fuhr und nach dem Boot Ausschau hielt. Wenn es da war, winkte sie dem Skipper oder irgendeinem anderen zu, der gerade an Deck war. Aber meist war das Boot nicht da, und der Platz, an dem es liegen sollte, war leer. Dann fühlte sie sich ausgeschlossen wie ein Kind, das nicht zur Party eingeladen wurde.

Sie fragte: »Meinst du, es würde mir in Aspen gefallen?«

»Klar. Warum nicht?«

»Ich habe tausend Dollar.«

Ted lachte. »Das reicht in Aspen gerade für vier Tage.« Das war ein Schock. Sie hatte geglaubt, von tausend Dollar könne ein Mensch ein ganzes Jahr leben. »Wo liegt Aspen?«

»In den Bergen von Colorado.«

»Ist es da gesund?«

»In mancher Hinsicht ja, in anderer weniger.«

»Ich meine, hat es ein gesundes Klima? Ich brauche ein gesundes Klima.«

»Hör mal, Kleines, das gesündeste Klima für dich ist hier. Du rufst am besten meine Eltern an und sagst ihnen, daß du bald wieder da bist. Tust du das?«

»Wenn du es willst, Ted.«

»Hör mal, was ich will, spielt nicht die allermindeste Rolle. Das ist simple Logik. Du weißt ja, was Logik ist – gesunder Menschenverstand.«

»Wenn du allein irgendwohin fährst, und ich will genau an denselben Ort, ist es dann nicht logisch, mich mitzunehmen?«

»Nein«, sagte er. »Nein, nein.«

»Warum sagen Männer immer alles dreimal? Warum nicht zweimal oder viermal?«

»Na schön, dann sag ich's viermal. *Nein.*«

»Ich hab ja auch eigentlich nicht darum gebeten. Ich hab nur gefragt, ob das nicht logisch ist.«

»Hör zu, du wolltest von mir, daß ich dir helfe, eine Wohnung oder sonstwas zu finden, wo du leben kannst.

Ich kann dich herumfahren, und wir schauen, wo überall Zimmer frei sind. Und damit hat sich's. Verstanden?«

»Ja.«

»Wirklich?«

»Ja. Aber wir wollen lieber zu Fuß gehen. Es ist so ein schöner Tag, und du und ich haben uns noch nie richtig unterhalten.«

»Na schön. Wir gehen zu Fuß und reden. Aber komm mir nicht auf komische Gedanken. Unsere Wege trennen sich.«

Sie sah wehmütig zu ihm auf. »Aber Aspen klingt so gut.«

»So schön ist es da auch wieder nicht. Außerdem gehe ich womöglich gar nicht hin. Der Name war mir nur im Moment so eingefallen. Vielleicht gehe ich nach Borneo.«

»Von Borneo hab ich noch nie gehört. Hat es ein gesundes Klima?«

»Herrjeh!« sagte Ted. »Komm, wir gehen.«

»Aber hat es ein gesundes Klima?«

»Es ist ein Dschungel voller Riesenschlangen und Ratten.«

»Warum willst du da denn hin?«

»Um keinen Leuten mehr zu begegnen, die mir dumme Fragen stellen.«

»Ich muß dumme Fragen stellen«, sagte sie. »Ich bin ja schließlich dumm, nicht?«

»Komm, komm, komm.«

Sie rührte sich nicht von der Stelle.

»Was ist denn nun schon wieder?«

»Jetzt hast du's wieder getan.«

»Was?«

»Etwas dreimal gesagt, anstatt zweimal oder viermal.«

»Komm Kind, beweg dich«, sagte Ted und gab ihr einen leichten Schubs. Sie setzten sich in Richtung Wellenbrecher in Bewegung, vorbei an der Einsatzzentrale der Küstenwache, dem Schiffszubehörladen, den Bootsmaklern, einem Fischmarkt und schließlich dem Wellenbrecher selbst. Es war Ebbe, und eine Gruppe Kinder sammelte auf der seewärtigen Seite Muscheln von den Felsen. Auf der andern Seite, zwischen zwei Bootsstegen, stürzte ein Seetaucher sich auf sein Mittagsmahl. Er tauchte mit einem Fisch im Schnabel wieder auf und manövrierte ihn so lange herum, bis er ihn mit dem Kopf voran verschlingen konnte. Für ein paar Sekunden schwoll der lange dünne Hals des Vogels dick an. Cleo sah nicht gern, wenn Lebewesen andere Lebewesen fraßen, darum schloß sie die Augen und hängte sich bei Ted ein, um nicht die Balance zu verlieren.

Als sie die Augen wieder öffnete, lag die ›Spindrift‹ da, himmelblau und weiß, mit dunkelblauen Planen über den Segeln. Zuerst dachte sie, niemand sei an Bord, doch dann sah sie Manny Ocho etwa auf Dreiviertelhöhe des Hauptmasts irgendwelche Halterungen überprüfen.

Sie rief ihn an und winkte: »Manny, ich bin's, Cleo!«

Er winkte zurück. »He, Cleo, wieso bist du nicht in der Schule?«

»Ich hab Ferien.«

»Ich habe auch bald Ferien.«

»Wohin gehst du dann?«

»Nach Ensenada, mal nach Frau und Kindern sehen und schauen, ob alles klar ist. Wer ist dein Freund?«

»Ted.«

»Wollt ihr mal an Bord kommen?«

»O ja, gern.«

»Geht lieber vornherum. Zu weit zum Springen, zu dreckig zum Schwimmen.«

Sie gingen zur Rampe zurück; Cleo zog Ted an der Hand hinter sich her.

»Menschenskind, wer will denn hier auf ein Schiff?« meinte er. »Ich denke, ich soll dir helfen, eine Wohnung zu finden.«

»Das hat Zeit. Ich hab ja noch das Motelzimmer, wo Roger und ich unsere Flitterwochen verbringen wollten.«

»Ist dir schon mal der Gedanke gekommen, daß ich vielleicht auch was zu tun habe?«

»Ach, Ted, du willst doch gar nicht wirklich nach Borneo. Vielleicht läßt Manny uns mit nach Ensenada fahren. Wäre das nicht prima?«

»Das bezweifle ich.«

»Ich wette, da ist es viel schöner als in Borneo«, sagte Cleo. »Ich wette, da wimmelt es nicht von Schlangen.«

Als sie an die ›Spindrift‹ kamen, war die Gangway unten, und während sie an Bord gingen, kam Manny Ocho vom Mast heruntergerutscht wie ein Zirkusartist.

»Alles Angabe«, sagte er indem er seine Handfläche begutachtete. »Tut teuflisch weh. Cleo, du siehst gut aus, glücklich. Ist das dein Freund?«

»Sie ist meine Tante«, sagte Ted.

»Du bist aber ein großer Junge für so eine süße kleine Tante. Ich hab neun oder zehn Tanten, und die sind alle alt und dick und häßlich.«

Cleo kicherte und verbarg ihr Gesicht an Teds Ärmel. Es schien ihm nicht unangnehm zu sein. Sie war wirklich süß.

Manny führte sie mit großem Stolz auf der ›Spindrift‹ herum. In gewissem Sinn gehörte sie ihm mehr als Whitfield, der lediglich der Besitzer war, das Boot aber nicht selbst aus dem Hafen hätte steuern können.

Die Kapitänsunterkunft nahm die ganze vordere Kajüte ein. Sie war geräumig und luxuriös eingerichtet, aber die Teakverkleidung war von Whitfields Pin-up-Girl-Sammlung verunziert; einige Bilder waren sogar signiert. Der dicke rote Wollteppich war fleckig von zu vielen verschütteten Drinks. Ein Fernseher, dessen Bild auf eine Großleinwand projiziert wurde, war eingeschaltet, und einer von der Besatzung saß im Drehsessel des Kapitäns; er sah sich ein Baseballspiel an und schlürfte eine Cola aus der Dose dazu.

Manny erklärte dem Mann: »Mr. Whitfield ist in Palm Springs und kommt erst in ein paar Tagen, vielleicht etwas früher, vielleicht etwas später. Ich glaube, er sucht wieder eine neue Mieze.«

»Ich wünschte, Donny könnte von der Schule weg und herkommen«, sagte Cleo. »Dann könnten wir eine Party feiern. Wär das kein Spaß?«

Manny lachte. »Tanten haben doch keinen Spaß an Parties. Und wozu willst du Donny haben?«

»Man braucht viele Leute für eine richtige Party, und ich kenne doch fast keinen Menschen.«

»Donny ist sowieso kein richtiger Mensch. Er ist ein Ferkel.«

»Er schenkt mir Schokolade und macht Mrs. Holbrook nach, und dann muß ich lachen.«

Manny machte eine Bewegung mit dem Mund, als ob er ins Meer spucken wollte. Dann erinnerte er sich aber rechtzeitig, daß er unter Deck war, und schluckte die Spucke hinunter.

»Außerdem«, fuhr Cleo fort, »wenn wir eine Party feiern und Mr. Whitfield plötzlich kommt, ist alles in Ordnung, weil Donny da ist. – Meinst du nicht auch Ted?«

Ted hörte die Frage nicht einmal. Er stand versunken vor den Bildern an der Wand und betrachtete sie mit Kennermiene.

»Alles klärchen«, sagte Manny und zeigte ihr, wie man das rotlederne Fach aufschloß, in dem das Telefon verborgen war. Dann gingen er und Ted sich den Navigationsraum des Schiffs ansehen.

Es dauerte fünf Minuten und kostete einige Lügen, Donny in Holbrook Hall zu erreichen.

»Hallo, Donny, ich bin's.«

»Wer ist ich?«

»Cleo. Rat mal, wo ich bin. Auf der ›Spindrift‹.«

»Was machst du da?«

»Ich bin hier mit Ted. Du weißt doch, Ted, der mich manchmal von der Schule abholt. Das ist der mit dem Auto, wie du gern eins hättest, so eins, das dein Vater dir kaufen will, wenn du die Bewährung hinter dir hast.«

»Das kann noch tausend Jahre dauern«, sagte Donny bitter. »Vielleicht noch länger.«

»Ach, sei doch nicht so trübsinnig. Komm her, damit wir feiern können.«

»Was feiern?«

»Ich heirate.«

»Warum?«

»Weil ich ein Baby kriege.«

»Mach keinen Quatsch. Du kriegst ein richtiges Baby?«

Die Frage gefiel ihr nicht. »Natürlich ein richtiges, dummer Kerl. Und ich fahre in den Flitterwochen nach Ensenada. Du kannst mitkommen, wenn du willst.«

»Klar will ich. Nützt bloß nichts. Du weißt doch, wie

die hier auf mich aufpassen, als wenn ich Staatsfeind *numero uno* wäre.«

»Laß dir was einfallen. Wie damals mit dem Wäschereiwagen. Weißt du noch, wie du den geklaut hast?«

»Da haben sie mich erwischt.«

»Das war bloß Pech, daß du an den Baum gefahren bist«, sagte Cleo. »Versuch's doch noch mal.«

»Ich werd's mir überlegen.«

Er brauchte nicht lange zu überlegen. Es war der Vormittag, an dem Aragon seinen Zündschlüssel stecken ließ.

Die Party hatte alle Voraussetzungen zum Erfolg, angefangen bei den Teilnehmern: Manny Ocho und die andern Besatzungsmitglieder, die seit Wochen zum erstenmal wieder ihre Familien besuchen sollten; Cleo, die sich auf ihre Flitterwochen freute; Donny, dem es geglückt war, von Holbrook Hall zu entwischen und der nicht die Absicht hatte, dorthin zurückzukehren – »Wenn mein liebes Väterchen hier aufkreuzt, schmeißen wir ihn über Bord« –; und ein ungebundener junger Mann, der zu Hause rausgeflogen war. Dazu verfügte die ›Spindrift‹ über reichliche Alkoholvorräte, und Valesco, einer von der Besatzung, hatte in einer Bar an der State Street genügend Hasch besorgt, wofür er das Geld vorher von den andern an Bord gesammelt hatte.

Die Party begann mit einem Lunch: Guacamole, zubereitet von Velasco und mit Mais-Chips serviert, und Beluga-Kaviar, den Whitfield in einem vermeintlich sicheren Safe aufbewahrte. Eigentlich mochte keiner den Kaviar, aber er hatte so einen eindrucksvollen Preis, daß sie sich schon deswegen verpflichtet fühlten, ihn zu essen. Cleo versuchte so zu tun, als ob es schwarze Tapioka wäre, aber

Velasco sprach hartnäckig von »Fiiischeiern. Fast dreihundert Dollar für ein Pfund Fiiischeier«, und Ted sang ein Lied von »jungfräulichen Stören, die dich betören«. Ocho würzte seine Portion mit Tabasco und machte sich eine Tortilla daraus.

Als die andern fertig waren, kippte Donny sich alles, was sie auf ihren Tellern gelassen hatten, auf den seinen – Guacamole, Mais-Chips, Kaviar –, bis es aussah wie das Erbrochene von einem Hund. Schließlich mußte er an Deck, um sich zu übergeben. Cleo ging mit ihm, und empfänglich wie sie war, übergab sie sich gleich mit.

Dann setzten sie und Donny sich nebeneinander auf den Bug, sahen den streitenden Möwen zu und lauschten auf die Musik, die aus der Kajüte kam. Velasco spielte Harmonika, und Ted sang schmutzige Studentenlieder. Cleo konnte den Text der Lieder nicht immer verstehen, weil die Kajüte fest verschlossen blieb, damit der Haschischgeruch nicht in die falschen Nasen drang. Donny schwitzte so sehr, daß seine Haare naß waren und das Wasser ihm von der Stirn über die Wangen lief wie Tränen.

»Du hast ein ganz rotes Gesicht«, sagte Cleo.

»Was juckt's mich? Ich seh's ja nicht.«

»Ist mein Gesicht auch rot?«

»Weiß ich nicht. Das seh ich ja auch nicht.«

Es war so ein grandioser Witz, daß Donny sich vor Lachen bog. Cleo fand ihn nicht lustig. Das Erbrechen hatte sie nüchtern gemacht.

»Donny«, meinte sie, »hast du manchmal verschwommene Momente?«

»Verschwommen? Nööö. Ich seh Blitze. Dicke große helle weiße Blitze. Da seh ich Sachen, die noch nie einer gesehen hat. Mann, ist das ein Hammer!«

»Warum sagst du ›Mann‹ zu mir?«

»Ist nur so ’ne Redensart. Außerdem hast du keine Titten.«

»Ich krieg schon noch welche, wenn erst mein Baby da ist.«

»Quatsch. Du hast ’ne Figur wie’n Mann.«

»Ist ja nicht wahr. Sieh doch.«

Cleo zog ihr T-Shirt aus.

»Pickel«, sagte Donny. »Das sind nur zwei Pickel.«

»Roger haben sie gefallen.«

»Dem schon. Der ist doch schwul, du Dummkopf.« Donny sah sie scharf an. »Erzähl mir nicht, du hast es mit dieser Nulpe getrieben.«

»Praktisch ja. Wir wollten ja sogar heiraten, aber dann war die Idee auf einmal doch nicht mehr so gut. Jetzt werde ich dafür Ted heiraten.«

»Wann?«

»Weiß ich nicht. Ich hab’s ihm noch nicht gesagt.«

»Puh. Du bist ja wirklich plempem. Ich denke, du bist mit ihm verwandt.«

»Wir sind nur sozusagen verwandt. Jedenfalls war er die ganze Zeit weg, zur Schule, und ich war zu Hause, daher kennen wir uns kaum und sind praktisch Fremde. Er ist der Vater.«

»Vater?«

»Von meinem Baby.« Sie kicherte. »Ich und Ted, wir haben es gemacht, am anderen Ende des Flurs, wo Hilton schlief. Aber er hat gar nicht richtig geschlafen. Plötzlich war er da und hat fürchterliches Theater gemacht.«

Donny erbrach sich noch einmal über die Reling. Das schien ihm einen besonders klaren Blick für die Situation zu geben. »Du kannst das Kind nicht kriegen. So was wie ›sozusagen verwandt‹ gibt's nicht. Wenn du mit Ted verwandt bist, wird das Kind noch schwachsinniger als du.«

»Ich bin nicht schwachsinnig«, sagte Cleo trotzig. »Und Titten hab ich auch.«

»Du mußt eine Abtreibung machen.«

»Mach ich aber nicht. So.«

»Gut, aber sag nicht, ich hätte dich nicht gewarnt. Wart nur, bis das Kind rauskommt, mit zwei Köpfen und einem Bein. – Mensch, um Gottes willen, nun fang nicht an zu heulen. Ich will doch nur, daß du klar siehst. Wenn Ted dich nicht heiraten will, dann will er nicht, und zwingen kannst du ihn sowieso nicht.« Donny hatte wieder einen seiner Geistesblitze. »Höchstens wenn er besoffen wäre. Das ist die Idee. Wir machen ihn besoffen und schleppen ihn zum Pfarrer.«

»Wir brauchen keinen Pfarrer«, sagte Cleo. »Ich hab doch diesen Film im Fernsehen gesehen, wo ein Schiff abgelegt hat und der Kapitän gleich darauf anfing, Leute zu verheiraten.«

»Da spielt mein Alter nicht mit. Der ist gegen Heiraten.«

»Und Manny? Oder du?«

»Ich?« Der Gedanke gefiel Donny auf Anhieb, aber zuerst wollte er das noch nicht zugeben. »Das kann ich nicht machen. Ich bin nicht der Captain.«

»Du bist der Sohn des Besitzers. Du kannst dich einfach zum Captain erklären. Du kannst dich dazu ausrufen. Du hast Rechte, Donny. Sobald das Boot ablegt, kannst du sagen: ›Ich erkläre mich hiermit zum Captain.‹«

»›Ich erkläre mich hiermit zum Captain.‹ He, das gefällt mir.« Donny richtete sich gerade auf und nahm eine Haltung an wie Napoleon. »Ich erkläre mich hiermit zum Captain.«

»Aye, aye, Sir«, sagte Cleo.

Die Party ging früh zu Ende. Ein jeder legte sich da zum Schlafen hin, wo er gerade die Besinnung verlor. Die Festlichkeiten wurden am nächsten Morgen fortgesetzt, indem Ted und Velasco wegen frischer Vorräte an Land gingen. Sie hielten sich nicht lange an Kaviar und Avocados für Guacamole auf; sie gingen direkt zu der Bar in der State Street, wo Velasco das Haschisch gekauft hatte. Sie war geschlossen, und so kauften sie von einem Mann, der vor einer Pfandleihanstalt stand, dann kehrten sie zum Boot zurück.

Cleo lag Manny Ocho den ganzen Tag in den Ohren, er solle ablegen, bevor Donnys Vater zurück sei. Ocho, der Whitfield verachtete, hätte ihr den Gefallen gern getan, aber sein Überlebenstrieb war stärker. Einen Job wie diesen kriegte man nicht alle Tage. Die reichen Leute wurden knauseriger und lernten ihre Jachten selbst kommandieren, wozu sie als Mannschaft da und dort unbezahlte Kräfte auflasen, meist junge Burschen wie Ted, denen es mehr auf Reisen und Abenteuer ankam als auf Heuer.

An diesem Abend bekam Ocho einen Anruf aus Palm Springs. Whitfield sagte, er werde am nächsten Morgen kommen, noch eine Stunde oder zwei in seiner Eigentumswohnung zubringen und dann reisefertig an Bord kommen.

Ocho machte den andern klar, daß dies der letzte Partyabend sei. Sie munterten sich auf, indem sie eine Kiste Johnny Walker öffneten und eine Reihe von Trinksprüchen ausbrachten: auf die Präsidenten der Vereinigten Staaten und Mexikos, die Los Angeles Dodgers, den Erfinder des Scotch Whisky und die ›Spindrift‹, »die beste Ketsch, die je geketscht wurde« – Teds Beitrag.

»Wenn man eine Ketsch ketscht«, sagte er, »ist die Ketsch geketscht.«

Donny lachte, aber weder Cleo noch die drei Mexikaner verstanden den Witz, auch nicht als Ted ihn langsam und mit entsprechenden Gesten wiederholte.

»Wenn man einen Ketsch ketscht, ist die ketsch geketscht.«

»Ach, scheiß drauf«, sagte Velasco und brachte einen eigenen Trinkspruch aus, auf Señora Rosarsch und ihre Mädchen in Tijuana.

Den letzten Toast brachte Ocho auf Whitfield aus, vielmehr auf »sein Geld, das uns alle über Wasser hält«.

Doch der Party mangelte die Feststimmung des vorigen Tages und Abends. Whitfields drohende Ankunft warf ein Leichentuch übers Deck, so dick wie ein Sommernebel. Außerdem entpuppte sich der Stoff, den Ted und Velasco von dem Mann vor der Pfandleihanstalt gekauft hatten, als ordinäres, mit Teeblättern versetztes Marihuana statt Haschisch.

Sie rauchten es natürlich trotzdem, und schließlich spielte Velasco auf der Harmonika, doch Ted weigerte sich, zu singen. Er war mittlerweile ziemlich durcheinander und wollte an Land. Doch Cleo setzte sich auf seinen Schoß, und Donny brachte ihm einen weiteren Humpen Whisky.

»Sei doch kein Frosch, Ted«, sagte Cleo. »Du verdirbst die ganze Party, wenn du nicht singst.«

»Mir fällt der Text nicht mehr ein.«

»Klar fällt er dir ein. Wie wär's mit dem: ›Schlampige Mona aus Pamplona‹?«

»Madame« sagte er sehr von oben herab, »ich nehme keine Publikumswünsche entgegen.«

»Auch nicht von mir?«

»Und wer sind Sie, Madame?«

»Ich, Cleo.«

»Ach, laß ihn zufrieden«, sagte Donny. »Hat sowieso 'ne lausige Stimme.«

Donny blieb von den Partygästen am nüchternsten. Er fürchtete sich vor der Begegnung mit seinem Vater, dem er erklären mußte, wie er sich von Holbrook Hall weggeschlichen hatte. Vielleicht konnte er ihn überzeugen, daß Mrs. Holbrook ihm die Sondererlaubnis gegeben habe, mit der ›Spindrift‹ nach Ensenada zu fahren. Aber womöglich erinnerte sich sein Vater, daß sie so was ja gar nicht durfte, ohne bei der Bewährungsaufsicht nachzufragen und was noch alles für Quatsch. Nein, da halfen keine Worte, jedenfalls nichts von alledem, was er sich bisher so ausgedacht hatte.

Um sechs schaltete Manny Ocho das Radio ein, um die Nachrichten und den Wetterbericht zu hören. Bei dieser Gelegenheit erfuhr Cleo von Roger Lennards Tod. Roger Lennard, dreiunddreißig Jahre alt, war tot aufgefunden worden, möglicherweise Opfer eines Verbrechens. Es wurde die Beschreibung eines Mannes durchgegeben, der ihn besucht hatte und den man mit ihm hatte streiten hören. Cleo wußte sofort, daß es Hilton war, und rief die Polizei an, um es ihr zu sagen. Dann wollte sie sich wieder auf Teds Schoß setzen.

Aber da war kein Schoß mehr. Ted hatte auf einer Couch die Besinnung verloren und lag schnarchend auf dem Rücken. Cleo hörte sich das ein paar Minuten stirnrunzelnd an. Sie wußte nicht recht, ob sie einen Mann haben wollte, der schnarchte; er könnte ja sie und das Baby im Schlaf stören.

Manny Ocho und die beiden andern Besatzungsmitglieder schauten einen alten Film im Fernsehen an, den Cleo schon ein dutzendmal gesehen hatte. Sie ging hinauf zu Donny, der auf dem Bugspriet saß und grübelte.

»Schnarchst du, Donny?«

»Du stellst doch die dümmsten Fragen. Woher zum Teufel soll ich das wissen?«

»Du brauchst nicht zu brüllen.«

»Und du brauchst nicht zuzuhören. Geh und laß mich in Ruhe.«

»Ich kann nirgends hin. Ted schläft, und die andern gucken einen Film mit lauter Cowboys, den ich überhaupt nicht mag.«

Es war inzwischen dunkel, und alles an Bord war naß, sogar Cleos Haar. Sie bibberte vor Kälte und Traurigkeit.

»Armer Roger«, sagte sie. »Er ist nur meinetwegen tot. Bin ich dadurch so was wie 'ne Mörderin?«

»Du hast dem armen Schwein einen Gefallen getan.«

»Vielleicht stellen sie mich auch unter Bewährungsaufsicht, so wie dich.«

»Gib schon Ruhe, ja? Ich muß nachdenken.«

»Ich mag aber nicht allein sein.«

»Du bist nicht allein – du hast doch das Baby. Also geh mal schön mit dem Kleinen unter Deck, dann könnt ihr euch was von Herz zu Herz erzählen.«

»Du kannst richtig eklig sein, Donny.»

»Zisch ab.«

Sie sah sich mit Ocho und den andern Besatzungsmitgliedern den Rest des Films an. Dann gingen alle vier nach einem letzten Schluck zu Bett.

Donny blieb lange auf dem Bugspriet sitzen und versuchte einen klaren Gedanken zu fassen. Er fürchtete die Macht seines Vaters, aber eben diese wünschte er sich auch für sich selbst. Er verachtete Whitfields Frauensammlung, und doch gelüstete es ihn nach jeder einzelnen von ihnen. Er haßte den Klang der Stimme seines Vaters und wollte sie doch hören.

Er beobachtete einen einsamen Stern, der durch die Wolkendecke zu brechen versuchte. Als er nicht mehr zu sehen war, ging Donny in die Kapitänskajüte hinunter, nahm das Telefon aus dem rotledernen Fach und wählte die Nummer des Hauses in Palm Springs.

Es war elf Uhr abends. Donny ließ das Telefon lange läuten, denn es konnte sein, daß sein Vater betrunken war oder mit irgendeiner Mieze im Bett lag oder schlief.

Schließlich meldete sich Whitfield, und seine Stimme klang weder betrunken noch verschlafen. »Zum Kuckuck, wer ist das?«

»Donny.«

»Donny? Was machst du so spät noch auf?«

»Ich konnte nicht schlafen. Jedenfalls wollte ich mit dir reden.«

Whitfield war augenblicklich mißtrauisch. »Hör mal, Sohnemann. Du weißt, daß die Schule das Taschengeld nach oben begrenzt hat.«

»Ich will kein Geld.«

»Na, das ist ja mal was anderes. Du willst mir doch nicht sagen, daß du nur mal meine Stimme hören wolltest.«

Das kam der Wahrheit so nah, daß Donny eine ganze Weile nichts darauf sagen konnte. An dem Klumpen, den er plötzlich im Hals hatte, kam kein Ton vorbei.

»Was ist denn los, Sohnemann?«

»Nichts.«

»Wie geht's in der Schule?«

»Gut. Ich lerne jetzt sogar so'n Zeug wie – äh – Latein.«

»Latein? Das ist ja prächtig. *Amo, amas, amat*, richtig?«

»Hör mal, Dad, ich hab gehört, daß die ›Spindrift‹ nach Ensenada ausläuft.«

»Sag mal, wo hast du denn das –?«

»Ich möchte gern mit. Die Schule gibt mir eine Sondererlaubnis, weil ich so gut geworden bin in Fächern wie, du weißt schon, Latein. Ich arbeite wirklich fleißig.«

»Ja. Hm. Du weißt ja, daß ich dich gern mitnehmen würde, Sohnemann, aber die Sache ist die, daß ich schon andere Leute eingeladen habe.«

»Du brauchst denen ja nicht zu sagen, daß ich dein Sohn bin. Ich kann so tun, als ob ich zur Mannschaft gehörte.«

»Du bringst mich in eine heikle Situation, Donny. Ich würde dich wirklich gern dafür belohnen, daß du dich so in deinem Fleiß und deinem Verhalten verändert hast, aber ich kann es wirklich nicht. Es handelt sich um eine sehr spezielle Gesellschaft, wenn du verstehst, was ich meine.«

»Klar. Schon gut.«

»Donny, du erinnerst dich doch an den BMW, den du gern von mir hättest, sobald du deinen Führerschein zurück hast. Ich kaufe ihn dir. Wie ist das?«

»Danke.«

»Also, Donny, es ist natürlich klar, daß du enttäuscht bist. Aber hab Geduld. Warte noch ein paar Jahre, bis du die Bewährung hinter dir hast, und dann fahren wir mit der ›Spindrift‹ um die ganze Welt. Nach Tahiti, Bora Bora, den Fidschi-Inseln. Na, ist das was?«

»Scheiß drauf«, sagte Donny und legte auf. Bis er die Bewährung hinter sich hatte, war er ein alter Mann.

Er legte sich allein in der Kapitänskajüte zu Bett. Als er im Morgengrauen des nächsten Tages aufstand, duschte er und zog sich für die neue Rolle an, die er sich anzueignen gedachte. Die Kleider dafür stammten aus dem Mahagoni-Kleiderschrank seines Vaters.

Die weiße maßgeschneiderte Hose war zu eng, darum behielt er seine eigenen Jeans an, die schon an Knien und Gesäß durchgescheuert waren. Den marineblauen Blazer konnte er nicht annähernd zuknöpfen, aber er zog ihn trotzdem an. Die Kapitänsmütze war zu groß, darum stopfte er hinten etwas Toilettenpapier hinein, damit sie paßte. Dann zog er eine der Schreibtischschubladen auf und nahm die beiden Pistolen heraus, die sein Vater immer darin hatte, ein Smith & Wesson, Kaliber 5,6 Millimeter, und eine deutsche Luger. Donny benutzte seine begrenzten Waffenkenntnisse, die er sich während eines kurzen Zwischenspiels an einer Militärakademie zugelegt hatte, um sich zu vergewissern, daß die Waffen geladen und gesichert waren. Dann steckte er die S & W in die Tasche des Blazers und die Luger in den Bund seiner Jeans. Er fühlte sich schon wie ein völlig neuer Mensch, und sein Bild im Spiegel neben dem Kleiderschrank festigte dieses Gefühl. Ein Kapitän sah ihm da entgegen, ein Kommandant, ein Führer.

Er ging nach hinten in die Kombüse.

Velasco stand am Herd und rührte *huevos rancheros* in eine große eiserne Bratpfanne. »He, Donny. Du hast dich ja prächtig herausgeputzt.«

»Ich bin dein neuer Kapitän«, sagte Donny.

»Mannomann! Mach keine Witze. Hast du das gehört, Gomez? Wir haben einen neuen Captain.«

Gomez, der mit dem Kopf auf dem Tisch wieder eingeschlafen war, zeigte sich überhaupt nicht beeindruckt. Donny trat ihm in den Hintern, und Gomez erwachte mit einem Schmerzenslaut.

»Salutiere, du Schwein. Steh auf und salutiere deinem neuen Captain.«

»Himmel Herrgott«, sagte Velasco, »Was hast du eigentlich vor, Donny?«

»Du sollst Captain zu mir sagen und salutieren.«

»Später vielleicht. Aber jetzt brennen die Eier an, wenn ich sie nicht umrühre.«

»Scheiß auf die Eier.«

Donny ging hin, riß die Pfanne vom Herd und klatschte ihren Inhalt auf den Boden. Aus dem Gemisch quoll es rot heraus wie aus einem frisch erlegten Tier.

»Zum Teufel, Donny – Herrgott, was machst du da?«

»Salutiere, *pachuco*.«

»Nix *pachuco*. Gestern abend waren wir Amigos, du und ich und alle. Amigos für immer.«

»Für immer ist jetzt vorbei«, sagte Donny. »Hast du das kapiert?«

»Klar doch, ja.«

»Mach jetzt neue Eier und serviere sie mir in meiner Kajüte.«

»Okay, Donny.«

»Man sagt nicht ›okay‹ zu einem Kapitän. Sag das, wie es sich gehört, verdammt noch mal!«

»Aye, aye, Sir.«

»Schon besser.«

Er ging Cleo suchen und fand sie in einer der Gästekajüten in einer Koje, eine Decke bis unters Kinn gezogen. Die Konturen ihres schmächtigen Körpers waren kaum zu erkennen, sie kam ihm vor wie ein abgeschnittener Kopf.

»Cleo, wach auf.«

»Wie soll ich aufwachen, wenn ich gar nicht schlafe?«

»Dann mach die Augen auf.«

Sie machte die Augen auf und sah Donny, der unter der zu großen Mütze furchtbar komisch aussah. »Wozu hast du dich so verkleidet?«

»Ich hab mir das mal durch den Kopf gehen lassen, was du gestern abend gesagt hast, wie daß ich Rechte habe, und darum erkläre ich mich hiermit zum Captain.«

»Schön.«

»Und weil ich jetzt der Kapitän bin, können wir heiraten.«

»Ich dachte, ich würde Ted heiraten.«

»Klar. Ihr heiratet, und ich verheirate euch, sobald wir abgelegt haben.«

Cleo warf die Decke ab und setzte sich auf. »Dann ist heute mein Hochzeitstag?«

»Ja. Hast du noch was anderes anzuziehen als diese engen Jeans?«

»Nein.«

»Dann komm mit, wir suchen mal in der Kajüte meines Vaters – das heißt, in *meiner* Kajüte –, ob irgendeine von seinen Miezen mal ein schickes Kleid dagelassen hat, weißt du, irgendwas Durchscheinendes.«

Ted schlief in der gegenüberliegenden Koje. Er lag auf dem Bauch, die Arme am Körper und den Kopf auf die Seite gedreht, und aus seinem offenen Mund kamen Schnarch- und Pfeiftöne.

Sie beobachteten ihn beide eine Weile. Dann meinte Donny: »Willst du *das* wirklich heiraten?«

»Ich glaube, ja. Ich meine, wenn er wach ist, sieht er besser aus.«

»Gib mir mal deine Schuhbänder.«

»Warum?«

»Tu, was ich dir befehle.«

»Aber meine Schuhe sind das einzig Anständige, was ich anhabe. Sie sind praktisch neu von Drawford.«

»Ich brauche die Bänder, um ihm die Hände zu fesseln, damit er keine Meuterei versucht, wenn er aufwacht.« Donny zeigte ihr die Luger, die er im Hosenbund stecken hatte, und die S&W in der Blazertasche. »Auf meinem Schiff gibt es keine Meuterei.«

»Wo hast du die her?«

»Aus der Kajüte meines – aus *meiner* Kajütc.«

»Willst du wen damit erschießen?«

»Vielleicht. Wenn ich muß.«

»Auch mich?«

»Das werden wir sehen. Gib mir deine Schuhbänder.«

Sie zog die Bänder aus den Schuhen, und Donny fesselte Ted die Hände auf den Rücken. Einmal veränderte sich Teds Schnarchen in Tonfall und Rhythmus, als ob er aufwachen wollte, aber er wachte nicht auf. Cleo sah schweigend zu, und es bereitete ihr eine gewisse Genugtuung, daß Ted so wenig nach Bräutigam aussah wie sie nach Braut.

Sie folgte Donny in die Kapitänskajüte, wo sie gemeinsam das Frühstück zu sich nahmen, das ihnen ein stummer und mürrischer Velasco servierte. Die Veränderungen, die mit Donny und Velasco vorgegangen waren, wollten Cleo nicht so recht gefallen.

»Vielleicht ist die Idee doch nicht so gut«, sagte sie, nachdem Velasco wieder draußen war. »Vielleicht haben wir gar nicht alle die Rechte, von denen Roger gesagt hat, daß Menschen sie haben.«

»Wir haben genau dieselben Rechte wie jeder andere.

Jetzt müssen wir Pläne machen. Kannst du mit einer Pistole umgehen?«

»Man zielt und drückt ab.«

»Nein. Zuerst muß man entsichern.« Er gab ihr die S&W und zeigte ihr, wie man das machte. »So, jetzt kannst du jemanden damit erschießen.«

»Und wenn ich das eigentlich gar nicht will?«

»Du hast zu gehorchen. Auf einem Schiff ist der Kapitän der liebe Gott.«

»Für mich siehst du gar nicht aus wie der liebe Gott. Der hat keine Mütze auf.«

»Woher willst du das wissen? Den hat doch noch keiner gesehen. Vielleicht sieht er genauso aus wie ich, fett wie ein Schwein.«

»Also, ich wette, wenn du über die Straße gehst, sagen die Leute bestimmt nicht: ›Da geht der liebe Gott.‹«

»Ach, laß jetzt den Quatsch und hör zu. Die Mannschaft könnte versuchen, von Bord zu springen oder Alarm zu schlagen. Es ist deine Aufgabe, dafür zu sorgen, daß sie sich ruhig verhält, indem du sie mit der Pistole in Schach hältst.«

»Und wenn einer sich nicht ruhig verhält?«

»Dann erschießt du ihn.«

»Ich glaube, das gefällt mir nicht. Ich hab noch nie einen erschossen.«

»Das wirst du auch nicht müssen. Es ist ja nur eine Drohung, verstehst du? Wenn einer versucht, was zu machen, schießt du ein Loch in den Boden, um sie zu warnen.«

»Dann haben wir nachher ein Leck im Schiff.«

»Davon wird doch das Schiff nicht leck, Dummkopf«, sagte Donny. »Und du mußt noch was tun. Ich hätte uns eine Menge Ärger sparen können, wenn ich das Schiff schon gestern abend übernommen hätte. Dann wären wir jetzt weit draußen auf dem Meer. Aber ich hab's nun mal nicht getan, darum sind wir jetzt noch hier, und da hilft alles Heulen nichts.«

»Das darfst du sowieso nicht«, sagte Cleo begütigend. »Gott hat noch nie geheult.«

»Mensch, gib jetzt mal Ruhe mit dem lieben Gott und laß mich einen Moment nachdenken.« Er schob die Mütze aus der Stirn, und das Polster aus Toilettenpapier fiel zu Boden. Sein Gesicht war ganz rot und gerunzelt wie bei einem unzufriedenen Baby. »Wir haben noch ein Problem. Wenn mein Vater von Palm Springs hierherkommt, bricht er meist sehr früh auf, um die Wüstenhitze zu meiden, also kann er jetzt jeden Moment hier in seiner Wohnung ankommen. Wenn er aus dem Fenster guckt und sieht, daß die ›Spindrift‹ nicht mehr da ist, ruft er die Küstenwache an, und die schicken uns sofort den Kutter nach. Wir müssen also Zeit gewinnen, mindestens eine Stunde, nach Möglichkeit mehr.«

»Ich hab eine Idee. Wir warten hier auf ihn und laden ihn ein, mitzufahren.«

»Du spinnst wohl! Weißt du nicht, was er als erstes täte? Die Bullen würde er rufen, damit sie mich in diese verdammte Schule zurückbringen. Und dich auch, jawohl. Kapierst du das? *Dich auch*.«

»Ich will aber nicht in die Schule zurück. Ich will heiraten.«

»Dann tu, was ich dir sage. Sobald er kommt, geht er in seine Wohnung. Sie liegt direkt am Strand, und von der Brücke aus kann man sie durchs Fernglas sehen. Ich werde Schmiere stehen, und sowie er kommt, rufst du in der Wohnung an. Ich geb dir die Nummer.«

»Und was soll ich sagen?«

»Sag ihm, du bist Mrs. Holbrooks Sekretärin. Dann bitte ihn, nach Holbrook Hall zu kommen, um das Curriculum seines Sohnes zu besprechen.«

»Was ist das, ein Curliculum?«

»Egal was das ist. Sprich's nur richtig aus. Cur-ri-cu-lum.«

»Curriculum. Gut, und was dann?«

»Dann fährt er zur Schule, und ich befehle der Mannschaft abzulegen.«

»Und wenn die Mannschaft nicht auf dich hört?«

»Die werden auf mich hören.« Donny tätschelte die Luger in seinem Hosenbund und lachte. »Wir sind alle Amigos, alle. Amigos für immer.«

Manny Ocho klopfte an die Tür und kam herein, ohne eine Antwort abzuwarten. Trotz seines wohlverdienten Katers war er frisch rasiert und in Uniform.

»He, Donny, was ist los? Was hast du zu meinen Leuten gesagt, und wieso hast du die Sachen deines Vaters an?«

»Das sind *meine* Sachen. Ich bin euer neuer Captain. Macht das Schiff klar zum Ablegen, sobald ich den Befehl gebe.«

»Du gibst mir keine Befehle.«

»Ich gebe dir Befehle.« Donny zog die Luger aus dem Hosenbund. »Und du befolgst sie.«

»Du bist ja verrückt, Donny. Du hast einen Vogel.«

»Du brauchst gar nicht die Augen nach Cleo zu verdrehen, daß sie dir hilft. Cleo ist auf meiner Seite und hat auch eine Pistole. Na, wie gefällt dir das?«

»Das ist schlimm«, sagte Manny. »Sehr schlimm.«

»Dann mach's nicht noch schlimmer, indem du krumme Touren versuchst. Du bleibst hier unten bei Cleo, während ich auf die Brücke gehe. Cleo wird dich unterhalten. Sie legt einen prima Striptease hin. Viel zu zeigen hat sie zwar nicht, aber das bißchen zeigt sie wenigstens.«

»Sehr schlimm ist das, Donny.«

»Ich bin nicht Donny. Ich bin dein Captain.«

Nachdem Donny hinausgegangen war, nahm Cleo die S&W vom Tisch und klickte den Sicherungshebel hin und her, um zu üben. Sie vergaß Ocho ganz, bis er sie plötzlich mit befehlsgewohnter Stimme andonnerte:

»Hör auf damit.«

Cleo war über den Ton so erschrocken, daß sie beinahe die Pistole fallen gelassen hätte. »Ich tu doch gar nichts.«

»Dabei kann ein Unglück passieren.«

»I wo. Donny hat mir doch gezeigt, wie das geht.«

»Willst du damit schießen?«

»Eigentlich nicht. Ich meine, nur wenn Donny es sagt.«

»Du kriegst großen Ärger, Cleo«, sagte Ocho. »Dieser Donny ist ein schlimmer Junge, und du bist ein nettes Mädchen. Wenn du ein nettes Mädchen bleiben willst, mußt du dich von ihm fernhalten.«

»Das geht nicht. Ich will doch heiraten.«

»Du willst *Donny* heiraten?«

»Nein, es ist – also, das ist so.«

Sie versuchte den Film zu rekonstruieren, den sie gesehen hatte, in dem der Kapitän zwei Leute miteinander verheiratet hatte, sowie das Schiff abgelegt hatte. Aber Ocho schüttelte nur den Kopf und brummelte vor sich hin.

Von der Brücke aus beobachtete Donny die Strandwohnung seines Vaters durchs Fernglas. Das Fernglas war zu schwer für eine unablässige Beobachtung, darum hob er es nur alle drei bis vier Minuten an die Augen, um Ausschau nach dem silbergrauen Cadillac seines Vaters zu halten. Kurz vor zehn Uhr erspähte er ihn auf dem Parkplatz neben dem Haus. Von seinem Vater oder einer eventuellen Gefährtin war nichts zu sehen.

Donny eilte in die Kajüte hinunter, wo Ocho und Cleo den Fernseher eingeschaltet hatten und einen Zeichentrickfilm für Kinder ansahen. Ocho saß auf dem Drehstuhl des Kapitäns, Cleo am Tisch; die Pistole hatte sie vor sich liegen.

Ocho schaltete den Fernseher aus und stand auf. »So, Donny, jetzt hörst du mir mal zu.«

»Du hast nichts zu sagen, was ich hören will«, sagte Donny. »Cleo, ruf jetzt an.«

»Ich weiß die Nummer nicht mehr.«

»Jesses, ich hab sie dir doch zweimal gesagt: 9694192. Hast du sie jetzt?«

»Ich glaube, ja.«

»Weißt du noch, was du sagen sollst?«

»Klar. Daß ich die Sekretärin bin, und dann die Sache mit Donnys Curliculum.«

»Cur-ri-cu-lum.«

»Schon gut. Schrei doch nicht so. Curriculum.«

»Hör mir jetzt mal zu, Donny«, sagte Ocho wieder. »Diese Cleo ist ein nettes Mädchen. Laß sie in Ruhe und setz sie an Land.«

Donny wandte sich an Cleo. »Willst du an Land, Kleines?«

»Nein.«

»Eigentlich hast *du* mich doch hierher eingeladen, nicht? Du hast in Holbrook Hall angerufen und gesagt, ich soll herkommen. Wir wollten eine Party feiern, stimmt's?«

»Ja.«

»Dann bist du also gar nicht so ein nettes Mädchen, wie?«

»Ich wollte nichts Böses tun, Donny.«

»Ich will ja auch nur, daß Manny weiß, was hier wirklich gespielt wird. Du hast die ganze verdammte Geschichte angefangen, nicht wahr?«

»Na ja, sozusagen.«

»Hörst du das, Manny? Du brauchst hier nicht den Helden zu spielen, der ein armes unschuldiges Mädchen zu retten versucht. Sie ist nicht arm und nicht unschuldig und schon gar kein Mädchen. Sie ist eine reiche Frau, fünf Jahre älter als ich. Wenn dir also hier einer leid zu tun hat, dann höchstens ich.«

»Du tust mir auch leid«, sagte Ocho. »Du tust mir sehr leid, Donny.«

»Dann mach jetzt klar zum Ablegen. Sobald mein Vater das Haus verläßt, sind wir weg. *Weg*.«

Ocho schüttelte den Kopf. »Ich muß an meine Familie denken, meine Stelle –«

»Zuerst mußt du mal an deine eigene Haut denken.« Donny tätschelte die Luger in seinem Hosenbund. Sie drückte ihm allmählich ungemütlich gegen den Bauch, darum steckte er sie in die Jackentasche. »Sieh es mal so: Deine Haut gegen meine Haut, und meine Haut ist mir näher. Ist das logisch?«

»Ja, Sir.«

»Und du wirst das der Mannschaft begreiflich machen?«

»Ja, Sir.«

Donny kehrte auf die Brücke zurück und beobachtete weiter das Haus, ob sich dort irgend etwas tat. Sowie er den Cadillac vom Parkplatz fahren sah, rief er Ocho zu sich, und sie gingen zusammen in den Navigationsraum.

Der Motor sprang nicht an.

»Gut«, sagte Ocho. »Steif geworden. Einen ganzen Monat nicht gelaufen.«

»Verdammt, du hast doch das Ding jederzeit startklar zu halten!«

»Mach's doch selbst. Ich halte den Motor in Schuß. Ich halte ihn bestens in Schuß.«

»Dann laß ihn jetzt auch bestens anspringen.«

Beim zweiten Versuch sprang der Motor an, aber in der nächsten Sekunde griff Donny hin und schaltete ihn wieder aus.

»Das Telefon klingelt. Geh ran.«

»Und was soll ich sagen?«

»Du sollst nur rangehen.«

Das war der Anruf des Hafenmeisters, und beide wußten, daß es Scherereien geben würde. Daß sie in Gestalt von Aragon kommen würden, war die einzige Überraschung.

»Na«, sagte Donny, nachdem er die Tür aufgerissen hatte und Aragon fast in die Kajüte gefallen war, »nun seht mal, wer da zu uns reinschneit – mein alter Kumpel, der immer den Autoschlüssel im Schloß läßt.«

14

Es dauerte eine Weile, bis Aragon das Gleichgewicht wiedergefunden hatte, und noch etwas länger, bis seine Augen sich nach dem strahlenden Sonnenschein draußen an das Dämmerlicht drinnen gewöhnt hatten. Die Vorhänge waren zugezogen, und die Kajüte wirkte recht düster. Donny Whitfield saß mit einer Pistole in der Hand an einem Schreibtisch, und neben ihm stand ein kleiner, drahtig aussehender Mexikaner mit blau-weiß schräggestreiftem T-Shirt und hellblauer Schirmmütze. Aragon nahm an, daß dies Manny Ocho war, der am Telefon gesprochen hatte.

Er sprach Ocho auf spanisch an, wurde aber sofort unterbrochen.

»Hier wird nur Englisch gesprochen!« sagte Donny. »Also, schön, daß du mal reingeschneit bist, Kumpel. Und jetzt schlage ich vor, daß du gleich wieder rausschneist.«

»Ist das Mädchen hier?«

»Was für ein Mädchen?«

»Sie wissen, welches Mädchen.«

»Ach, die. Na klar. Die ist hier irgendwo und sucht den Bräutigam. Du bist mitten in eine Hochzeit geplatzt. Wenn das kein Glück ist!«

»Die Hochzeit sollte besser verschoben werden«, sagte Aragon. »Ich will Cleo nämlich zu ihrer Familie zurückbringen.«

»Du willst uns also die Party platzen lassen, richtig?«

»Richtig.«

»Von wegen – ganz verkehrt! Manny, du hast deine Befehle. Führ sie aus.«

»Nein, warte mal bitte«, sagte Ocho. »Donny, du hörst mir jetzt einen Moment zu.«

»Schleich dich!«

Ocho wandte sich kopfschüttelnd zum Gehen. Als er an Aragon vorbeikam, warnte er ihn leise vor einer Pistole.

»Du kannst den Brautführer spielen«, sagte Donny zu Aragon. »Oder vielleicht wechselt Cleo sogar den Bräutigam. Du siehst ja nicht übel aus und bist wenigstens nicht mit ihr verwandt. Wie heißt du überhaupt?«

»Tom Aragon.«

»Cleo Aragon. Hm-hm. Klingt gar nicht so schlecht. Aber da ist Cleo sowieso nicht wählerisch. Die heiratet jeden, der noch schnaufen kann. Komisch, in der Schule hab ich nie gewußt, daß sie so ist. Vielleicht macht's die Seeluft.« Donny lachte. »Wie bekommt dir die Seeluft, Aragon?«

»Wer soll eigentlich der Bräutigam sein?«

»Sie nennt ihn Ted.«

»Diesen Unfug müssen Sie verhindern, Donny. Sie ist seine Tante.«

»Wenn's Cleo nicht stört, warum soll es mich stören?«

»Wer soll die Trauung vornehmen? Sind die vorgeschriebenen Blutuntersuchungen gemacht? Ist das Aufgebot bestellt?«

»Kleinkram. Scheiß auf den Kleinkram.«

»Und wissen Sie auch, daß Sie Ihre Bewährung verwirken, wenn Sie eine Pistole in die Hand nehmen?«

»Scheiß auf die Bewährung«, sagte Donny. »Bewährung ist was für Landratten. Auf See ist das nur ein Wort.«

»Auf was für einem Trip sind Sie eigentlich, Donny? Was ist das für Zeug, das Sie genommen haben?«

»Nichts. Hab gestern abend ein bißchen Pot geraucht und mir ein paar hinter die Binde gekippt, aber seitdem nichts mehr. Nein, von außen kommt das nicht. Das ist alles drin. Nur drin. Und starker Stoff ist das, Mann! So was kannst du auf der Straße nicht kaufen.«

Aragon glaubte ihm aufs Wort. Donnys Körper mußte etwas produzieren, das genauso mächtig und unberechenbar zu sein schien wie dieses Tierberuhigungsmittel, das die Jugendlichen Engelstaub nannten.

Er sagte: »Zeigen Sie mir, wo Cleo ist, damit ich sie nach Hause bringen kann.«

»Nach Hause? Wo zum Teufel ist für Leute wie Cleo und mich zu Hause? Eine lausige Gefängnisschule? Jugendknast? Kittchen? Verdammt noch mal, wo ist für uns zu Hause?«

»Kommen Sie mal von dem Selbstmitleid runter, und hören Sie mir einen Augenblick zu. Ich möchte, daß Sie und Cleo mit mir kommen, dann werden wir versuchen, diese ganze Geschichte einzurenken. Ich will sogar die Pistole vergessen. Hab sie eben nicht gesehen.«

»Du hast sie gesehen, und du solltest sie lieber nicht vergessen! Sie ist mein bester Freund. Sie und ich, wir können gehen, wohin wir wollen, tun was wir wollen –«

»Hören Sie doch mal mit diesem Schwachsinn auf, Donny.«

»Gut, also nehmen wir mal an, ich kaufe dir diesen Quatsch ab, von wegen daß du die Sache für mich und Cleo geradebiegen willst. Was dann? Wir werden wieder nach Holbrook Hall geschickt, oder noch was Schlimmeres, nur damit ihr andern eure Ruhe habt und selig werden könnt.«

»Ich kann keine Wunder vollbringen, Donny.«

»Nein? Mit weniger bin ich aber nicht zufrieden.«

»Ist das Ihr letztes Wort?«

»Du hast es erfaßt. Komm, wir gehen an Deck. Vielleicht ist da noch jemand, dem du zum Abschied zuwinken möchtest.« Donny lachte wieder. »Oder wußtest du noch nicht, daß wir abgelegt haben?«

»Nein.«

»Ja, so ist das mit euch Klugscheißern – ihr beißt euch so an einer Sache fest, daß ihr nicht mal ein Erdbeben bemerkt, bevor euch ein Dachziegel auf den Kopf fällt. Wir sind auf Fahrt, Mann. Auf und davon.«

»Sie haben jetzt schon eine ganze Menge auf dem Kerbholz, Donny. Es muß nicht auch noch Menschenraub hinzukommen.«

»Menschenraub? Dich hat doch keiner gezwungen, mitzukommen. Du warst nicht mal eingeladen. Du bist einfach an Bord gesprungen. Weißt du, was du bist? Ein blinder Passagier! Ich könnte selbst zum Kadi laufen.«

»Auf Menschenraub kann Lebenslänglich stehen.«

»So? Wenn wir Glück haben, sogar die Todesstrafe. Aber vorher machen wir beide noch eine kleine Segeltour zusammen. Komm jetzt, wir wollen Cleo und den Bräutigam nicht warten lassen.«

Sie gingen an Deck.

Manny Ocho stand am Ruder. Sie fuhren mit weit mehr als den im Hafen erlaubten fünf Knoten, und Aragon verstand aus Ochos Blick, daß er dies mit Absicht tat, wohl um die Hafenpolizei auf sie aufmerksam zu machen. Aber weder von Sprague noch von dem Patrouillenboot war etwas zu sehen oder zu hören. Protest kam nur von einer kleinen Schaluppe, an der die ›Spindrift‹ im Kanal vorbeizog.

»Langsamer!« schrie ein Mann durch ein Megaphon. »Ihr habt uns fast gerammt.«

Ocho machte eine obszöne Gebärde und brüllte zurück: »Meldet uns doch. Ruft doch Sprague an!«

Aber die Schaluppe rollte und schlingerte lediglich im Kielwasser der ›Spindrift‹, und das Patrouillenboot der Hafenpolizei blieb ebenso am Pier liegen wie der Kutter der Küstenwache.

Es herrschte nur leichter Verkehr. Die Fischer waren schon vor Stunden ausgelaufen, und die privaten Segler warteten sowieso meist die Nachmittagswinde ab. Auch als die ›Spindrift‹ das offene Meer erreichte, war der Wind noch nicht stark genug, um die Aufgabe des Motors zu übernehmen. Donny ließ trotzdem die Segel setzen.

Schnell und schweigsam setzten Velasco und Gomez die Segel, dann erklärte Donny das Schiff bereit für die Hochzeitszeremonie. Es war eine malerische Kulisse, aber noch fehlten Braut und Bräutigam.

»Cleo!« schrie Donny. »Zum Teufel, wo steckst du? Zeit zum Heiraten.«

Cleo erschien auf dem Steuerborddeck. Sie trug ein weißes Nachthemd aus Chiffon, das sie in einer Schublade in der Kajüte gefunden hatte. Es war ihr zu lang, so daß sie es mit der linken Hand hochhalten mußte, während sie in der rechten die S&W hielt. Sie hatte sich das Haar gekämmt, aber das Gesicht zu waschen vergessen, so daß man auf ihren Wangen noch die Tränenspuren sah.

»Ich fühle mich gar nicht wie eine Braut«, sagte sie zu Donny.

»Du siehst auch nicht aus wie eine«, sagte Donny. »Wo ist Ted?«

»Ich kriege die Fesseln nicht von seinen Händen. Du hast die Knoten zu fest gemacht.«

»Mein Gott, kannst du denn nie was richtig machen? Du brauchst sie doch nicht aufzuknoten. Schneid sie einfach mit einem Messer durch.«

»Ich will sie aber nicht aufschneiden. Es sind meine Schuhbänder und so gut wie nagelneu.«

»Gut, gut, dann halte du mal hier unsern Gast mit der Pistole in Schach, während ich Ted holen gehe.«

»Hallo, Cleo«, sagte Aragon. »Kennen Sie mich noch?«

Sie sah ihn stirnrunzelnd an. »Nein.«

»Sie waren erst vor kurzem in meiner Kanzlei.«

»Warum?«

»Um sich nach Ihren Rechten zu erkundigen – zum Beispiel wie man sich ins Wählerverzeichnis eintragen läßt. Sie haben mir von Ihrem Bruder und seiner Frau erzählt, und von Roger Lennard, Ihrem Berater.«

»Der arme Roger ist tot.«

»Stimmt.«

»Daran darf ich aber jetzt nicht denken. Ich muß glücklich sein. Heute ist mein Hochzeitstag.«

»Nein, Cleo, heute ist nicht Ihr Hochzeitstag. Es ist niemand hier an Bord, der befugt wäre, die Trauung vorzunehmen, und Sie haben weder die erforderlichen Blutuntersuchungen machen lassen noch ein Aufgebot bestellt. Und selbst wenn Sie das alles getan hätten, wäre die Ehe trotzdem ungültig, weil Sie und Ted miteinander verwandt sind.«

»Ihnen höre ich gar nicht zu«, sagte sie. »Ich glaube, Sie sind ein ganz ekliger Typ.«

Donny kam mit Ted zurück. Teds Hände waren frei, und er rieb sich die Handgelenke, wo die Nylonschnüre hineingeschnitten hatten. Er sah wütend und wirr aus und hatte in die Hose gemacht.

»Was wird hier überhaupt gespielt? Ich wache auf, und da sind meine Hände gefesselt. Die Hände gefesselt, Herrgott noch mal! Wozu das? Ich dachte, wir hätten hier nur eine Party gefeiert.«

»Die Party ist vorbei«, sagte Donny. »Wir wollen gerade eine andere anfangen. Cleo hat beschlossen zu heiraten, und da die Ehemänner ein bißchen knapp sind, nachdem Roger tot ist, hat sie dich auserwählt.«

»Mich? Um Gottes willen, warum gerade mich?«

»Sie sagt, du bist der Vater ihres Babys.«

»Das kann ja wohl nicht wahr sein. Es gibt überhaupt kein Baby.«

»O doch, Ted, es gibt eins«, sagte Cleo vorwurfsvoll. »Es ist noch ganz winzig, vielleicht nur so groß wie ein Salzkorn oder ein Traubenkern.«

»Verdammt, es gibt kein Baby! Wir hatten doch gerade erst angefangen, als mein Vater reinplatzte. Ich war ja noch nicht mal drin. Du bist noch Jungfrau.«

»Das ist nicht wahr, Ted, das weißt du genau. Wir haben es genauso gemacht wie im Film, ohne Kleider an und alles. Und darum müssen wir jetzt heiraten.«

Ted wandte sich flehend an Aragon. »Ich weiß zwar nicht, wer Sie sind, aber die sind doch beide verrückt. Wir müssen hier raus.«

»Behalten Sie die Nerven, und spielen Sie mit«, sagte Aragon ruhig. »Das ist unsere einzige Chance.«

»Warum soll ich eine Halbirre heiraten, nur weil sie sich einbildet, sie wäre schwanger? Was passiert ist – und das war weiß Gott nicht viel –, war erst vor ein paar Tagen. Ich sagte Ihnen, sie ist noch Jungfrau. Und selbst wenn sie's nicht wäre, könnte sie so bald noch nicht wissen, daß sie schwanger ist.«

Cleo weinte wieder. Sie weinte so mühelos wie eine Plastikpuppe mit einem Wasserreservoir im Kopf. »Er will mich nicht heiraten, Donny. Was soll ich jetzt machen?«

»Frag ihn noch einmal, aber ganz nett und höflich.«

»Keiner will mich heiraten!«

»Vielleicht überlegt er sich's noch.« Donny richtete die Luger auf Teds Brust. »Los, Cleo, frag ihn noch einmal.«

»Willst du mich heiraten, Ted?«

»Nein! Krieg mal endlich in deinen dummen Schädel rein, daß wir gar keinen richtigen Verkehr hatten. Du bist nicht schwanger. Du bist noch Jungfrau.«

»Aber wir hatten alle Kleider aus, und es war alles genau wie im Film.«

»Du bist verrückt!« schrie Ted. »Ihr seid alle miteinander verrückt.«

Die erste Kugel aus der Luger streifte seine rechte Schulter. Er warf sich herum und rannte zur Reling. Als er über Bord sprang, traf ihn die zweite Kugel in den linken Arm.

Zwei weitere klatschten gleichzeitig mit Ted ins Wasser. Cleo begann vor Erregung zu kreischen und sprang auf und nieder, bis sie über den Saum ihres weißen Nachthemds stolperte, das ihr Brautkleid sein sollte. Die S&W fiel ihr aus der Hand und schlitterte übers Deck auf Aragon zu.

»Keine Bewegung!« rief Donny. »Schlechte Zeiten für Helden.« Dann zu Ocho, der gewendet hatte und zu Ted zurückfahren wollte: »Bleib auf Kurs! Laß das Schwein ersaufen.«

»Werft ihm eine Schwimmweste zu«, sagte Aragon.

»Warum? Ein bißchen Wasser überm Kopf kühlt ihn ab. Vielleicht ändert er seine Meinung und findet Cleo doch nicht mehr so übel.«

»Er ist vielleicht schwer verletzt. Und wenn Haie in der Nähe sind, werden sie vom Blut angelockt.«

»Die Haie wären sicher angenehm überrascht, wenn sie dann zwei statt einem anträfen«, meinte Donny. »Wie wär's, Amigo, willst du ihm nicht nachschwimmen?«

»Wir sind mindestens anderthalb Kilometer vor der Küste. Ich bin kein guter Schwimmer.«

»Dann mußt du's durch Übung lernen. Das predigen sie uns in der Schule auch immer – durch Übung lernen.«

»Geben Sie uns eine faire Chance«, sagte Aragon. »Wir brauchen zwei Schwimmwesten.«

Donny zog zwei Schwimmwesten aus der vorderen Luke und warf sie Aragon zu. Aragon zog Schuhe und Hose aus und streifte sich die Schwimmweste übers Hemd. Dann sprang er, die andere Schwimmweste in der Hand, ins Wasser.

Ted trieb ein paar hundert Meter entfernt im Wasser. Er rief nicht um Hilfe und machte auch keinerlei Schwimmbewegungen. Seine Augen waren geschlossen, und Aragon hielt ihn für bewußtlos, bis er sah, daß Ted ganz leicht die Beine bewegte, um nicht auf den Bauch gedreht zu werden.

Hier draußen, jenseits des Kelpgürtels, der die Küste säumte, hatte das Wasser keine 15 Grad. Das war vielleicht kalt genug, um die Blutung aus Teds Arm zu verlangsamen und seine Schmerzen zu betäuben. Vielleicht war es aber auch so kalt, daß beiden eine Unterkühlung drohte, wenn sie nicht binnen einer Stunde herausgefischt wurden. Auch ohne die zusätzliche Komplikation durch Teds Verwundung konnte eine Hypothermie tödlich sein, wenn sie nicht schnell behandelt wurde.

Die ›Spindrift‹ drehte mit immer schneller drehendem Motor nach Südwesten ab. Aragon sah ihr nach, und für einen Moment erfaßte ihn Panik. Er wußte, daß er es nicht schaffen würde, Ted bis ans Ufer zu schleppen; sie konnten nur hoffen, daß ein vorüberfahrendes Schiff oder einer der niedrig fliegenden Hubschrauber auf einem Versorgungsflug zu den Ölbohrinseln sie erspähte.

Beide Möglichkeiten waren drin. Die See war ruhig, die Wellen waren lang und flach und hatten keine Schaumkronen, die einen auf dem Wasser treibenden Gegenstand verbergen konnten.

Aragon schwamm zum erstenmal mit Schwimmweste, und es fiel ihm schwer, darin die Arme zu bewegen. Er drehte sich auf den Rücken und versuchte sich mit den Beinen voranzutreiben.

»Ted, hören Sie mich?« schrie er.

Ted schlug die Augen auf. Er sah benommen und verängstigt aus. »Geschossen – mein Arm –«

»Sie müssen mir helfen, damit ich Ihnen die Schwimmweste anziehen kann.«

Ted sagte nur immerzu: »Geschossen – geschossen –«, als sei das Erstaunen größer als das Wissen um die Gefahr oder der Schmerz.

»Stecken Sie zuerst den verletzten Arm hier durch, dann ziehe ich die Weste unter Ihrem Rücken durch und über den anderen Arm. Das tut vielleicht weh, aber es muß sein.«

»Geschossen – geschossen –«

»Hören Sie auf. Sie müssen mitarbeiten. Verstanden?«

Es dauerte mehrere Minuten, bis die Schwimmweste angelegt und festgezogen war. Ted wurde zunehmend klarer im Kopf und begann die Gefahr zu begreifen, in der sie sich befanden. Er fragte nach der ›Spindrift‹.

»Fort«, sagte Aragon. »Bewegen Sie möglichst viel Ihren rechten Arm und die Beine, damit Ihr Blut in Bewegung bleibt.«

»Wußte gar nicht – daß ich noch welches habe.«

»Sie haben noch genug.« Er war nicht sicher, ob das stimmte, oder ob er Ted mit der Aufforderung, sich zu bewegen, überhaupt den richtigen Rat gegeben hatte. Er wußte nur, daß das Wasser unglaublich kalt war. Seine erste Einschätzung, daß sie eine oder gar zwei Stunden ohne großen Schaden darin überleben könnten, kam ihm jetzt lächerlich vor. Seine Füße waren unterhalb der Knöchel schon ganz gefühllos, und er hatte Kopfweh – »Eiscreme-Kater« hatten sie das in seiner Jugend genannt. Er hatte noch nie einen Rettungsschwimmerlehrgang mitgemacht, nicht einmal einen Erste-Hilfe-Kurs, und nun wünschte er sich, er hätte wenigstens besser aufgepaßt, wenn seine Frau ihm etwas über praktische Medizin erzählt hatte.

Ted fragte: »Sind Sie auch angeschossen?«

»Nein.«

»Was machen Sie denn hier?«

»Ich brauchte nur eine Abkühlung.«

»Die haben Sie.«

Ein großer Blaureiher flog über sie hinweg, den Hals zurückgeklappt und die langen Beine wie einen federlosen Schwanz steif nach hinten ausgestreckt.

Ted hatte wieder die Augen geschlossen, und der Wind nahm zu. Beides schlechte Zeichen. Je rauher die See, desto geringer die Chance, daß jemand sie entdeckte, und desto größer die Gefahr, daß Ted an Salzwasser erstickte.

»In Bewegung bleiben, Ted.«

»Kann nicht – müde.«

Teds Jugend war ein Pluspunkt. Aber dem standen zu viele Minuspunkte gegenüber. Bevor er angeschossen worden war, hatte er von einer Party an Bord gesprochen, und es war offensichtlich gewesen, daß er noch unter der Nachwirkung von Alkohol oder Drogen oder beidem stand. Außerdem hatte er wahrscheinlich seit vielen Stunden nichts mehr gegessen, und seine Widerstandskraft war geschwächt.

»Jeden Moment muß hier ein Schiff vorbeikommen«, wiederholte Aragon. »Wir werden gerettet. Hören Sie mich, Ted?«

Ted hatte es entweder nicht gehört, oder er glaubte es nicht oder fand es nicht wichtig genug, um die Augen zu öffnen.

»Hören Sie mir zu, Ted? Inzwischen wird Whitfield zum Hafen zurückgekommen sein und gesehen haben, daß seine Jacht weg ist. Er wird sofort die Küstenwache hinterherschicken. Die müßte jeden Moment hier vorbeikommen. Haben Sie gehört, Ted? Jeden Moment. Halten Sie durch. Geben Sie nicht auf, Ted. Bewegen Sie sich. Kräftiger. Bewegen Sie sich!«

Unablässig wiederholte er immer wieder diesen selben Spruch, wie ein Footballtrainer, der einem seiner Schützlinge während des Spiels Mut zu machen versucht.

Der Wind nahm weiter zu, und manchmal schwappte ihm eine Welle über den Kopf und schnitt ihm das Wort ab. Gewiß lockte dieser Wind jetzt die Lasers und Mercurys und Lidos und Victorys, die Hobie Cats und Alpha Cats und Nacras aus dem Hafen. Aber alle diese kleinen Segelboote blieben meist innerhalb des Kelpgürtels. Die größeren Schiffe waren wie die Fischer schon viel früher ausgelaufen, zuerst noch mit Motorkraft, manche davon sogar bis zu der vierzig Kilometer vor der Küste liegenden Insel, um im Laufe des Nachmittags unter Segel von dort zurückzukommen.

Aragon redete immer weiter und hielt mit beiden Händen Teds Kopf so hoch wie möglich über Wasser. Das taube Gefühl hatte sich mittlerweile über seinen ganzen Körper ausgebreitet, und er verspürte kaum Beschwerden. Er erinnerte sich, einmal gelesen zu haben, daß Erfrierende im Gegensatz zu Verbrennenden keinerlei Schmerzen hätten.

Es hörte seine eigene Stimme schmeicheln, befehlen, locken, fordern, und fragte sich langsam, ob alle Mühe für einen Toten verschwendet war.

»Schluß damit, Ted. Mach jetzt die Augen auf. Du mußt schon mitspielen. Ran an den Speck. Beweg die Beine. Wir werden bald gerettet. Jeden Augenblick. Jeden Augenblick. Hörst du? Mach die Augen auf, verdammt noch mal. Augen auf!«

Aber seine Stimme wurde schwächer, und das taube Gefühl schien sein Gehirn erreicht zu haben wie eine Dosis Pentothal. Als er endlich den Motor hörte, interessierte es ihn kaum noch, und die Männer, die ihm etwas zuschrien, schienen ein Riesentheater um nichts zu machen. Einer von ihnen hatte orangefarbene Haare und sah ein bißchen aus wie eine Frau, die er vor langer Zeit gekannt hatte. Vor langer, langer Zeit...

Das orangefarbene Haar stieg aus dem Nebel auf wie ein Sonnenaufgang. Es hatte ein Gesicht in der Mitte, kein junges oder hübsches Gesicht, aber irgendwie bekannt und beruhigend.

»Diesmal haben Sie wirklich Mist gebaut, Junior«, sagte Charity Nelson. »Ich hab Ihnen ein paar Nelken gekauft. Daher weiß ich, daß Sie wach sind. Ich habe sie Ihnen unter die Nase gehalten, und da hat sie gezuckt.«

Er bemühte sich zu sprechen. Seine Stimme klang, als ob sie aus dem Wasser käme. »Wie – Ted?«

»Pst. Der Doktor hat gesagt, ich darf Sie nicht reden lassen, wenn Sie aufwachen. Wie es Ted Jasper geht? Er lebt noch und liegt auf der Intensivstation, und seine Mutter ist bei ihm. Mehr weiß ich nicht.«

Er drehte den Kopf zur Seite und sah das Bett neben dem Fenster, das aussah, als ob jemand darin geschlafen hätte.

»Ihre Ärztin war die ganze Nacht bei Ihnen«, erklärte Charity. »Ich hab sie nur vorhin zum Frühstücken weggeschickt. Wie fühlen Sie sich?«

»Ganz gut.«

»Smedler hat mir den ganzen Tag freigegeben, damit ich mich um Sie kümmern kann. Ich war nämlich mal Krankenschwester. Viel weiß ich nicht mehr von damals, aber Kissen aufschütteln, Sie baden oder Ihr Händchen halten, das kann ich schon noch. Soll ich Ihnen Händchen halten?«

»Besser als baden.«

»Das will ich überhört haben, Junior. Haben Sie Hunger? Natürlich. Wie wär's mit was ganz Ekelhaften, verlorene Eier mit Kartoffelpüree? Sie sollen nämlich nur Leichtverdauliches essen.«

»Warum?«

»Keine Ahnung. Wenn ich hier was zu sagen hätte, kriegten Sie ein Steak mit Pommes frites. Es gibt nichts Appetitanregenderes als ein Stündchen schwimmen im kalten Wasser.« Charity beugte sich über ihn und und sah ihm ins Gesicht. »Alles in allem sehen Sie gar nicht so übel aus. Vielleicht erlaubt Ihre Frau Doktor Ihnen doch noch Steak mit Pommes frites. Sie hat soviel Mitleid mit Ihnen. Und süß ist sie. Eigentlich richtig umwerfend, mit blauen Augen und schwarzen Haaren und Grübchen. Grübchen auch noch! Ich hab mir immer Grübchen gewünscht. Als ich noch zur Schule ging, hab ich mir einmal etwas bestellt, was in einem Heftchenroman annonciert wurde und garantiert Grübchen machen sollte. Für einen Dollar hab ich dann ein kleines Stückchen Metall bekommen, das sollte ich mir jede Nacht mit Heftpflaster auf die Wange kleben. Hab ich getan, und am Morgen hatte ich dann für eine Viertelstunde Grübchen. Das ist die traurige Geschichte meines Lebens. Keines meiner Grübchen hat länger gehalten als eine Viertelstunde.«

»Laurie«, sagte er. »Sie haben eben Laurie beschrieben, meine Frau.«

»Natürlich. Ich hab sie ja auch gestern nachmittag gleich angerufen, nachdem ich hörte, was passiert war. Smedler hat sie persönlich vom Flughafen abgeholt. Wie ist das für den Anfang?«

»Laurie!« Er legte den Arm über die Stirn, damit Charity die Tränen nicht sehen sollte, die ihm in die Augen stiegen.

Sie sah sie trotzdem. »Nun werden Sie nicht gleich sentimental und weinerlich. Hier ist ein Kleenex. Oder vielleicht brauchen Sie gleich ein Handtuch, wenn Sie alle Schleusen auf einmal aufmachen. Komisch, sie scheint nach Ihnen genauso verrückt zu sein. Muß daran liegen, daß sie nicht soviel von Ihnen zu sehen kriegt wie ich.«

Er wischte sich mit dem Kleenex, das sie ihm gab, die Augen trocken. »Wer hat uns herausgeholt –?«

»Stellen Sie keine Fragen, dann sage ich Ihnen, was ich

weiß. Als Sie nicht von der ›Spindrift‹ zurückkamen, hat der Hafenmeister Verdacht geschöpft. Er hat versucht, das Schiff telefonisch zu erreichen, bekam aber keine Verbindung. Dann sah er es aus dem Hafen rasen und hat die Küstenwache verständigt. Die haben euch den Kutter nachgeschickt. Ted Jasper war inzwischen schon schlimm dran – Blutverlust, Schock und Unterkühlung. Eine kleine Unterkühlung hatten Sie übrigens auch, aber man hat Sie wieder aufgewärmt und ihnen ein paar Spritzen verpaßt, und das war's.«

»Was ist mit Cleo und Donny?«

»Die wurden beide verhaftet. Mehr habe ich bisher nicht rausgekriegt.«

Donny Whitfield. Er mußte an den dicken, mürrischen Jungen denken, wie er ihn zum erstenmal in Holbrook Hall gesehen hatte. Wenn nur ein einziger kleiner Fehler nicht passiert wäre, säße Donny vielleicht heute noch unter dieser Eiche und äße Mais-Chips und Schokolade. *Es ist meine Schuld. Ich habe diesen Fehler gemacht. Ich habe den Zündschlüssel stecken lassen. Meine Schuld –*

»Meine Schuld«, sagte er und begann den Kopf hin und her zu werfen, wie um die Schuld von sich abzuschütteln.

»Schluß damit«, sagte Charity und rückte nicht gerade sanft seine Sauerstoffmaske zurecht. »Wenn Sie sich hier aufspielen, rufe ich die Schwester, daß sie Ihnen noch eine Spritze gibt.«

»Autoschlüssel –«

»Was wollen Sie jetzt mit Ihrem Autoschlüssel? Sie fahren vorerst nirgendwohin. Und jetzt halten Sie die Klappe, sonst lege ich hier mein Mandat nieder. Gar nicht so leicht, bei Ihnen Florence Nightingale zu spielen. Wo soll ich die Blumen hintun, die ich Ihnen mitgebracht habe?«

Das sagte er ihr.

»Gar nicht nett von Ihnen, Junior. Aber Unverschämtheit ist bekanntlich das erste Zeichen von Besserung, darum will ich diesmal darüber hinwegsehen. Ich könnte aber demnächst noch mal darauf zurückkommen, wenn Sie in der Kanzlei einen Gefallen von mir wollen. Herzlichen Glückwunsch übrigens.«

»Zu was?«

»Sie hatten den Auftrag, Cleo zu finden, und Sie haben sie gefunden.«

Es klopfte. Charity rief: »Herein.... O ja, gut geht's ihm. Weinerlich, hungrig und streitlustig. Die besten Anzeichen, die man sich wünschen kann.«

»Danke, Miss Nelson.«

Die Stimme war angenehm und ruhig; die Hand, die seine Stirn fühlte, war weich, die Finger an seinem Puls sanft.

»Ich bin Dr. MacGregar«, sagte sie. »Ich bin Ihre Ärztin, und die Sauerstoffmaske brauchen Sie wohl nicht mehr. Kann ich sie abnehmen?«

»Laurie. *Laurie.* Du bist es wirklich.«

»Bitte nicht sentimental werden – Tom, du hättest sterben können. *Sterben.*«

Sie hielten sich lange umschlungen, ohne sich bewußt zu sein, daß Charity noch in der Tür stand und zusah. Alle Mädchen im Büro würden hinterher wissen wollen, wie es war, also durfte sie von dieser Szene um keinen Preis etwas verpassen.

Rachel Holbrook wußte, was auf sie zukam, sie wußte nur nicht, wann und in welcher Form: vielleicht als Aufforderung, in zwei oder drei Wochen bei der nächsten Aufsichtsratssitzung zu erscheinen; oder als förmlicher Brief vom Verwaltungsausschuß; oder als langatmiges juristisches Schriftstück mit vielen ›dieweil‹ und ›demzufolge‹. Was sie nicht erwartete, war ein Anruf von Smedler, ihrem einzigen langjährigen Freund unter den Aufsichtsräten.

Smedler vertat keine Zeit mit Floskeln. »Hast du die heutige Zeitung schon gelesen, Rachel?«

»Nein.«

»Für die Reporter und Fotografen war das ein Festtag. Die *Los Angeles Times* hat die Geschichte als Aufmacher genommen, und in der Lokalzeitung ist eine ganze Seite voller Bilder und ausführlicher Personalien von allen Beteiligten, sogar eine Geschichte der Schule. In den nächsten Tagen erscheint sicher ein Kommentar, in dem Köpfe gefordert werden. Einer davon ist ganz bestimmt deiner, Rachel.«

»Verständlich.«

»Auf alle Fälle werden sie eine eingehende Untersuchung verlangen. Die Forderungen werden von deinem Rücktritt bis zur völligen Schließung der Schule reichen, alles vorgetragen von empörten Bürgern, die vielfach die Schule schon vor Jahren geschlossen sehen wollten.«

»Was rätst du mir?«

»Komm ihnen zuvor. Ergreife selbst die Initiative. Schreib einen Brief und bitte um unbefristete Beurlaubung, bis die Angelegenheit voll geklärt ist und Schritte eingeleitet sind, die solche Vorkommnisse für die Zukunft ausschließen.«

»Unbefristet«, sagte sie. »Das kann für sehr lange sein.«

»Ja.«

»Man kann doch für das alles, was da passiert ist, nicht mich verantwortlich machen.«

»Ob man kann oder nicht, man wird. Harte Kritiken

können nicht ausbleiben, vielleicht sinken die Schülerzahlen, vielleicht kündigt der eine oder andere Lehrer. Auch die Zuweisungen und Spenden könnten gekürzt werden. Du wirst einigem Beschuß ausgesetzt sein, Rachel. Dem kannst du nur aus dem Weg gehen, indem du für eine Weile die Stadt verläßt.«

»Vielleicht sollte ich auch noch meinen Namen ändern und mich verkleiden.«

»Sei nicht so verbittert, Rachel. Die Sache hat etliche Leute betroffen. Einige davon werden nach deinem Fell schreien. Also bring's in Sicherheit. Mach mal Urlaub.«

»Ist das dein Rat als Anwalt?«

»Es ist mein Rat als Freund. Ich hoffe, du wirst ihn in diesem Sinne entgegennehmen.«

»Danke. Ich werd's mir überlegen.«

»Erst Koffer packen, dann überlegen«, sagte Smedler. »Die Sache hat nämlich einen Haken. Sollte die Polizei dich auffordern, hierzubleiben, mußt du bleiben. Du könntest unter Strafandrohung vorgeladen werden, wenn Donny vor Gericht kommt und es wegen Cleo eine Untersuchung gibt. Aber wenn ich du wäre, würde ich mich auf der Stelle hinsetzen und ein Gesuch um unbefristeten Urlaub schreiben. Bring es zu mir in die Kanzlei, ich werde es vervielfältigen und allen Aufsichtsratsmitgliedern durch Boten zustellen lassen. Dein Gesuch wird unverzüglich akzeptiert werden.«

»Danke für deinen Rat.«

»Wirklich, Rachel, du kannst dir nicht vorstellen, wie ungern ich dir das antue.«

»Bestimmt nicht so ungern, wie ich es getan bekomme.«

Sie legte auf und nahm ein Blatt vom besten schuleigenen Schreibpapier.

Hiermit bitte ich um eine unbefristete Beurlaubung von meinen Pflichten als Schulleiterin von Holbrook Hall.

Sie unterschrieb, steckte das Blatt in einen Umschlag und adressierte ihn an den Vorsitzenden des Aufsichtsrats. Dann verließ sie das Haus durch die Hintertür.

Nichts schien sich verändert zu haben. Es war die übliche Geräuschkulisse: Kreischen und Lachen vom Schwimmbassin her, das Wiehern eines Pferdes, das aufgeregte Bellen eines Hundes.

Gretchen polierte die Blätter einer Kamelie in einem Rotholzfaß. Nur die robusten Blätter einer Kamelie konnten ihren liebevollen Attacken standhalten.

»Guten Morgen, Gretchen. Ich sehe, daß du fleißig arbeitest.«

»Das tue ich immer«, antwortete Gretchen unwirsch, als ob man sie der Faulheit bezichtigt hätte. »Jemand muß es ja tun.«

Der Feigenbaum ließ seine Früchte wie kleine braune Eier ins Gras fallen. Sobald sie gefallen waren, zertraten zwei Jungen mit Cowboystiefeln die Eier zu kleinen gelben Omelettes.

Sandy, das Mädchen mit den runden Augen, enthülste Erdnüsse für den Häher, der sie ungeduldig von der Dachrinne aus beobachtete. Immer wenn Sandy eine Erdnuß geschält hatte, legte sie sich die Kerne auf die Hand, und der Vogel kam herabgeschossen, packte sie mit seinem Schnabel und flog davon, um sie zu verstecken. Auf dem Gelände lagen schon pfundweise Erdnüsse verteilt, im Rasen oder im Gemüsegarten vergraben, in die Ritzen zwischen den Steinplatten, in Baumlöcher und unter die Ziegel des Dachs gestopft, in den Kamin oder sogar ins Goldfischbecken fallen gelassen. Jedesmal wurde das Spiel dem Vogel früher langweilig als dem Mädchen, und er flog davon, um sich einen anspruchsvolleren Zeitvertreib zu suchen.

Auf dem Spielplatz saß Michael, der stille Junge, auf der Mitte der Wippschaukel und wippte sie mit den Füßen hin und her. Bum, klack, bum, klack. Er trug ein gestricktes Stirnband, das ihm über die Augen gerutscht oder gezogen worden war.

»Michael, ich gehe fort. Ich wollte dir auf Wiedersehen sagen. Wahrscheinlich werden wir uns eine ganze Weile nicht sehen.«

Bum, klack, bum, klack.

»Michael?«

»Ich hasse Sie.«

»Das weiß ich schon. Ich dachte, du wolltest mir vielleicht trotzdem auf Wiedersehen sagen.«

»Auf Wiedersehen«, sagte Michael. »Auf Wiedersehen. Auf Wiedersehen. Auf Wiedersehen. Auf Wiedersehen. Auf Wiedersehen. Auf Wiedersehen.«

»Danke, Michael. Das ist schon genug.«

»Auf Wiedersehen. Auf Wiedersehen. Auf Wiedersehen.«

Sie ging fort, so schnell sie konnte. Aber sie kam und kam nicht außer Hörweite. Die andern hatten Michaels Litanei aufgenommen. Sandy und die beiden Jungen unter dem Feigenbaum und Gretchen, alle sangen unisono mit Michael: »Wieder... sehen... Wieder... sehen... Wieder...«

Als sie an die Hausecke kam, drehte Rachel Holbrook sich um und winkte. Sie winkten zurück, Gretchen und die beiden Jungen und Sandy und sogar Michael. Es war ein ermutigendes Zeichen, daß Michael überhaupt reagiert hatte. Vielleicht würde er, wenn er älter wurde, unter der

Anleitung eines neuen Schulleiters – *Nein, ich darf an sie alle jetzt wirklich nicht mehr denken. Ich muß fort und sie für lange Zeit vergessen…*

»Auf Wiedersehen«, sagte sie mit fester Stimme.

Das Zimmer war klein und kahl bis auf drei Stahlstühle und einen Tisch, die alle am Fußboden festgeschraubt waren. Die Tür hatte ein vergittertes Fenster, durch das alle paar Minuten ein uniformierter Polizist hereinsah.

Ein Vorbewohner hatte den Thermostat kaputtgemacht, und die Klimaanlage ließ sich nicht mehr regulieren. Durch einen Schacht hoch oben in der Wand strömte kalte Luft herein und machte das Zimmer so eisig wie eine Kühlkammer. Donny saß auf dem Tisch und ließ die Beine hinunterbaumeln.

»Was sagst du dazu?« meinte er, indem er zur Tür zeigte. »Einen eigenen Leibwächter. Mannomann, die müssen mich für Staatsfeind *numero uno* halten. Hast du mir was Geld mitgebracht?«

Whitfield schüttelte den Kopf. »Sie wollen nicht, daß ich dir welches gebe, darum hab ich versucht, etwas a conto bei der Verwaltung einzuzahlen. Aber dieses System kennen sie hier nicht, das gibt es nur in Erwachsenen – äh – gefängnissen.«

»Und auf was für ein System sind wir armen Schweine hier angewiesen?«

»Du kannst dir Punkte verdienen.«

»Wie?«

»Durch gutes Benehmen, Arbeit und so weiter. Du kannst soundso viele Punkte verdienen, indem du das oder das tust, und dann kannst du die Punkte ausgeben wie Geld. Wenn du arbeitest und dich gut führst, kannst du

Süßigkeiten und Zigaretten und derlei Sachen kaufen. Der Hintergedanke ist, Reich und Arm gleich zu behandeln.«

»Jes-ses!«

»Himmel Herrgott noch mal, Junge, das ist hier nun mal kein Hotel. Und ich hab dich nicht hierhergebracht.«

»Du hast die Bullen hinter deinem kostbaren Boot hergejagt.«

»Hab ich nicht«, sagte Whitfield. »Das schwöre ich. Ich hätte dich die kleine Spritztour ruhig machen lassen, denn du wärst ja wiedergekommen.«

»So, du denkst, ich wär wiedergekommen? Mach dir doch nichts vor. Ich war unterwegs zum Mond, Mann, di rekt zum Mond.«

Whitfield richtete seinen Blick fest auf einen Punkt an der kahlen grauen Wand. Dies war sein Sohn, sein einziges Kind, und er konnte es nicht ertragen, ihn anzusehen, ihn anzufassen, auch nur im selben Raum mit ihm zu sein. »Ich hab dich nicht hierhergebracht, Donny.«

»Aber ich wette, es macht dir gar nichts aus, wenn sie mich hierbehalten. Das ist billiger als Holbrook Hall.«

»Hör zu, mein Sohn, ich habe einen Anwalt aus Los Angeles engagiert, den besten, der für Geld zu haben ist. Aber er hat dich auch nicht auf Kaution freibekommen. Für jugendliche Straftäter gibt es keine Kaution, schon gar nicht bei einer Latte wie der deinen. Und was sie gegen dich vorbringen, ist ziemlich schlimm.«

»Wie schlimm zum Beispiel?«

»Ich weiß gar nicht, ob ich noch alles zusammenbekomme. Entführung – das ist das Schlimmste überhaupt. Dann schwerer Diebstahl, tätlicher Angriff mit einer tödlichen Waffe, vorsätzliche schwere Körperverletzung, versuchter Mord –«

»Schon gut, hör auf.«

»Man hat dich zwar hierher ins Jugendgefängnis gebracht, weil du noch keine achtzehn bist, aber die Chancen stehen zehn zu eins, daß sie dich wie einen Erwachsenen aburteilen werden. Das macht die Sache noch schlimmer.« Das Zimmer war so kalt, daß Whitfields Stimme zitterte. »Donny, wenn du doch nur Reue zeigen könntest, wenn du den Leuten nur klarmachen könntest, daß es dir leid tut, was du getan hast, daß du nicht mit Absicht –«

»Es war aber Absicht«, sagte Donny. »Und mir tut's nicht leid.«

»Sohnemann, bitte.«

»Scheiß auf den Sohnemann. Da muß ich nur kotzen. Hast du irgendwas an Schokolade bei dir?«

»Zwei Pfund Pralinen habe ich mitgebracht, aber ich durfte sie dir nicht geben.«

»Die fressen die Scheißbullen jetzt wahrscheinlich selber.« Donny glitt vom Tisch herunter. Er sah völlig teilnahmslos aus, abgesehen von einem kleinen Zucken des linken Augenlids, das er verbarg, indem er das Gesicht abwandte. »Na ja, das ist dann wohl alles. Du kannst ruhig gehen. Sonst kommst du zu spät nach Ensenada.«

Whitfield fixierte wieder den unsichtbaren Punkt an der Wand. »Ich wollte die Reise sausen lassen, um auf jeden Fall zu deinem Prozeß hier zu sein. Aber der Anwalt hat gemeint, darüber soll ich mir keine Gedanken machen. Da gibt's wahrscheinlich eine Verzögerung nach der andern, so daß dein Fall womöglich erst in einem Jahr zur Verhandlung kommt, und er meint, es wäre nur Zeitverschwendung für mich, hier herumzulungern und...« Er verstummte, als ob ihm plötzlich klar geworden wäre, daß er den falschen Ton angeschlagen hatte, aber einen richtigen Ton gab es hier nicht. »Es tut mir leid. Ich werde tun, was ich kann, alles was mir menschenmöglich ist.«

»Klar.«

»Donny. Donny, könntest du nicht wenigstens so *tun*, als wenn's dir leid täte?«

»Es tut mir ja leid, wenn ich mir vorstelle, wie diese verdammten Bullen jetzt meine ganzen Pralinen fressen. Was waren es denn für welche? Pfefferminz? Kirschen? Marzipan?«

»Um Gottes willen, Donny, hast du wirklich nichts anderes im Kopf?«

»Pfefferminzpralinen hab ich am liebsten«, sagte Donny.

Cleo trug noch immer die fleckigen Jeans und das T-Shirt und die Schuhe ohne Schnürbänder, als Hilton ins Stadtgefängnis ging, um sie nach Hause zu holen.

Die Kaution war hoch angesetzt worden, auf fünfundzwanzigtausend Dollar, weil sie, wie die Anwälte sagten, eine Anklage als Hauptmittäterin erwartete. Hilton versuchte ihr das auf dem Heimweg zu erklären.

»Du wirst angeklagt werden, Donny bei einigen von den Dingen geholfen zu haben, die ihm vorgeworfen werden. Verstehst du das?«

»Ich hab doch nur die Pistole festgehalten.«

»Hat er dich dazu gezwungen? Hast du unter Druck gehandelt?«

»Das war nicht mal eine richtige Pistole. Es war nur so ein klitzekleines Ding.«

»Mit Pistolen kann man töten. Dafür sind sie da. Hast du Donny gehorcht, weil du Angst um dein Leben hattest?«

»Himmel, nein. Wer hat denn schon Angst vor Donny? Er ist doch so dumm.«

Sie setzte sich neben ihn auf den Beifahrersitz, die Beine angezogen und das Kinn auf den Knien. Der beige Haarvorhang verbarg ihr Gesicht fast völlig.

»Wo sind deine Schuhbänder?« fragte er.

Sie erzählte ihm, wie Donny Ted die Hände auf den Rücken gefesselt hatte, während er in der Koje lag. Hilton hörte ihr zu und hatte das Gefühl, daß alles Blut aus ihm herausfloß, als ob jedes Wort, das sie sagte, ein weiteres Loch in sein Herz stäche.

Sein Körper schmerzte vor Müdigkeit. Er war die ganze Nacht aufgewesen und hatte mit Anwälten gesprochen, mit dem Richter, der die Kaution festsetzte, mit einem Arzt und einem Psychiater, die ihm ein Kautionsvermittler empfohlen hatte. Jede halbe Stunde hatte er im Krankenhaus angerufen, um sich nach Teds Zustand zu erkundigen. Er wußte, daß Frieda ihn dafür verantwortlich machen würde, ob Ted mit dem Leben davonkam oder nicht. Seine Ehe war am Ende, sein Sohn schwebte zwischen Leben und Tod, und noch immer wußte er so gut wie nichts über die Dinge, die sich ereignet hatten, seit Cleo mit dem Basset an der Leine das Haus verlassen hatte. Der Psychiater hatte ihn beschworen, Cleo nicht zu scharf ins Verhör zu nehmen. Was konnte es überhaupt nützen? Eine Pistole war ein klitzekleines Ding, und Donny war lediglich dumm.

»Da war so ein ekliger alter Doktor im Gefängnis«, sagte Cleo. »Der hat gesagt, ich kriege gar kein Kind. Woher will *der* das wissen? Er kann es doch gar nicht sehen, wenn es nicht mal größer ist als ein Salzkorn.«

»Es ist sein Beruf, das zu wissen. Er ist Gynäkologe.«

»Lange Wörter heißen gar nichts. Curriculum. Curriculum – was soll das überhaupt sein? Donny hatte so was in der Schule. – Gehe ich dahin wieder zurück, nach Holbrook Hall?«

»Ich glaube kaum.«

»Na ja, ist mir egal. Es hat sowieso nicht viel Spaß gemacht.« Sie zögerte. »Bleibe ich jetzt immer zu Hause, wie früher?«

»Kommt darauf an.«

»Worauf?«

»Der Richter muß entscheiden, inwieweit du für dein Handeln verantwortlich warst.«

»Ich hab doch gar nichts Böses getan, Hilton. Ich hab nur dieses klitzekleine Pistölchen festgehalten.«

»Hör auf. Davon will ich lieber nichts mehr hören.«

»O Hilton, du bist böse auf mich.« Sie lauerte ihn um den Haarvorhang herum an, mit feuchten Augen und wehmütigem Blick. »Oder nicht?«

»Nein.«

»Da bin ich aber froh. Ich hab doch wirklich nicht viel getan.«

Seine Hände umklammerten das Lenkrad, als ob er das Leben aus ihm herausquetschen wollte. Nicht viel. Roger Lennard war tot, und Ted rang mit dem Tode. Rachel Holbrooks Lebenswerk war ruiniert, und Donny Whitfield würde mit größter Sicherheit ins Zuchthaus kommen. Nicht viel.

»Es kann alles so sein wie früher«, sagte Cleo. »Frieda wird mir vorlesen, und wir gehen einkaufen und ins Kino, und vielleicht bringt Frieda mir Autofahren bei. Roger hat gesagt, das ist auch ein Recht von mir, Autofahren zu lernen.«

»Frieda wird nicht mehr bei uns wohnen.«

»Warum nicht?«

»Sie will nicht mehr.«

Die einfache Erklärung genügte ihr, denn sie verstand sie. Wenn man etwas wollte, dann tat man es, wenn nicht, dann nicht.

»Du kannst für sie ja jemand einstellen, nicht?« meinte Cleo. »Jemand wie sie, nur netter und freundlicher.«

»Ich fürchte, so einen Menschen finde ich nicht.«

»Das heißt, dann sind nur wir beide da, du und ich? Das kommt mir aber nicht sehr lustig vor.«

»Nein, das wird es wohl auch nicht sein.«

»Valencia spricht kaum Englisch, und die Köchin jagt mich immer aus der Küche, weil ich sie beim Fernsehen störe. Ich hab niemand, mit dem ich reden kann, außer wenn du zu Hause bleibst.«

»Das kann ich nicht, Cleo. Ich muß arbeiten.«

»Wir haben doch schon soviel Geld, oder?«

»Doch, etwas schon.«

»Warum willst du noch mehr haben?«

»Um für deine Zukunft vorzusorgen. Du bist erst zweiundzwanzig. Du kannst noch fünfzig oder sechzig Jahre leben. Da wirst du sehr viel Geld brauchen.«

»Nein, das brauch ich nicht, Hilton. Ich werde doch einen Mann haben, der für mich sorgt, oder?«

Er antwortete nicht.

»Oder nicht, Hilton? Werde ich keinen Mann haben?«

»Ich weiß nicht.«

»Ich wette, du willst es nicht. Ich wette, du bist eifersüchtig. Denk doch nur daran, was du mit Roger gemacht hast.«

»So darfst du nicht reden, Cleo. Ich würde nichts auf der

Welt lieber sehen, als wenn du mit einem anständigen jungen Mann verheiratet wärst, der dich um deiner – guten Eigenschaften willen liebt.«

»Das glaub ich dir nicht. Du hast gesagt, ich darf mich nie von einem andern Mann anrühren lassen. Weißt du nicht mehr? Das war in der Nacht, als Ted und ich –«

»Das habe ich in der Erregung gesagt. Ich hab's nicht so gemeint. Wenn du erst verheiratet bist, wirst du eine intime Beziehung mit deinem Mann haben wie jede andere Frau.«

»Aber ich bin nicht wie jede andere Frau, oder?«

»Nein.«

»Ich möchte wissen, warum.«

Er bog in den langen, kurvigen Weg ein, der zum Haus führte. Etwa auf halbem Wege sahen sie Trocadero, der an einen Wacholderbusch letzte Hand anlegte, mit der Präzision eines Friseurs an den kleinen Nadeln herumschnippelte. Zia, der Basset, saß zu seinen Füßen, kam aber angesprungen, um den Wagen anzubellen. Troc pfiff ihn zurück und tat, als sähe er Cleo nicht.

»Zia mag mich nicht mehr«, sagte Cleo. »Das weiß ich. Er hat nicht mal mit dem Schwanz gewedelt.«

»Wir kaufen dir einen eigenen Hund. Jeden den du haben willst.«

»Nein danke.«

»Möchtest du keinen?«

»Ich hätte lieber einen Mann und Kinder.«

»Natürlich. Aber bis dahin –«

Er brachte den Satz nicht zu Ende. Es würde ein langes »bis dahin« sein, unmöglich mit Hunden und Kino und Einkaufen auszufüllen.

Er hielt vor dem Haus. »Du gehst jetzt am besten auf

dein Zimmer, duschst dich und ziehst dir saubere Sachen an.«

»Ich will nicht. Mir gefallen diese Sachen.«

»Sie sind schmutzig. Valencia wird sie für dich waschen und trocknen, während wir zu Mittag essen. Bitte widersprich mir nicht, Cleo. Ich bin furchtbar müde.«

«Ich bin genauso müde wie du. Im Gefängnis war's so laut, daß ich gar nicht schlafen konnte.«

»Dann werden wir beide nach dem Essen ein langes Mittagsschläfchen halten. Jetzt muß ich aber erst mal wieder im Krankenhaus anrufen.«

Sie ging in ihr Zimmer, duschte und wusch sich die Haare. Dann stellte sie sich vor den hohen Spiegel in ihrem Zimmer und ließ das Wasser auf ihren Körper tropfen und ihre Haut kitzeln. Es gefiel ihr, wie sie aussah, wie eine dem Meer entstiegene Nymphe.

Valencia kam ohne anzuklopfen herein, um Cleos Sachen und die nassen Handtücher zu holen.

»Hija mala«, sagte Valencia.

»Es ist gemein von dir, Sachen zu sagen, die ich nicht verstehe.«

»Böses Mädchen. Du Böses getan.«

»Nein, hab ich nicht.«

»Troc sagt, du böse. Köchin sagt, du verrückt.«

»Was wissen die schon? Es sind doch nur Dienstboten.«

Sie zog einen der Bademäntel über, die Frieda ihr gegeben hatte, und ging hinunter, um mit Hilton zu essen. Aber er lag in seinem Arbeitszimmer auf der Couch, das Gesicht zur Wand. Sie wußte nicht, ob er tot war, und faßte ihn kurz an der Schulter. Es war, als hätte sie den Mixer eingeschaltet, den die Köchin in der Küche hatte. Hilton begann am ganzen Leib zu beben, als würde er innerlich zermahlen, seine Leber, sein Herz, sein Magen und seine Därme, alles zu einem Hamburger vermischt. Es verdarb ihr den ganzen Appetit.

Sie ging in die Küche, um mit der Köchin fernzusehen, aber die Köchin scheuchte sie fort wie ein Huhn, wobei sie sogar mit ihrer Schürze wedelte und gackerte. Da setzte Cleo sich allein an den langen Eßtisch und stellte sich vor, wie Hilton innen drin völlig zermatscht wurde. Das meiste auf ihrem Teller ließ sie unberührt und aß nur ein Hörnchen. Dann ging sie wieder ins Arbeitszimmer.

»Hilton?«

»Geh weg.«

»Ich weiß nicht, wohin.«

Er bebte noch immer am ganzen Körper, aber nicht mehr so sehr, und seine Stimme zitterte jetzt gar nicht. Sie klang nur sehr müde.

»Ted ist tot«, sagte er. »Die Kugel, die sie aus ihm herausgeholt haben, war vom Kaliber 5.6. Sie kam aus deiner Pistole.«

»Das glaub ich nicht. Du willst mir nur Angst machen.«

»Du hast Ted erschossen. Du hast meinen Sohn erschossen.«

»Ehrlich nicht. Ich hab nur die Pistole gehalten. Ich hab nur dieses klitzekleine Pistölchen festgehalten. Du kannst mir doch keine Schuld geben.«

»Ich gebe dir keine Schuld. Die gebe ich nur mir selbst.«

»Das ist doch dumm, Hilton. Du warst ja nicht mal dabei.«

»Geh«, sagte Hilton. »Geh.«

Cleo ging wieder auf ihr Zimmer und sagte sich, daß Hiltons Gehirn mit in den Mixer geraten sein mußte, nicht nur Leber und Magen und Herz, denn er bildete sich ein,

Ted sei tot und er selbst daran schuld. Jammerschade. Dabei war Hilton immer so furchtbar klug gewesen.

Sie bürstete sich die noch nassen Haare und zog die Jeans und das T-Shirt wieder an, beide frisch gewaschen, und fragte sich, wohin Nymphen wohl gingen, wenn sie aus dem Meer kamen. Anscheinend gab's für sie nirgends einen Platz.

Sie fragte Valencia, die das Wort nicht kannte, und die Köchin, die sagte: «Kümmere dich nicht um Nymphen. Marsch zurück an den Tisch, und iß dein Gemüse auf.«

Dann ging sie in den Garten, wo Troc an dem Wacholderbusch herumschnitt, und fragte ihn nach den Nymphen.

Er sah sie recht merkwürdig an. »Hast du mal wieder einen deiner verschwommenen Momente?«

»Ich hab dich doch nur was gefragt.«

»Ich hole mal den Chef. Du wartest hier, Kind. Du wartest hier an dieser Stelle.«

Sie wartete nur so lange, bis er um die Ecke verschwunden war. Dann lief sie weiter die Zufahrt hinunter zur Straße. Sie fühlte sich ganz leicht und luftig, bewegte sich mit dem Wind wie ein seidenes Segel. Und plötzlich, wie durch Zauber, wußte sie, wohin Nymphen gingen, wenn sie aus dem Meer kamen. Sie kehrten ins Meer zurück.

Sie sah den Hafen in der Ferne und lief und lief darauf zu. Auf der ›Spindrift‹ würden sie alle ganz schön überrascht sein, sie wiederzusehen, und sie würden eine Party feiern, Manny Ocho und die Besatzung, und Donny und Ted und der junge Mann, der ihr was vom Wählen und noch so ein paar anderen Rechten gesagt hatte.

Aber das war ja jetzt alles nicht wichtig. Sie ging zu einer Party.